ARBRE DE L'OUBLI

"Domaine français"

© Nancy Huston, 2021

© ACTES SUD, 2021
pour l'édition française
ISBN 978-2-330-14691-7

NANCY HUSTON

Arbre de l'oubli

roman

ACTES SUD

À Cécile Raynal

Et à la mémoire de JRC

... des hybrides pétris de glaise et d'esprit...

PRIMO LEVI, *Le Fabricant de miroirs*

Il ne s'agit plus de dire, mon maître.
Il ne s'agit plus que de hurler.

ROMAIN GARY, *Tulipe*

Ouagadougou, 2016

Avec Hervé vous partez de l'aéroport de Newark le 12 janvier. Pendant l'escale à Bruxelles tu t'achètes un petit carnet noir, Shayna, et y inscris les mots BURKINA FASO en lettres majuscules. Toutes les entrées seront en majuscules en raison des cris qui se déchaînent désormais en toi.

Arrivant à Ouaga le lendemain matin, vous prenez une chambre au Kavana, un hôtel sans prétention qu'Hervé connaît déjà, un peu à l'écart du centre-ville. Bagages défaits, vous arrachez tous vos habits, prenez une douche, faites tendrement l'amour, prenez encore une douche, mettez des habits propres.

Hervé avait raison : l'Afrique est un rude choc. Dès que vous ressortez faire quelques pas dans le quartier, tous tes sens débordent d'impressions nouvelles. Chaleur sévère et sèche. Foules dans les rues. Hommes accroupis devant des magasins. Femmes lestées de bébés sur le dos et de charges invraisemblables sur la tête. Gamins sur des scooters qui pétaradent en lâchant des nuages de fumée noire. Petits gosses se chamaillant dans la poussière rouge. Constructions jamais finies. Trottoirs où s'amoncellent fruits et légumes, ordures et pneus, batteries et vieilles nippes. Hervé t'explique que la puanteur omniprésente vient du plastique européen qui brûle à l'air libre en bordure de la ville, vingt-quatre heures sur vingt-quatre. Brouhaha, confusion, difficulté. Mais aussi – le sourire des gens. Et la musique : le doux rythme du balafon et du tambour qui, faible ou frénétique, proche ou lointain, flotte dans l'air à tout instant en provenance d'on ne sait où.

Le surlendemain de votre arrivée ton corps craque : entre la migraine et la diarrhée, la fatigue et l'étrangeté, tu n'arrives pas à quitter le lit. Hervé te caresse les cheveux, pose un baiser sur ton front, allume le climatiseur, informe l'homme à la réception que sa femme va passer quelques heures seule dans leur chambre et qu'il faudra la prévenir si jamais la connexion internet se rétablit – et sort pour une réunion de travail.

À midi tu manges un bol de riz au restaurant de l'hôtel et remontes te coucher.

Quand tu te réveilles le jour baisse déjà, il doit être dix-huit heures passées. Le crépuscule tombe soudainement près des Tropiques. Traversant la pièce minuscule, tu te postes à la fenêtre et regardes la rue en bas. Aux USA, te dis-tu, peu de gens sont capables de concevoir une pauvreté pareille. Non, en fait, chaque famille ne possède *pas* un lave-linge et un sèche-linge et une télévision et un réfrigérateur et un lave-vaisselle et une cuisinière électrique et un congélateur et un four à micro-ondes et une voiture et un ordinateur et et et et et et et et et et…

Hervé t'appelle sur la ligne de l'hôtel.

Tu te sens mieux, Shayna d'amour ?

(Tu adores sa mauvaise prononciation de ton prénom, qui le fait sonner comme *shine*, briller, ou *shy*, timide au lieu de *shame*, la honte.)

Oui, un peu mieux.

J'ai croisé de vieux amis. On est au café Cappuccino, au centre-ville. Tu te sens assez bien pour nous rejoindre ?

C'est limite.

Demande à la réception de t'appeler un taxi mob.

Tu réfléchis, prends une décision : Écoute, je crois qu'il vaut mieux que je me repose encore aujourd'hui. Amuse-toi, je t'attends tranquillement. Comme ça, demain je serai en forme.

Je t'aime, Shayna, dit Hervé.

LA LUMIÈRE REVIENT, DOUCEMENT, FAIBLEMENT, ELLE EST D'UN TON JAUNE CIREUX, MORBIDE. LA SCÈNE S'EST TRANSFORMÉE EN LABYRINTHE, UN DÉDALE DE HAUTS MURS DE GRANIT GRIS QUI COURENT SUR DE COURTES DISTANCES, TOURNENT SANS PRÉVENIR ET S'ARRÊTENT ABRUPTEMENT. DES ENFANTS DE TOUS ÂGES — BÉBÉS, BAMBINS, GAMINS, ADOS — TÂTONNENT DANS LA PÉNOMBRE. CERTAINS SONT DEBOUT, LES BRAS TENDUS DEVANT EUX, D'AUTRES SE DÉPLACENT À QUATRE PATTES. ILS SE COGNENT AUX MURS SANS ARRÊT. LES BÉBÉS NE BRAILLENT PAS, LES PLUS GRANDS NE GEIGNENT NI NE PLEURNICHENT. DANS UN SILENCE ABSOLU, ILS TÂTONNENT À LA RECHERCHE DE LEUR MÈRE. QUAND ILS SE HEURTENT À UN MUR, ÇA FAIT MAL ET LE PUBLIC SENT LA DOULEUR — BING SUR LE NEZ, BANG SUR LE FRONT — MAIS JAMAIS ILS NE PLEURENT. ILS ESSAYENT ÉCHOUENT ESSAYENT ÉCHOUENT ESSAYENT ÉCHOUENT ENCORE. ILS

Bronx, 1945

Dans une chambre toutes lumières éteintes au cœur du quartier de Morris Heights se trouve un lit, sur ce lit un oreiller, et sur l'oreiller la jolie tête aux boucles brunes d'un garçon de cinq ans. Il était endormi, Joel, il dormait paisiblement, et un gémissement vient de l'arracher à son sommeil.

Il s'assoit dans le lit, ahuri, ne sachant plus où il est, et déjà il se fige car le gémissement retentit à nouveau. Et encore. Et encore. C'est juste horrible. Celle qui gémit, c'est sa mère, Jenka. Le son horrible sort de sa gorge en flots amers, interminables, tel un vomissement. Derrière, Joel entend aussi la voix de son père. Tantôt Pavel supplie Jenka de se calmer, tantôt ses propres grognements de basse viennent souligner les gémissements perçants de son épouse.

Joel sent palpiter et s'accélérer les battements de son cœur. *Qu'est-ce qui ne va pas ? Qu'est-ce qui ne va pas ?*

De l'autre côté de la pièce, son frère Jeremy a lui aussi quitté le sommeil à regret, il a balancé les jambes hors du lit, et, assis à présent, tête baissée, il se gratte le crâne. Depuis toujours quand le petit Joel a peur il se tourne vers ses parents, mais là ce réflexe est bloqué par les vagues de panique parentale qui traversent les murs. Il s'élance à travers la pièce, mû par le besoin urgent de se rassurer au contact d'une peau connue. Jeremy l'attire dans son lit et le serre contre lui. À côté, les gémissements se poursuivent. Les deux petits corps fluets et tendus restent collés ensemble un long moment, Jeremy huit ans et Joel cinq, revêtus de pyjamas aux rayures bleues, identiques hormis la taille.

Qu'est-ce qui va pas ? couine Joel tout bas. Jeremy, qu'est-ce qui se passe ?

J'ai entendu le téléphone sonner, dit Jeremy d'une voix grave, comme si c'était une réponse.

Les gémissements de leur mère se transforment en sanglots et finissent par s'éteindre. Membres enlacés, les deux garçons mettent du temps à se rendormir.

Le réveil les arrache à leur sommeil à sept heures comme tous les jours, mais ils ne sont pas longs à comprendre que plus rien ne sera comme avant. Pavel, déjà tout habillé pour aller bosser, s'affaire dans la cuisine à la préparation du petit-déjeuner. Jamais il ne le fait. Ignore la place des choses. Se brûle avec le percolateur.

Où est maman ? demande Jeremy.

Oh ! Elle est un peu patraque ce matin, je lui ai dit de rester au lit. Vous êtes assez grands pour vous préparer tout seuls, non ?

Joel voit un épi de cheveux se dresser au sommet du crâne de son père. Si Jenka était là elle l'aplatirait ou le lui ferait au moins remarquer… mais lui n'ose pas. Soudain l'air se remplit de l'odeur de toast brûlé et Pavel s'élance vers le grille-pain.

Je les gratterai, ce sera encore mangeable, marmonne-t-il en récupérant les tranches de pain noircies.

Mais quand il les racle avec un couteau, les tranches se désintègrent.

Maman, elle ne brûle jamais un toast, dit Jeremy.

Maman, elle n'est jamais malade, renchérit Joel.

Elle n'est pas vraiment *malade*, dit Pavel – et, jetant le tas de miettes noires à la poubelle, il attrape une boîte de Corn Flakes dans le placard. C'est plutôt qu'elle est bouleversée.

Bouleversée par quoi ? demande Jeremy.

Vous en faites pas. Des trucs de grandes personnes. Vous en faites pas.

Tout en mangeant ses Corn Flakes, Joel fixe son père. L'épi lui donne un air cocasse : il ressemble un peu à Archie, le personnage de BD. Maintenant qu'il y pense, Pavel a aussi les yeux exorbités d'Archie. Tout est bizarre ce matin. Tout l'effraie. Ça fait des mois déjà qu'Hitler est mort, la guerre est terminée, alors qu'est-ce qu'il peut bien y avoir de si terrible ? Qu'est-ce ?

Peut-être que maman est vraiment malade, dit-il à Jeremy à voix basse quand ils se retrouvent dans leur chambre.

Mais non, idiot, c'est à cause des camps. Ils ont dû recevoir un coup de fil de… Prague.

Je croyais que la guerre était finie.

C'est pas parce que la guerre est finie qu'on va avoir que des bonnes nouvelles jusqu'à la fin des temps. T'es débile ou quoi ?

Le reste de sa vie, Joel associera l'Holocauste aux toasts brûlés et aux mèches rebelles.

D'autres nuits gémissantes s'ensuivent, et d'autres matins sans Jenka. Les garçons en viennent peu à peu à comprendre que toutes les sœurs de leur mère ont été transférées de Terezín aux camps de la mort en Pologne – sa mère aussi – deux frères de Pavel aussi – et qu'aucun d'entre eux n'est revenu.

D'autres jours les nouvelles sont bonnes. Ils apprennent qu'un cousin adoré a survécu. Qu'une tante a eu la chance de rejoindre le quartier du Marais à Paris, où elle a été cachée par des chrétiens sympathiques. Puis il est question d'un procès, quelque part là-bas.

Un jour, alors que Pavel lit le *Times* dans le salon avant le dîner, le journal lui glisse des mains et tombe sur le sol.

Une page intérieure, dit-il à son épouse. Page 16. Page 16. Tu peux croire une telle…

Petit Joel regarde sa mère traverser la pièce, ramasser le journal et l'ouvrir. Il voit son visage perdre toute couleur. Non, maman, se dit-il. Non, maman, je t'en prie, ne crie pas. Jenka s'assoit sur le canapé à côté de Pavel. Quelle que soit la nouvelle de la page 16, les deux adultes semblent à la fois la trouver incroyable et la connaître depuis toujours. Jenka se met debout… et se rassoit aussitôt. Joel fait pipi dans sa culotte.

Tout l'ouest du Bronx est en proie aux mêmes tensions que le foyer des Rabenstein. On le voit à la manière dont les gens discutent à voix basse au marché. Aux soupirs des femmes chargées de gros sacs de viande et de légumes quand elles se laissent choir lourdement sur les perrons pour se reposer. À l'allure des hommes qui, coiffés d'une kippa noire ou d'une casquette en velours marron ou d'un Borsalino en feutre gris, debout ou assis par petites grappes dans les parcs, cigarette ou cigare au bec, prennent appui sur leur canne et laissent leur regard se perdre dans le vide.

À la maison, les choses vont de mal en pis. Une nuit Jenka se jette contre les murs de sa chambre, une autre nuit elle s'arrache les cheveux par poignées. Petit Joel est terrorisé. Comment faire pour que sa mère redevienne comme avant, pour qu'elle lui fasse des câlins et rie de joie devant son intelligence ? Elle n'est plus tout à fait là. Son corps est dans le Bronx mais son esprit est en Tchécoslovaquie, dans un lieu qui s'appelle Terezín. Joel n'y comprend pas grand-chose ; tout ce qu'il peut faire c'est jouer avec ses peluches et essayer d'améliorer son jeu aux échecs. Voilà plusieurs mois, Jeremy s'est mis en tête de lui apprendre les échecs, mais pour Joel c'est difficile et Jeremy le bat chaque fois. S'il battait son frère aîné aux échecs rien qu'une fois, peut-être que Jenka serait à nouveau fière de lui, mais Jeremy tient les scores sur une feuille de papier cartonné qu'il punaise sur la porte de leur placard et pour l'instant c'est Jeremy 86, Joel 0.

Depuis la nuit des gémissements, il y a eu un autre changement : Pavel a inscrit les deux garçons à l'institut hébraïque de l'avenue Marion. Jusque-là, lui et Jenka étaient des juifs laïques du genre *Il y a un seul Dieu et nous n'y croyons pas*, genre répandu pour ne pas dire majoritaire dans les métropoles européennes d'avant-guerre, mais à présent ils ont décidé qu'en souvenir de tous les membres de la famille qui ont perdu la vie, les garçons porteraient la kippa et iraient à l'école hébraïque le mercredi soir et le dimanche matin.

Pour Joel, cela veut dire, en gros : apprendre à faire la *hallah* et les décorations du shabbat, à allumer les bougies pour Rosh ha-Shana et à construire les cabanes pour Soukkot. Ce qui l'amuse le plus, la première année, c'est de préparer des crêpes sans levure avec énormément de citron et de sucre pour le séder de Pessah et de découper dans du papier vert de longues chaînes de grenouilles et de sauterelles en souvenir des différentes plaies d'Égypte. Étant plus grand, Jeremy étudie déjà l'hébreu et prend des cours de Talmud Torah pour préparer sa bar-mitsvah. À la maison, il récite les passages bibliques comme un perroquet bavard et Jenka rayonne de satisfaction, alors Joel ne sait plus où se mettre. Il se sert de chaque minute de liberté pour mémoriser tout ce qui lui tombe sous la main : la bénédiction des bougies, le *Shema* et *v'ahavta, écoute, Israël, l'Éternel, notre Dieu, l'Éternel est un, Béni soit à jamais le nom de Son règne glorieux. Tu aimeras l'Éternel ton Dieu, de tout ton cœur, de toute ton âme, et de tous tes moyens.* Mais il a beau ingurgiter des quantités de savoir, il est crispé en permanence, obsédé par le désir de faire revenir la vieille (c'est-à-dire la jeune) Jenka.

À dix ans, il réussit enfin à battre Jeremy aux échecs. À partir de là, entre les deux frères, c'est la guerre ouverte.

Nashua, 1955-1960

Lili Rose vient au monde dans le New Hampshire. Son père David Darrington, méthodiste d'origine britannique, est un agent immobilier qui s'ingénie à combiner les traits d'un jeune magouilleur avec ceux d'un grippe-sou. Sa mère Eileen, d'ascendance irlandaise et allemande, bien qu'avec une éducation presbytérienne, était légèrement enceinte quand ils se sont mariés à la Première Église congrégationnelle de Nashua, Église unie du Christ. Leur fille a été baptisée dans cette même paroisse et c'est là que, tout au long de son enfance, elle ira à l'école du dimanche.

Vous voulez savoir si je subviens aux besoins de ma femme ? aime à dire David Darrington sur le ton de la plaisanterie. Parfaitement ! Et un de ses besoins, c'est celui de travailler !

En fait ça n'est pas pour rire, il parle sérieusement. Ainsi, dès que possible après son accouchement, Eileen a repris son activité professionnelle qui consiste à peindre des fleurs sur les cartes de vœux Doehla. Et que ce soit en raison des ravages infligés à ses ovaires par les substances inhalées à l'atelier ou pour une autre raison, il n'y aura pas de seconde grossesse.

Frêle et pâle, les cheveux d'un blond vénitien, la petite Lili Rose est si jolie qu'Eileen ne résiste pas à la tentation de la traiter en poupée. Elle arrange ses cheveux en queue de cheval ou en couettes et les attache avec des barrettes et des rubans bariolés ; en hiver elle lui tricote des pulls rose et violet et en été elle lui coud des petites robes en coton fleuri ; elle la gronde quand ses habits sont salis ou déchirés parce que tout coûte de l'argent et l'argent est une chose dont il faut prendre le plus grand soin.

Comme l'âme ? se demande Lili Rose vers les six ans. Est-ce qu'on peut mettre son âme à la banque aussi pour l'investir plus tard et en tirer un profit ?

D'une façon ou d'une autre, la plupart des conversations de ses parents tournent autour de l'argent.

Le propre père de David Darrington, qui s'appelle lui aussi David Darrington, est un ermite alcoolique et revêche à l'haleine aigre qui habite une cabane de rondins dans le Sud du Vermont avec sa pauvre épouse Rose et vingt chiens, et passe son temps à boire du whisky et à tuer des chevreuils. David fils est obnubilé par le besoin de prouver à David père que, contrairement à lui, il a réussi sa vie sur le plan financier, et la preuve de cette réussite est qu'à trente ans il est déjà propriétaire de sa maison.

Étant donné que la maison en question est située à une vingtaine de minutes de Nashua sur la route 101A, il n'y a pour ainsi dire personne pour s'extasier devant ses finitions parfaites, ses balcons et galeries soigneusement balayés, ses vitres d'une propreté étincelante et sa belle allée de graviers conduisant à un garage où peuvent se ranger en même temps la Volkswagen Coccinelle d'Eileen et la Ford Thunderbird de David. Hormis les ouvriers qui viennent chaque automne nettoyer la pelouse et l'allée à l'aide d'un assourdissant souffleur de feuilles, seuls des insectes, des araignées, des souris et des oiseaux sont susceptibles de remarquer la perfection ostentatoire de la maison, depuis la moquette de la salle dite familiale au sous-sol jusqu'à la toiture aux bardeaux impeccables.

Lili Rose déteste son prénom, que ses parents ont inventé en accolant ensemble les prénoms de leurs mères respectives. Elle déteste aussi être enfant unique, et fait le serment que si elle a des enfants un jour elle en aura toute une ribambelle.

Vu qu'ils habitent en forêt plutôt qu'en ville, Lili Rose est une enfant non seulement unique mais solitaire. Eileen la dépose à la crèche en partant au travail le matin et la reprend en fin de journée. Quand elle commence l'école primaire elle fait le trajet en car scolaire ; du coup les autres enfants ne peuvent pas l'inviter chez eux pour des goûters d'anniversaire en semaine ou des soirées pyjama-télévision le samedi. Seule dans sa chambre à l'étage ou dans le jardin derrière la maison, elle chante pour se tenir compagnie.

Elle adore la manière dont les syllabes et strophes des chansons tombent en place, créant de l'ordre dans son cerveau. *Nous étions vingt ou trente / Brigands dans une bande / Tous habillés de blanc / À la mod' des… Vous m'entendez ? / Tous habillés de blanc / À la mod' des marchands.* Les cantiques aussi, elle adore. *Prends ma main dans la tienne et qu'en tout lieu / Ta droite me soutienne Seigneur, mon Dieu. / Comment donc sans ton aide me diriger / Si je ne te possède pour me guider ?*

Lili Rose s'accroche à la musique.

Manhattan, 1994

À la rentrée, Shayna, alors que tu n'as pas tout à fait deux ans et demi, tes parents t'inscrivent à l'école Sainte-Hilda-et-Saint-Hugues sur la 114e ouest.

Lili Rose, désormais titularisée au City College, reste en général à Harlem de huit à dix-huit heures ; c'est donc Joel qui t'amène à l'école. Vous faites toujours le trajet à pied (sauf vraiment les pires jours de l'hiver, où, dès le coin d'Amsterdam, un vent glacial vient vous frapper, vous renverser presque, auquel cas vous prenez un taxi). Oh, ces promenades avec ton papa, Shayna ! ces promenades avec ton papa ! Tu marches toujours à sa gauche car Joel est devenu un peu dur d'oreille côté droit. Ta petite main lovée au creux de la grosse patte velue paternelle (avec, à l'annulaire, une alliance en or que tu aimes caresser), tu es totalement en sécurité et aux anges. Joel est père de la tête aux pieds. Son but est de faire de chaque instant de ta vie une occasion d'apprendre.

Suspendue à ses lèvres, tu comprends vite le sens des mots *raccourci*, *ramoyenni* et *rallongi*. Le *raccourci*, quand vous êtes en retard, consiste à couper en diagonale à travers le campus de Columbia ; ça ne vous prend qu'un quart d'heure. Le *ramoyenni*, trajet de vingt à vingt-deux minutes en forme de L, consiste à longer (ou à traverser, s'il fait beau) le parc Morningside. Le *rallongi*, de loin ton préféré, prend une grande demi-heure : il implique de suivre la 120ᵉ Rue jusqu'à Riverside puis de longer le parc au bord du fleuve – courant, soufflant, riant, vous émerveillant des arbres en fleurs ou des piles de feuilles dorées ou des monceaux de neige fraîche.

Tout en marchant, vous papotez. Tu mitrailles ton père de questions et il connaît toujours les réponses. Quand il rit à une de tes blagues c'est comme si tu mordais dans une tranche de pain grillé recouverte de miel et de beurre fondu.

De jeunes babysitters compétents, garçons ou filles, viennent te chercher, te ramènent à la maison et s'occupent de tout jusqu'à ce que, sur le coup de dix-sept heures trente, le pas du professeur Rabenstein résonne dans le corridor. Alors, souriants, ils ouvrent la porte et te voient jaillir tel un boulet de canon, courir le long du corridor et te jeter dans les bras de ton papa. Et celui-ci de te soulever, de te faire tournoyer dans l'air, de t'écraser contre sa poitrine.

Le bonheur n'a pas d'autre définition.

Ouaga c'est exactement ce qu'il me faut en ce moment. Brouhaha, bordel, complications, puanteur des pots d'échappement de motos bon marché et du plastique européen cramant en bordure de la ville, chaleur sévère et sèche, poussière rouge, bâtiments inachevés, trottoirs où s'amoncellent fruits, légumes, ordures, pneus, batteries et oripeaux, mélange de matériaux plus hétéroclites que le sol du studio de Francis Bacon... et le sourire des gens. Sans parler de la musique, le doux rythme du balafon et du tambour que je capte matin midi et soir, faible ou frénétique, proche ou lointain, en provenance de quelque part, toujours.

Bronx, 1948-1950

Comme les affaires de Pavel prospèrent, les Rabenstein peuvent quitter leur appartement de Kingsbridge Heights pour une maison à Riverdale. Bien qu'ils aient désormais chacun leur chambre, les garçons sont toujours en bisbille. Plus précisément, Jeremy impose à son petit frère un règne de terreur, lui écrasant les pieds nus de ses pataugas, se moquant de sa myopie, lui crachant à la figure, volant et escamotant ses cahiers, crayons et lunettes, caftant quand il arrive en retard à l'école, défaisant ses lacets, attachant ses chaussures l'une à l'autre, éparpillant ses caleçons sales sur le sol de sa chambre. Quand Jenka gifle Joel pour ces bêtises qu'il n'a pas commises, il n'ose pas blâmer Jeremy ; il sait que Jeremy le giflerait à son tour dès qu'ils se retrouveraient seuls.

Il est atterré de se dire que jusqu'à la fin de leur vie sa mère chérira et admirera son grand frère plus que lui, mais il ne sait pas comment modifier la donne. Il ne peut tout de même pas espérer que Jeremy le tue comme Caïn tue Abel dans la Bible, pour que Jenka comprenne enfin qu'elle s'est trompée en croyant l'aîné plus digne d'amour que le cadet, car dans ce cas il serait trop tard pour se réjouir d'être le fils préféré...

Un autre problème surgit : Jeremy commence des leçons de violon. En peu de temps il apprend à jouer des airs de Mahler, de Dvořák et surtout de Janáček – airs que Jenka a entendus en concert jadis, à la salle municipale ou à la salle de l'Opéra national de Prague, et qui la font pleurer sur sa jeunesse.

C'est fou comme tu as appris à faire pleurer ta mère en un rien de temps, s'extasie-t-elle. Je n'en reviens pas. Trois mesures de Janáček et j'ai les canaux lacrymaux grands ouverts. Je me demande comment tu fais.

Dépourvu de talent musical, Joel n'a aucun accès à ces canaux-là.

Dans son for intérieur, ce à quoi il aspire plus que tout est de jouer au baseball avec ses amis après l'école, mais Jenka s'y oppose.

A-t-on jamais entendu parler d'une chose aussi idiote ? dit-elle. Frapper une balle avec une batte, puis l'attraper et la renvoyer là où elle était au point de départ, tu peux me dire à quoi ça sert ? Tu peux m'expliquer l'intérêt qu'il y a à courir comme un dératé autour d'un terrain en forme de diamant ? Tes ancêtres savaient *couper* et *polir* les diamants : *ça*, ça valait la peine. Un jour tu visiteras le musée du Diamant de Prague et tu verras de quoi je parle.

Le Yankee Stadium est à quelques arrêts seulement au sud de chez eux, sur la ligne n° 4 du métro IRT, mais il est hors de question que Joel assiste à un match de son équipe préférée. Tous ses amis ont le droit d'y aller, lui non ; et lui, en plus, ne peut même pas se rattraper sur les statistiques de baseball parce qu'au lieu d'acheter le *Post* comme les autres pères, Pavel achète le *Times*.

Isolé et malheureux à l'école, intimidé par son frère à la maison, Joel se cramponne aux livres. Il emprunte à la bibliothèque de l'école un volume après l'autre et les dévore de la première page à la dernière. En quatrième année, il se met à tenir des listes méticuleuses, inscrivant leurs titres, auteurs et thèmes, un résumé de leur contenu et une note (sur dix) reflétant son appréciation personnelle. Ses auteurs préférés (10/10) sont Agatha Christie, Alexandre Dumas et Jules Verne, avec A. J. Cronin en quatrième place. À la fin de sa sixième année, sa liste de lectures fait déjà vingt pages.

Un jour, Jenka la découvre sur sa table de travail. Impressionnée, elle s'en émerveille auprès de Pavel pendant le repas du soir. La nuit d'après, Jeremy la vole. Quand Joel le confronte, il ne se donne même pas la peine de nier.

Ce vieux truc ? dit-il. On n'avait plus de journaux alors je l'ai utilisé comme allume-feu.

Joel est sans voix.

Qu'est-ce que ça change ? poursuit Jeremy. Tu peux toujours en faire une autre, non ? Allez, bébé, arrête de chialer… Me dis pas que tu vas courir raconter ça à ta môman !

Ce disant, il écrase soigneusement sous ses gros souliers les pieds en chaussettes de Joel et lui crache à la figure.

Joel retourne à la bibliothèque de l'école et commence une nouvelle liste de lectures. Cette fois il la replie et la range dans un lieu secret – un peu comme ces *genizah* dans les synagogues, où l'on serre les livres hébraïques sacrés en attendant la cérémonie de leur mise en terre.

Pour prendre un peu d'avance dans la préparation de sa bar-mitsvah, Joel se met à étudier obsessionnellement les règles du Talmud Torah. L'une d'entre elles l'inquiète un peu, c'est celle qui interdit de gaspiller sa semence. C'est un des pires péchés au monde, Dieu a carrément *tué* Onan pour ça !... même si, quand on regarde de près, il s'avère qu'Onan a été puni non parce qu'il se masturbait mais parce que, quand son frère est mort et qu'il a épousé sa veuve comme le lui ordonnait la Torah, il n'avait pas envie de la mettre enceinte parce que leurs fils seraient considérés comme les fils de son frère et pas les siens et il n'aurait pas le droit de leur transmettre ses biens, alors il a juste décidé de se retirer et de laisser sa semence se répandre par terre. Mais bon, quoi qu'il en soit, la moralité de l'histoire est la même, à savoir que si on verse sa précieuse semence n'importe comment on devient impur, qu'on l'ait fait exprès (pour s'amuser) ou pas (en dormant). D'après la tradition orale, les rabbins qui font des rêves érotiques la veille de Yom Kippour ou de Rosh ha-Shana n'ont pas le droit de présider aux cérémonies. Les pauvres ! se dit Joel. Ils doivent être gênés d'avoir à aller à la synagogue et de dire : *Euh, ben, je suis désolé, mais il va falloir trouver quelqu'un d'autre pour présider aux cérémonies cette année...*

Jeremy, lui, a déjà fêté sa bar-mitsvah. Il dit vouloir être avocat quand il sera grand, pour défendre le tout nouvel État d'Israël, mais en attendant il y a une loi qu'il transgresse à peu près tous les jours, celle qui interdit de verser sa semence exprès (pour s'amuser). Joel le sait parce que leurs chambres sont mitoyennes et à travers la cloison il entend son grand frère souffler et gémir soir après soir. Ça doit laisser des traces dans ses draps parce que Jenka le gronde régulièrement à ce sujet. Parfois Jeremy proteste en sanglotant : Je ne me suis pas touché, maman ! Je te le jure ! – Et ça, alors, c'est quoi ? s'écrie Jenka. Hein ? c'est quoi, ça ? Je dois te mettre le nez dedans pour que tu avoues que c'est sorti tout droit de ta *shofkha* ?

Joel sait ce que c'est de recevoir de plein fouet la fureur de Jenka : ça te blesse au plus profond de toi et te fait rougir comme une fille, alors il est chaudement, honteusement content chaque fois que c'est Jeremy qui prend et pas lui. Le pire, avec les récriminations de Jenka, c'est qu'elles sont toujours liées à l'Holocauste. Tu crois que mes sœurs sont mortes pour que tu puisses te tripoter ? dit-elle par exemple. Tu crois que six millions de juifs sont partis en fumée pour que tu compromettes ainsi ton avenir ? C'est tout ce que tu as trouvé pour compenser la perte des hommes les plus cultivés de Prague et de Vienne, d'Athènes et de Berlin ?

Un jour, exaspéré d'être tancé plus souvent que son petit frère, Jeremy achète un numéro de *Modern Man* et le cache négligemment sous le matelas de Joel. Naturellement, Jenka le remarque dès qu'elle entre dans la chambre de Joel pour ranger les piles de vêtements repassés par Deanna, la bonne jamaïcaine. Elle tire sur le magazine, voit de quoi il s'agit et manque tomber à la renverse. Ne se sentant pas à la hauteur pour traiter une telle faute, elle appelle Pavel à son travail.

Quand Joel rentre de son cours de Talmud Torah ce soir-là, son père le fait monter dans son bureau à l'étage. Il tient le magazine roulé en cylindre.

C'est toi qui as acheté ça, mon fils ?
Les yeux au sol, Joel fait non de la tête.
Quelqu'un te l'a prêté ?
À nouveau, Joel hoche la tête *non*.
Tu l'as eu comment, alors ?
Les joues de Joel brûlent de honte et de rage mais il demeure muet. Plus que la punition de son père, il redoute celle qu'il recevrait des mains de Jeremy s'il mouchardait. Pavel a beau réitérer sa question sur tous les tons, il garde le silence. Alors, tout en continuant de l'agonir de reproches, Pavel se met à le frapper avec le numéro de *Modern Man*. Ses coups, toutefois, sont moins forts que ses cris ; car il a moins à cœur de punir son fils que de rassurer sa femme.

Tu crois que c'est pour ça que je me crève le *toutchis* ? Tu crois que je passe soixante heures par semaine au bureau pour avoir un fils comme toi ? Un fils qui se prélasse au lit à regarder des *schmuschkas* et à se tripoter ? Tu veux bafouer tous les espoirs qu'on a investis en toi, devenir un maquereau ? C'est ça ton ambition, être un minable petit voyou new-yorkais ?

Enfin, haletant de manière théâtrale, il lance le magazine à travers la pièce et se laisse tomber dans son fauteuil. Je ne veux plus que tu fasses entrer chez nous ce genre de *chazerai*, compris ? Pas la peine de te pointer au dîner ce soir. Ta mère ne fait pas la cuisine pour des maquereaux. Compris ?

Oui, papa.

Nashua, 1963

Chantonnant toujours à voix basse, Lili Rose grandit. Vivre à l'écart de la ville fait d'elle une espèce de paria, alors elle se jette à corps perdu dans le travail scolaire. Sa maîtresse de première année chante ses louanges devant la classe, et la cite souvent en exemple. Vers la fin de l'année, elle convoque Eileen et David.

Lili Rose, leur annonce-t-elle, maîtrise déjà la lecture si parfaitement que ce serait du temps perdu pour elle de faire sa deuxième année.

La petite passe donc directement en troisième. Les élèves en veulent à cette fille qui exécute en un clin d'œil des tâches qui leur coûtent, à eux, de grands efforts. Ils se moquent de ses vêtements de poupée et la traitent de sainte nitouche, de coccinelle, de lèche-cul. Un cercle vicieux se met en place : plus Lili Rose se sent exclue plus elle travaille, et plus elle travaille plus on l'ostracise.

Quand elle atteint ses huit ans, David décrète qu'elle doit apprendre à faire du vélo et Eileen ajoute que le moment est venu de l'initier à la couture. Mais Lili Rose a peur des vélos et des machines à coudre, deux engins dont on fait tourner les roues à toute allure en actionnant des pédales. Dans ses cauchemars la nuit, son vélo chavire et verse, la projetant au sol ou la jetant devant les roues d'un camion ; l'aiguille de la machine à coudre lui perce aveuglément les doigts, cousant ses mains au tissu. Toujours il y a versement de sang, effacement de son être.

Ses parents la regardent, incrédules. Mais… qu'est-ce que tu racontes ? Peur d'une *machine à coudre* ? Peur d'un *vélo* ? Ça ne va pas, non ? Mais elle n'en démord pas. Au lieu d'apprendre à coudre et à faire de la bicyclette, elle chante.

David et Eileen prêtent peu d'attention à son chant mais, le temps passant, une voix chaude dans sa tête se met à lui susurrer qu'elle a un don. La voix l'encourage, lui promettant la gloire : un jour, vêtue d'une magnifique robe à paillettes, elle montera sur scène comme Aretha Franklin et chantera dans un micro. Des millions de gens la regarderont à la télévision, scanderont son nom et se battront pour acheter des billets à ses concerts.

Pour Lili Rose, cette voix devient une sorte de dieu qui la regarde, la suit et veille sur elle en permanence. Elle s'efforce d'être digne des espoirs qu'il met en elle et devient dépendante de ses louanges. Alors elle demande à sa mère si elle peut prendre des leçons de chant.

Elle veut chanter dans le chœur de l'église, dit Eileen à David. Ce serait formidable, non ?

David râle car les leçons sont chères. Mais, avec l'aide d'un peu de whisky et d'un peu de parfum, Eileen parvient à le convaincre. Bon, finit-il par dire, si c'est toi qui la conduis.

Les leçons ont lieu dans le sous-sol de l'église, le samedi après-midi. Le professeur, M. Vaessen, est un grand jeune homme d'une trentaine d'années au visage mangé par des lunettes et une barbe. Timide au début, Lili Rose se détend peu à peu en sa présence. Entre deux leçons, elle s'enferme dans sa chambre et s'entraîne des heures durant : intervalles, accords majeurs et mineurs, armature, indication de la mesure, techniques de respiration, trilles, phrasés ; l'art de chanter juste dès l'*attaca*. Au bout de quelques mois de leçons, M. Vaessen dit à Eileen que les progrès de sa fille sont prometteurs. La voix dans la tête de Lili Rose la félicite. Un panache d'espoir se met à vibrer dans sa poitrine.

Au mois de juin, une journée d'été caniculaire, Eileen met à sa fille une robe qu'elle vient de confectionner, en coton bleu pâle avec de très courtes manches à ruches. Vers trois heures et demie, assis au clavier du piano, M. Vaessen teste l'oreille absolue de son élève et sa capacité de reconnaître les intervalles sans les voir jouer : tierce, quinte, quarte… Debout à sa gauche, la petite s'exécute à merveille. Puis il dit : Maintenant, Lili Rose, à partir du *do3*, peux-tu me chanter une sixte ? Juste au moment où sa voix s'assure de sa prise sur le *do* aigu et où sa gorge et ses cordes vocales cherchent l'ouverture précise qu'il faut pour produire le *la* au-dessus, M. Vaessen, tout en gardant sa main droite sur le clavier, glisse la main gauche sous sa robe.

Le temps s'arrête. Le corps de Lili Rose se fait pierre. Le *la* aigu qu'elle avait si gracieusement relâché dans l'air s'interrompt, oiselet coincé dans sa gorge. Après avoir caressé ses reins et ses fesses menues, la main de M. Vaessen descend entre ses minces cuisses légèrement écartées et caresse le petit renflement de son sexe à travers sa culotte en coton blanc, une de ces culottes qu'Eileen achète un dollar les trois au Woolworth du centre-ville, et qu'elle prend soin de ne laver qu'avec d'autres blancs parce que si on les lave avec des habits de couleur (même des couleurs pâles, insiste-t-elle), elles virent au gris ou au rose et on ne peut plus jamais les récupérer, même en utilisant de l'eau de Javel ! Eileen explique ces choses à Lili Rose avec le plus grand sérieux parce que, même si elle-même a un emploi à l'extérieur, elle vient d'une longue lignée de femmes d'intérieur dévouées et ardentes et tient à ce que sa fille maîtrise à la perfection les règles de l'art ménager.

Mais quand M. Vaessen l'attire à lui en murmurant Quelle jolie fillette, mais comme tu es jolie, le sortilège se défait d'un coup. S'arrachant à son emprise, elle attrape son cartable, sort de la pièce, s'élance dans l'escalier et ne cesse de courir qu'une fois devant sa maison. Là, elle annonce à sa mère qu'elle ne veut plus faire partie du chœur de l'église ni prendre des cours de chant. Eileen aura beau l'interroger, la petite ne dira pas un mot de plus.

Que s'est-il passé au juste, et qu'est-ce que ça veut dire ? Elle y pense sans arrêt. Elle sait que les hommes peuvent être excités. Est-ce que c'est comme l'électricité, comme quand on appuie sur un interrupteur et qu'une ampoule s'allume ? Son corps a excité M. Vaessen. Une flamme s'est allumée dans son corps. Son toucher à lui l'a glacée, au contraire. Il a pétrifié son corps.

La voix dans sa tête lui dit de faire très attention. Elle lui dit qu'il faudra se surveiller de près dorénavant. Lili Rose commence à se préoccuper de son apparence et à se comparer aux autres filles. Pour l'instant elle n'a pas de seins mais, plus âgées qu'elle d'un an ou deux, certaines filles de sa classe en ont. Au vestiaire, avant ou après le cours de gym, Lili Rose les observe à la dérobée en se demandant si, plus tard, elle aura elle aussi des seins qui tremblent quand elle marche ou ballottent quand elle court. Elle espère que non.

Elle se met à feuilleter les vieux numéros de *Elle*. Les subtilisant à sa mère par petites piles de trois ou quatre, elle les cache sous son lit et, une fois ses devoirs terminés, se gave de pubs et d'astuces beauté.

Mots et images se déversent en elle. Les mannequins sont de parfaites princesses modernes : grandes et élancées, modestement pourvues côté poitrine et hanches. Le profil tourné vers la caméra, elles marchent en balançant doucement les bras et les jambes. La caméra capte la fraîcheur de leur regard et la grâce de leurs mouvements. Leurs jupes en laine, tweed ou cuir descendent juste au-dessous du genou. Soldes de Noël, soldes d'été : petits chapeaux, tambourins, capelines. On peut allonger ses cils avec du mascara – waterproof de préférence, pour éviter que ça coule en cas de pluie ou de pleurs. Au bras : des sacs en cuir de toutes les tailles et de toutes les formes, avec chaînes dorées, lanières, boutons-pressions, poches, fermetures éclair. Aux pieds : bottes, escarpins, talons aiguilles, bottines, bottes jusqu'aux genoux, jusqu'aux cuisses. *Mode féminine*. Accessoires. Bérets sur cheveux auburn. Femmes qui suivent leur mari chasseur à travers la verdoyante lande écossaise. Kilts qui se balancent. Femmes à cheval, femmes avec palefrenier. Femmes aux lèvres brillantes couleur perle et aux paupières ombrées de couleur fumée. Le mot *perle*. Le mot *fumée*.

Chaque mot de chaque publicité est poésie pour Lili Rose. Elle aime même à lire les prix, invariablement *sacrifiés* (seulement 12,99 $ au lieu de 19,99 $!). Les manteaux de fourrure coûtent des centaines de dollars ; leur inaccessibilité fait partie de leur beauté. Elle raffole des images de manteaux de vison, pulls en cachemire, foulards en soie. En tournant les pages de papier glacé, elle frotte sa joue contre l'idée de cette douceur. Le mot chaud de *vison* la ravit au plus haut point, tout comme le mot lisse de *cachemire* et le mot suave de *soie*. Jamais un être humain n'a touché Lili Rose de façon aussi chaleureuse que le mot *cachemire*. Lanvin, Chanel : associations françaises d'élégance et de chic. Tout ce qui est chic est français, y compris le mot *chic*.

Elle aspire à grosses goulées les femmes pulpeuses et plantureuses, contemple leurs soutiens-gorges jusqu'au vertige, étudie les motifs de la dentelle à travers laquelle se devine la courbe douce de leurs seins, mémorise leur coiffure, leurs ongles longs parfaitement manucurés, leurs mollets sveltes en bas nylon. Aux hommes, elle ne consacre pas un seul instant – même quand ils se jettent aux genoux des femmes en brandissant un diamant géant pour les demander en mariage. Seule l'intéresse la beauté muette et coûteuse des mannequins. Joues frottées au blush, lobes d'oreille parfumés, sourcils épilés, mains enduites de crème hydratante. Lili Rose se gave de pubs comme d'autres de chocolats : compulsivement. Elle devient insatiable.

Eileen est perturbée par ce nouveau comportement de sa fille, qu'elle interprète à tort comme une explosion précoce de narcissisme pubertaire.

Regarde-la, dit-elle à David un soir alors que, dans le couloir, Lili Rose se pomponne devant la glace en pied. Elle est obsédée par ses ourlets, ses bas, ses cheveux, ses ongles… L'autre jour elle m'a demandé de lui acheter une gaine et un soutien-gorge – à neuf ans ! Tu peux croire ça ?

Préoccupé par le marché immobilier et quelques conquêtes féminines mineures, David n'avait rien remarqué.

Elle s'intéresse à son apparence, dit-il, quoi de plus naturel ? Toi, tu t'y es prise comment pour me ferrer, hein ? Vernis à ongles et rouge à lèvres couleur perle, escarpins à talons hauts… ça ne te rappelle rien ?

David, pour l'amour du ciel, elle a neuf ans ! Une gaine… mais c'est une plaisanterie ! Elle n'a rien à soutenir ni à contenir !

Pourquoi elle ne jouerait pas aux princesses ? Toutes les petites filles le font, non ? Exactement comme les petits garçons jouent aux soldats.

Long Island, 1996

Pour marquer le dixième anniversaire de la mort de Pavel, les Rabenstein, généralement peu attentifs aux fêtes juives, décident de tenir un séder de Pessah chez Jenka dans l'East Hampton. Claire, la bonne haïtienne, qui habite à deux heures de métro de là à Rego Park, vient plus tôt que d'habitude afin de dresser la table festive. En bout de table, suivant les instructions de Jenka, elle place un couvert pour le patriarche absent. Et au centre : un bol d'eau salée, une assiette de galettes *matzah* et une coupelle de persil.

Toi, Shayna, âgée maintenant de quatre ans, tu ne peux t'empêcher d'observer nerveusement ta grand-mère au regard perçant, au menton flasque, aux joues ridées, au nez crochu et à l'âge inconcevable. Tu vois que ses mains tremblent, et qu'elle serre fort sa serviette en lin pour les immobiliser. Tu vois que ses ongles sont longs et très rouges, comme si elle les avait trempés dans du sang frais. Tu te dis que si jamais ta langue fourche, cette grand-mère-épervier fondra sur toi, t'attrapera dans ses serres terribles et te gobera telle une souris des champs.

À la droite de Jenka est installé ton père, l'homme le plus beau du monde, aujourd'hui vêtu d'un pantalon gris ardoise et d'un pull en cachemire noir. Ayant récemment subi une opération au laser pour corriger sa myopie, Joel ne porte plus de lunettes ; du coup, malgré ses cheveux grisonnants et les sillons entre ses sourcils, il ne fait pas du tout son âge.

À la gauche de Jenka se trouve son autre fils, ton oncle Jeremy. Même s'il est chauve, perpétuellement survolté et en sueur, tu l'aimes bien parce qu'il n'oublie jamais de t'apporter des bonbons. Il est plus âgé que ton père, et gay. Son compagnon Arnold s'étant déclaré *allergique aux simagrées religieuses*, Jeremy a dû faire seul les trois heures de route entre Hoboken et East Hampton, et pour le moment il se plaint de l'enchaînement infernal de tunnels et de péages qu'il vient de traverser.

À côté de Jeremy s'est assise ta maman. C'est son premier séder et tu remarques qu'elle est sur les nerfs. Son corps ne bouge pas, mais ses yeux volettent comme si un moineau, piégé dans son crâne, battait des ailes contre la vitre.

Toi aussi tu es nerveuse, Shayna. Étant la plus jeune de l'assemblée, c'est à toi de poser les fameuses quatre questions de la cérémonie *Ma nishtana*. Sachant que tu allais devoir traverser cette épreuve, et voulant que sa mère soit favorablement impressionnée, Joel a consacré un moment chaque soir de la semaine à réviser les questions avec toi jusqu'à ce que tu les connaisses par cœur.

Là, d'un signe de tête et d'un petit coup de coude, il te donne le top du départ. Tu prends son souffle – mais quand tu essaies de parler, ne sort de ta bouche qu'un couinement de souris. Tu t'éclaircis la gorge et répètes la question qui nomme et ouvre la cérémonie : *En quoi cette nuit est-elle différente des autres nuits ?*

Parfait, ma chérie, dit la grosse patte de Joel à ta menotte minuscule. Bravo. Vas-y, maintenant. Tu peux y aller avec les questions.

T'accrochant à la chaleur de ton papa, tu dis : *Car toutes les nuits, nous mangeons du pain levé ou azyme ; pourquoi ne mange-t-on cette nuit que des azymes ?*

Joel t'a expliqué qu'on mangeait le pain sans levure au séder de Pessah afin de se rappeler que, pendant leur longue traversée du désert du Sinaï pour échapper à l'esclavage, les juifs avaient manqué de levure.

Car toutes les nuits, nous mangeons toutes sortes d'herbes ; pourquoi mange-t-on cette nuit seulement des herbes amères ?... du persil, en l'occurrence, t'a prévenue Joel. Tu détestes le persil et espères qu'on ne t'obligera pas à en manger.

Car toutes les nuits, poursuis-tu avec courage et obstination, la voix un peu moins tremblante maintenant que la fin est en vue, *nous ne trempons pas même une fois, pourquoi trempe-t-on cette nuit deux fois ?* Joel t'a expliqué que chacun de vous devait tremper un grand brin de persil dans de l'eau salée et le secouer ensuite, en souvenir des larmes salées qu'avaient versées les juifs du temps de leur esclavage en Égypte.

Tu t'apprêtes maintenant à poser la dernière question, celle qui parle de s'allonger. *Car toutes les nuits, nous mangeons assis ou allongés ; pourquoi, cette nuit, mange-t-on allongé ?* Tu t'étais attendue à ce que tous les invités se prélassent sur des coussins, éparpillés çà et là dans le salon de Jenka, mais, loin de se prélasser, ils sont tous assis droits comme des piquets, l'air solennel... Tous sauf le pauvre oncle Jeremy, qui trépigne sur sa chaise en lançant des petits coups d'œil à Lili Rose. Tu devines qu'il est en manque de nicotine et se demande quand il va pouvoir s'éclipser dans le jardin pour fumer avec sa belle-sœur.

L'épreuve est derrière vous enfin. De l'autre côté de la table, ta maman te félicite d'un immense sourire chaleureux, Shayna… mais, détournant ostensiblement le regard, tu lèves vers ton père des yeux adorateurs. Lili Rose se met debout si brusquement que sa chaise manque se renverser.

Si on s'en grillait une avant la bouffe, Jerry ? dit-elle, faisant s'illuminer le visage de Jeremy, s'assombrir celui de Joel, et rougir de rage celui de Jenka.

AVEC HERVÉ ON SE SERT D'OUAGA COMME BASE EN ATTENDANT DE PARTIR LA SEMAINE PROCHAINE POUR LE MALI, PLANTER DIX MILLE ARBRISSEAUX DANS LA RÉGION DE MOPTI SOUS LES AUSPICES DU TURING PROJECT. REFORESTATION. MIEUX VAUT GERMER QUE GÉMIR, M'A DIT HERVÉ HIER MATIN ALORS QU'ON ÉTAIT ALLONGÉS CÔTE À CÔTE DANS LE LIT ÉTROIT APRÈS L'AMOUR, ET J'AI ÉCLATÉ DE RIRE. LA PLANTE VAUT MIEUX QUE LA PLAINTE, AI-JE RENCHÉRI ET ON A RI SI FORT QU'IL NOUS A FALLU REPRENDRE NOS CARESSES À ZÉRO.

Bronx, 1952

À son tour, à douze ans et demi, Joel commence les préparatifs pour sa bar-mitsvah. Le tuteur que lui assigne le *shul* de l'avenue Marion est un jeune homme au nez boutonneux, aux cheveux gras, aux dents pourries et à l'halitose sévère. Joel apprend à articuler de longues phrases en hébreu sans inspirer par les narines. Les mots dansent sur ses lèvres. Étonné par sa prononciation impeccable, le tuteur hoche la tête et lui fait des révérences.

Le grand jour arrive enfin. Joel se sent prêt. Il a envie de rendre Jenka plus fière que Jeremy n'a pu le faire. La synagogue est pleine à craquer, ses parents sont assis au premier rang, son frère providentiellement absent – et lui, Joel Rabenstein, est le centre de l'attention. Grand et majestueux dans ses robes dorées, le rabbin ouvre solennellement le cabinet en bois qui contient le Sefer Torah et déroule le parchemin pour lui seul. Tout est comme il faut, sauf que... le ventre de Joel le dérange. Il a des crampes d'estomac. Quand il lève la tête, ses yeux rencontrent ceux du rabbin et le regard de l'homme saint plonge en lui jusqu'au tréfonds.

Joel se met à chanter les vers en hébreu. Il a tout mémorisé à la perfection mais, étrangement, pendant que sa voix égrène les paragraphes de Rois 18, la scène qu'ils décrivent se met à vivre en lui ; c'est comme si les mots engendraient la réalité au fur et à mesure. Joel se trouve parmi les prophètes qui, sur le mont Carmel, hésitent entre deux dieux. Il les voit sauter sur l'autel et se mettre à crier. Quand Baal, le faux dieu, ne répond pas, ils s'enfoncent des épées et des lances dans la chair, faisant gicler leur propre sang. Tout en continuant d'articuler le texte, Joel a de plus en plus mal au ventre car il est bouleversé par ce que les mots lui montrent : des lames aiguisées qui pénètrent le corps des taureaux et celui des hommes, le sang qui jaillit, les hommes qui débitent les taureaux en morceaux et les brûlent sur l'autel, le feu du Seigneur qui tombe, consume la viande et lèche l'eau jusqu'à la dernière goutte.

Joel a le cœur au bord des lèvres. Le rabbin, plongeant à nouveau son regard dans le sien, voit qu'il ne croit pas.

On approche maintenant de la fin de la cérémonie. Le rabbin recouvre la tête de Joel d'un épais tissu blanc – puis, posant les deux mains sur le tissu, il se penche et lui dit à voix basse : *Serre les fesses et continue.*

Sidéré, seul, invisible, Joel rougit violemment.

S'éloignant déjà, le rabbin porte le shofar à ses lèvres et souffle dedans. Joel sait que l'instrument représente la corne du bélier qui s'était empêtré dans le sous-bois. L'idée est de rappeler à Dieu le mérite d'Abraham, dans l'espoir qu'Il pardonnera aux hommes leurs péchés. *N'oublie pas !* implorent les notes d'or en s'élançant à travers les airs en direction du Tout-Puissant. *Abraham était prêt à sacrifier son fils ! On mérite bien une petite remise de peine en retour, non ?*

Au bout d'un moment, les notes planantes ralentissent et s'éteignent, signifiant au monde que Joel est devenu un homme... un homme juif. Il voit Jenka qui le regarde, radieuse, les yeux remplis de larmes. Mais alors que les gens convergent sur lui pour le féliciter – *Mazel tov ! Mazel tov !* – il se fait un quadruple serment à voix basse : plus jamais il ne dira une chose à laquelle il ne croit pas, ni ne mangera des animaux, ni ne portera une kippa, ni ne mettra les pieds dans une synagogue.

Jenka est atterrée par le soudain refus de son fils cadet de manger sa soupe au poulet, ses bagels au saumon fumé et sa carpe farcie. *Vey ist mir !* Elle pousse des soupirs et se plaint à Pavel, mais le garçon reste intraitable. Il est calme et ferme dans sa décision de ne plus consommer que légumes et produits laitiers. Quand ses parents ont du monde à dîner, il reste à sa place en silence, grignote un peu de salade aux choux et de tarte aux pommes, puis s'excuse poliment. En quittant la salle à manger, il entend les adultes soupirer et se lamenter à voix basse de le voir si pâle et maigre. Comment peut-on ne pas manger de la viande ? disent-ils en se resservant du bœuf Strogonoff de Jenka. L'homme est naturellement carnivore. Il chasse depuis la préhistoire !

Boston, 1965

Quand David Darrington père succombe à une cirrhose l'année d'après, ses quatre fils et leurs épouses comprennent qu'ils vont passer un petit moment en enfer. Ils vont devoir non seulement organiser des obsèques pour le vieil ermite, mais aussi distribuer ses biens moisis, trouver de nouveaux propriétaires pour ses chiens psychotiques, vendre sa cabane en rondins et inventer une solution pour Rose, leur mère, dont le corps et l'âme déclinent à la vitesse grand V.

Allongée sur le ventre devant la cheminée, la petite Lili Rose fait ses devoirs pendant que David et Eileen discutent de tout cela au salon après le dîner.

Vas-y, toi, mon ange, dit Eileen.

Pas question d'y aller seul. Ça va être l'enfer. Sans toi, je tiendrai pas le coup.

Mais qui s'occupera de Lili Rose ?

Oui, je sais. Faut trouver à la caser quelque part.

Peut-être qu'elle pourrait rester avec mes parents à Concord.

Elle s'ennuierait à mourir.

Merci ! Mais, bon, c'est pas faux…

Et si on l'envoyait chez Jim et Lucie à Boston ? Là-bas il y a toute une flopée de cousins plus âgés pour s'occuper d'elle.

Mais elle les connaît à peine !

Bah, comme ça ils feront connaissance.

Tu es sûr ? Tu ne m'as pas dit que cette branche de ta famille appartenait plutôt aux... bas-fonds ?

Merde, Eileen ! Elle peut passer quelques jours avec ses putains de cousins germains ! C'est pas contagieux, la pauvreté. Arrête de jouer les Pères pèlerins du *Mayflower* !

C'est quoi les bas-fonds, maman ?

C'est ainsi qu'à l'âge de dix ans, Lili Rose se retrouve seule dans un car Greyhound roulant en direction de Boston.

Sa cousine Lola, seize ans, vient la chercher à la gare routière de la rue Tremont, et la serre dans ses bras tout en fumant une cigarette et en mâchant du bubble-gum.

Salut, minette. T'es drôlement mignonne, dis-moi ! Il fait un temps sublime – si on faisait le trajet à pied ? T'as qu'à me passer ton sac, je vais le porter.

Maman m'a dit de rester à l'intérieur de la maison, fait Lili Rose tout bas.

Ah oui ? Écoute, chouquette, t'as dix ans ou t'en as deux ? Ta mère pourrait te lâcher un peu les basques, non ? T'en fais pas, babydoux, je te quitterai pas, je te protégerai, on va pas te manger... Tu ferais pourtant un plat de roi !

Dit Lola en pouffant de rire à sa propre blague.

Ce vendredi soir, bras dessus, bras dessous, les deux filles mettent près d'une heure à descendre Tremont et Columbus jusqu'à Hyde Square. Les rues palpitent : odeurs puissantes, voix fortes qui jacassent en langues étrangères, musiques saccadées en provenance des troquets et des voitures.

Parmi les foules qui encombrent les trottoirs, Lili Rose voit peu d'individus à peau claire. Ses yeux s'arrondissent de seconde en seconde.

Elle est grande pour ses dix ans. Les hommes se retournent sur le passage des deux jolies Beiges, les suivent des yeux. Chaque fois qu'un homme frôle Lola, exprès-pas-exprès, il en profite pour lui susurrer des choses à l'oreille et elle explose de rire.

Des filles ! Des filles ! Des filles ! promettent les enseignes au néon dans les sombres fenêtres des bars de la rue Tremont. À l'idée qu'en vertu du simple fait d'être une fille on peut décrocher un emploi bien payé que sa mère trouverait immoral et qui la mettrait en danger, Lili Rose a le cœur qui chavire. Elle ne sait pas de quel danger il s'agit au juste, mais elle se doute que ça a un rapport avec ce que M. Vaessen lui a fait dans le sous-sol de l'église.

Quand elles arrivent enfin à Hyde Park, Lola fait entrer Lili Rose dans le rez-de-chaussée d'une maison délabrée à deux étages, et la présente à ses frères Bob et Steve. Ils sont beaux, virils, et plus âgés : à vingt ans, Bob est presque *vieux*. Ses poils de barbe poussent si dru qu'il doit se raser deux fois par jour. Steve, dix-huit ans, aux cheveux plus clairs et aux joues plus lisses, est beau à se damner ; même une fille de dix ans peut voir ça. Mais les garçons sont trop occupés à siffler des bières à même la bouteille, à gonfler le moteur de leur voiture et à la tester dans les rues alentour pour prêter attention à leur cousine maigrichonne venue de sa cambrousse. Lili Rose comprend que pour être un homme ici, il faut avoir une voiture au moteur gonflé.

En ce mois de juillet la ville est en proie à la canicule ; on étouffe dans le petit appartement. Chaque soir, après un repas de macaronis ou de riz sur des assiettes en plastique, Lola entraîne Lili Rose flâner dans les rues du quartier.

Elle passe quinze jours à Hyde Square, à regarder la télévision, à jouer aux cartes avec Lola et à observer Bob et Steve en retenant son souffle. C'est son premier contact avec des êtres qui flottent d'un jour à l'autre, mangent ce qu'ils trouvent à manger, crèchent à droite à gauche, et discutent avec ceux qu'ils croisent. Des êtres sans structure ni plan ni projet, ballottés par les rencontres de hasard et les forces en présence, sans autre certitude que l'église le dimanche.

Quand elle rentre dans le New Hampshire, Lili Rose n'est plus tout à fait la même.

À partir de cet été de ses dix ans, elle s'efforcera de faire de son existence une trame serrée, avec le lieu en abscisse et l'heure en ordonnée, déployant une activité constante pour ne pas glisser entre les mailles et dégringoler dans une vie de chaos semblable à celle de ses cousins bostoniens.

Manhattan, 1998

Tu la sens, Shayna, la rivalité larvée qui oppose tes parents. Elle est dans l'air telle une odeur d'égout, faible mais persistante. Tu commences à avoir une vague idée d'où ça vient : c'est lié au fait que Lili Rose ne t'a ni portée dans son ventre ni mise au monde. Tu as découvert il y a un moment déjà que pour la faire disjoncter il suffisait de t'enfermer dans un tête-à-tête passionné avec ton père. *C'est pas ma faute*, te dis-tu, *si mon papa est plus gentil que ma maman*.

L'école Sainte-Hilda-et-Saint-Hugues a beau être œcuménique ; dans les couloirs de l'établissement, il va de soi que tout le monde croit en Dieu. Quand tu entres en primaire quatre ans après ton inscription précoce, il s'avère que l'office matinal à la chapelle est obligatoire. Cela met Joel en rogne, mais Lili Rose dit que ce serait une erreur de te changer d'école maintenant ; tu as besoin de continuité, estime-t-elle. Alors ils te conseillent d'utiliser ce moment pour rêvasser, penser à autre chose ou même lire discrètement, à ta guise.

Passe encore d'être une mécréante de placard pendant l'office, mais en grandissant tu souffres de plus en plus d'être la seule élève de l'école à ne fêter ni Noël ni Rosh ha-Shana, ni Pâques ni Yom Kippour. Tu finis par t'en plaindre.

Pourquoi les athées ils n'ont jamais rien à fêter ?

Interloqués, Joel et Lili Rose se regardent, se consultent, et décident de faire une petite concession. Après t'avoir bien fait comprendre qu'ils ne croient pas davantage aux fantômes, aux trolls, aux sorciers ou aux loups-garous qu'aux buissons-ardents, aux poissons multipliés ou aux gens qui ressuscitent après la mort, ils te donnent la permission de fêter Halloween.

Ainsi, chaque année à partir de tes sept ans, Lili Rose t'achète un costume à la pharmacie C/V au bout de la rue. Soucieuse d'éviter les stéréotypes genrés tels que princesse, poupée Barbie ou autre fée bleue, elle choisit des panoplies que tu trouves frustrantes au possible : grenouille, chat, renard. Ensuite elle te frustre encore plus en t'accompagnant dans ta tournée des bonbons – rien qu'à l'intérieur de votre immeuble, bien sûr. Quand tu protestes, elle t'explique que les petites filles marron et les femmes beiges qui se baladent à Morningside Heights à la tombée de la nuit courent le risque de se faire voler, poignarder ou pire.

Tu trouves peu réjouissant de longer les couloirs lugubres de Butler Hall aux côtés de ta mère et de sonner aux portes en faisant mine d'être un têtard tacheté et poilu. La plupart des gens ne prennent même pas la peine de répondre, d'autres viennent coller un œil au judas et repartent ; même ceux qui ouvrent la porte laissent la chaîne en place et te glissent des sucreries bon marché par la fente.

De retour chez vous, tu exploses en sanglots.

Pour te calmer, Lili Rose t'explique que tout le monde est sur les nerfs parce que Rudy Giuliani, le maire de New York, vient de vider les refuges des sans-abri ; par conséquent ceux-ci errent dans la ville par milliers en quémandant un peu de nourriture, d'argent ou d'aide. Et parfois ils nous font peur, ajoute-t-elle, parce que leurs mauvaises conditions de vie ont porté atteinte à leur santé mentale.

Tu sanglotes de façon incontrôlable.

Mais ne te prends pas la tête avec ça, ma choupinette, dit Lili Rose. Certains problèmes ne se laissent pas facilement résoudre, même par les grandes personnes !

JE VEUX ME DONNER À HERVÉ. J'ADORE CE TYPE, J'ADORE VOYAGER AVEC LUI. IL DIT QUE J'AI BESOIN D'ÊTRE PRISE EN MAINS ET QU'IL VEUT ÊTRE LES MAINS EN QUESTION. OK, JE VEUX BIEN ÊTRE REPRISE EN CES MAINS-LÀ. J'AIME REGARDER SES LONGS DOIGTS PUISSANTS, QU'ILS SOIENT OCCUPÉS À ME PÉTRIR LES SEINS OU À APPORTER LES PREMIERS SECOURS À UNE VICTIME D'INONDATION. ON S'EST RENCONTRÉS IL Y A SIX MOIS À PEINE MAIS ON A ENVIE DE BOSSER ENSEMBLE TOUTE NOTRE VIE. IL M'AIME, ON S'AIME TOUS LES DEUX À LA FOLIE, PEUT-ÊTRE QU'UN JOUR JE PORTERAI SON ENFANT MAIS AVANT D'ENVISAGER UNE GROSSESSE JE DOIS TROUVER LE MOYEN DE METTRE UN PEU D'ORDRE DANS LE FOUTOIR DE MON IDENTITÉ.

Bronx, 1952-1958

Au cours des deux années suivantes, le corps de Joel se met à réagir à la beauté féminine par une série de réactions en chaîne qui le dérangent profondément, tant elles entrent en conflit avec ce qu'il considère comme son *moi*. Ayant mémorisé les six cent treize commandements tels qu'ordonnancés par Maïmonide, il comprend pourquoi les femmes ont été si souvent jugées impures et assimilées à la mort, au mal, à la bassesse et à l'animalité : parce que si rien ne venait vous en détourner, on aurait juste envie de les sauter à tout bout de champ. Sa propre tournure d'esprit étant plus rationnelle que religieuse, la masturbation lui semble moins une perte de semence qu'une perte d'énergie. Ne serait-ce que pour cette raison-là, il décide de tout faire pour éviter la tentation.

Hélas, la ville de New York grouille de tentations de toutes sortes : filles et ombres de filles, rires en cascade, jeunes femmes de toutes les tailles, couleurs et formes, courbes des seins, fesses, joues, nuques et mollets féminins, merveille d'une langue léchant une glace, lèvres pulpeuses se roulant l'une sur l'autre pour étaler du rouge, talons aiguilles martelant fièrement le trottoir, affiches de cinéma vantant les charmes de Jean Harlow, Ava Gardner, surtout la rieuse Marilyn, fragile et irrésistible...

Progressivement, Joel met au point une technique en trois étapes. *1) Fixer la personne ou l'objet qui a mis le feu à ton désir ; 2) transformer ce feu en feu rouge ; 3) freiner et se détourner.*

Il rode la technique avec beaucoup de patience. Au bout de quelques mois il en ressent déjà les bénéfices et en moins d'un an il la maîtrise à la perfection. À sa connaissance, il est le seul garçon capable d'étouffer ses érections dans l'œuf. Cela le rend fier, pour ne pas dire suffisant. Oui : Joel Rabenstein sait *éteindre le désir*, ni plus ni moins, c'est impressionnant ! Son corps, à la différence de celui de la plupart des jeunes hommes, lui obéit au doigt et à l'œil. Du coup, comme les hindous qui pratiquent le *brahmacharya*, il dispose de vastes quantités d'énergie supplémentaire pour ses études, et il s'en sert à bon escient. Quand Hugh Hefner publie le premier numéro de *Playboy* en décembre 1953, les amis de Joel en deviennent accros du jour au lendemain mais lui, se détournant calmement, s'absorbe dans des lectures en anthropologie culturelle. Ruth Benedict, Margaret Mead, Franz Boas : il ne souhaite se goinfrer que de livres. Il passe tout son temps libre à l'antenne Kingsbridge de la bibliothèque publique de New York.

Ça parle de quoi, tous ces livres ? demande Jenka.

D'animaux, murmure-t-il.

Ah bon, comme ça tout à coup tu te passionnes pour les animaux. Qu'est-ce qu'ils ont, les animaux ?

Oh ! Je me pose plein de questions à leur sujet.

Obsédé par la souffrance qu'infligent les humains aux autres espèces animales, il recopie de longs passages des livres qu'il emprunte, les prolongeant de ses propres pensées, commentaires et questions. Il remplit de sa grande écriture régulière un bloc-notes jaune après l'autre. Après avoir recopié les premiers chapitres de la Genèse, où Dieu octroie à l'homme le droit de nommer et de dominer les animaux de la terre, de la mer et du ciel, il entoure ces citations de points d'exclamation.

Mauvais début, griffonne-t-il dans la marge. *Conneries complètes. En clair, Dieu n'existe pas en dehors des cerveaux humains. Il est essentiellement la projection de nos propres défauts. Nous l'avons fait à notre image : colérique et égoïste, irritable et incohérent.*

Il étudie les différentes manières dont, au long des siècles, les hommes (à peu près jamais les femmes) ont égorgé les animaux et débité leur cadavre en morceaux. Il compulse non seulement les lois de la boucherie cashère et halal, mais aussi celles de la corrida et du sacrifice vaudou.

Parfois, quand Joel n'est pas à la maison, Jenka feuillette les blocs-notes sur sa table de travail et lit ses notes.

Dans toute l'Europe, lit-elle un jour, les sourcils froncés, *on a fait monter les juifs dans les wagons à bestiaux pour les amener à l'abattage. Mais avant de traiter les juifs comme du bétail, on avait traité les bêtes comme du bétail. De quel droit opprimons-nous les animaux ? Après les avoir capturés et soumis, on a forcé les Africains à travailler du matin au soir. Mais avant de réduire les Africains en esclavage, on avait réduit les vaches en esclavage. De quel droit opprimons-nous les animaux ? Abraham était prêt à sacrifier Isaac. En revanche, il est peu probable que le père du bélier eût été prêt à sacrifier le bélier.*

Pavel, tu peux croire que notre fils de dix-sept ans écrit des choses pareilles ? dit Jenka. C'est quoi tout ça ?

Cette nouvelle obsession de Joel la trouble. Elle y repense quand elle se couche ce soir-là, et des larmes lui glissent du coin de l'œil, coulant jusque dans ses cheveux au-dessus des oreilles, et dans les oreilles.

On va devenir quoi, Pavel ? fait-elle, la voix épaissie par les larmes. Et notre peuple, il va devenir quoi ? Pavel ?

Mais, ayant travaillé dur toute la journée, son mari ronfle déjà.

Nashua, 1967-1968

Quand le sang se met à couler du dedans de Lili Rose à l'âge de treize ans moins un mois, son rapport aux femmes dans *Elle* se transforme. Peu à peu, son enchantement se mue en inquiétude. À présent, elle désire leur grâce et leur beauté pour elle-même – afin de plaire, ni aux garçons ni aux hommes, mais à son dieu. Jadis bienveillante, la voix dans sa tête est devenue depuis quelque temps le juge sévère d'un concours de beauté. Trois fois par jour, elle doit affronter son regard dans la glace et gagner son approbation.

Son corps la déçoit. Nue devant la glace, elle fixe ses cuisses et les trouve trop grosses, fixe sa poitrine et la trouve trop plate. Ah ! Si seulement on pouvait coller la chair des cuisses sur la poitrine ! Mais il n'y a aucun moyen de convaincre les calories de monter au lieu de descendre. Désespérée, elle casse sa tirelire et s'achète un soutien-gorge noir *push-up*. Un fil de fer passe dans l'ourlet du bas des bonnets, et un maillage métallique pousse ses minuscules seins vers le haut, créant une illusion de décolleté. Elle cache le soutien-gorge dans un coin de sa commode. À l'école, pendant ses cours de maths ou d'histoire, son cerveau s'excite rien que d'y penser.

Un jour, Eileen tombe sur le soutien-gorge en rangeant le tiroir de Lili Rose.

David, dit-elle le soir même, il faut que ça s'arrête. Notre fille perd de vue toutes les valeurs chrétiennes que je lui ai inculquées.

Ses notes sont bonnes, objecte David.

Elle finira comme Lola si on ne fait pas gaffe, enceinte à dix-huit ans.

David est pris de court. Il sait par son frère que la vie de Lola est devenue sordide. Après avoir quitté l'école à dix-sept ans pour prendre un emploi de caissière de nuit dans une station-service, elle a mis au monde son premier enfant à dix-neuf ans. Moins de deux mois plus tard, vu que l'enfant n'avait pas de père précis, elle s'est mise à tapiner. David imagine les effluves de bière et d'ordures, les salles de bains au carrelage blanc, les mégots de cigarette trempés de café, et, au cours de tristes acrobaties éthyliques sur le siège avant des voitures, le cliquetis contre ses dents de boucles de ceinture et de bracelets-montres bon marché.

Tu as une idée ? dit-il en fronçant les sourcils.

On pourrait la changer d'école.

Au milieu de sa huitième année ? Mais pour l'envoyer où ?

Eileen cite le nom d'une école catholique privée à quelques kilomètres de Nashua. Les frais d'inscription sont astronomiques… mais, si mort que puisse être David Darrington père, David Darrington fils a encore et toujours besoin de lui prouver sa réussite.

D'accord, fait-il enfin. Renseigne-toi.

Dès sa première semaine dans la nouvelle école, Lili Rose commence à traîner avec Petula.

Dans un premier temps, ses parents sont soulagés d'apprendre qu'elle s'est enfin trouvé une amie. Ensuite, ayant fait la connaissance de l'amie en question – regard fuyant, seins frétillants, bijoux tape-à-l'œil –, leurs inquiétudes se raniment. Mais comme les semaines passent et que les notes de Lili Rose ne baissent pas, ils ne trouvent pas de prétexte pour contrer l'amitié naissante entre les deux filles.

Lili Rose ayant sauté une année et Petula ayant redoublé deux fois, la différence d'âge entre elles est importante : alors que Lili Rose vient d'avoir treize ans, Petula en a presque seize. Ni brillante ni belle, c'est une gamine grassouillette et survoltée qui se targue de transgresser un maximum de règles en un minimum de temps. Elle fait découvrir à Lili Rose plusieurs verbes nouveaux, qui, tous, commencent par la lettre *f* : fumer, faucher, faire-les-boutiques, flirter.

En règle générale, les deux filles se rendent chez Petula après l'école. Là, en guise de paiement préalable pour ses cours de péché, Lili Rose fait les devoirs de Petula. Puis, installées sur la galerie arrière qui donne sur le fleuve Merrimack, elles pratiquent l'art de fumer.

Craquer l'allumette avec nonchalance. Quand la flamme touche le bout de la cigarette, aspirer l'air à travers le filtre... ah ! cette lueur orange. Lâcher la première taffe sans l'avaler en raison du soufre, mais, dès la seconde, inspirer profondément la fumée. Lili Rose s'entraîne jusqu'à ce que l'euphorie de la nicotine l'emporte sur le désagrément d'avoir la fumée dans les poumons. Elle tient la cigarette entre l'index et le majeur. Toutes les deux ou trois bouffées, elle la met en position crayon et la tapote pour faire tomber la cendre dans le cendrier. Elle apprend à faire comme son père : retenir la volute de fumée dans la grotte arrondie de sa bouche, la relâcher doucement et la regarder monter en l'air, puis l'aspirer vivement par les narines pour la ramener dans les poumons. En l'espace de quelques semaines, la technique est au point. Petula, elle, se spécialise dans les ronds de fumée. Alors que les ronds de Lili Rose ressemblent à des bribes de brume matinale s'élevant du Merrimack à l'automne, ceux de Petula sortent parfaitement circulaires, formant une guirlande montante de bouées de sauvetage.

Petula a une collection de disques impressionnante : des dizaines de quarante-cinq tours et une grande vingtaine de trente-trois tours. Elle les prête à Lili Rose, qui les passe sur le hifi du salon quand ses parents ne sont pas à la maison. *Tambourine Man*, *Sound of Silence*, *Satisfaction*… Debout face à la grande glace, se regardant à travers ses cils, jetant la tête à droite à gauche au rythme de la musique pour imiter ce qu'elle a vu de Dylan ou des Beatles à la télévision, elle danse jusqu'à l'épuisement. Dans la bouche de ces hommes, le mot *femme* ressemble à un gémissement, une petite chose chaude qu'ils pourraient écraser contre leur corps dur, embrasser et détruire. À les écouter chanter, Lili Rose a le corps qui tremble en dedans puis se dissout en rosée. C'est tellement bon que ça fait mal.

Petula se moque des Beatles, avec leurs cheveux longs soigneusement coupés, lavés et coiffés, leur frange taillée en ligne droite, leurs costumes-cravates impeccables, leurs rimes et rythmes réguliers, leurs albums gentiment signés pour des bandes de minettes hystériques. Elle singe Paul en train de séduire le public avec son sourire étincelant, ou John qui, penché sur sa guitare, tord modestement les lèvres avant de lever la tête à point nommé pour chanter le refrain. *She loves you, yeah, yeah, yeah… Nan !* se moque-t-elle. Les Beatles sont des garçons sages qui font semblant d'être vilains. Les vrais vilains c'est les Stones. Ça se voit qu'ils s'y connaissent en défonce et en baise, non ?

Si ! fait Lili Rose en avalant sa salive.

Et Elvis ? demande-t-elle le lendemain, alors que dans la chambre de Petula les deux filles dansent ensemble sur *Ruby Tuesday*.

Elvis le Pelvis ? Non, tu plaisantes ? C'est un has been, tu sais pas ça ? Nos *mères* aimaient Elvis !

Lili Rose rigole et opine du chef, tout en doutant fort que ce soit le cas d'Eileen.

Le samedi, elles se rendent au nouveau centre commercial. Lili Rose en est folle. Tout lui plaît : les couleurs vives et nettes, l'anonymat, l'argent qui change de mains, les hauts tabourets tournants espacés le long des comptoirs de café, les publicités diffusées au haut-parleur, l'avidité des gens qui courent çà et là d'un air concentré pour faire leurs achats, le ding, ding des caisses.

Les deux filles consacrent de longues heures à errer dans les allées des grands magasins, passant en revue sous-vêtements et parfums, crèmes de bronzage et bombes de laque, rouges à lèvres et vernis à ongles dans une vertigineuse palette de nuances, du rose le plus pâle au pourpre grenat.

Petula apprend à Lili Rose à entrer dans la cabine d'essayage avec sept habits et à en ressortir avec six… en ayant gardé le septième, sous ses vêtements. Ses grands yeux bleus innocents dupent les vendeuses chaque fois.

Rien ne vous va ?

Pas cette fois-ci. Merci quand même !

Petula elle aussi essaie des habits et sort les montrer à Lili Rose. Comme elle est bien en chair, les habits la serrent toujours.

Ce n'est pas un peu juste ? demande la vendeuse.

Non, c'est parfait, lui dit Petula. Je vais le prendre.

Quand elle se retourne, la minijupe ou le short lui moule le derrière et les hommes qui attendent à la caisse lui jettent de petits regards durs comme s'ils ne pouvaient pas s'en empêcher.

Manhattan, 2001

À seulement neuf ans, tu commences à avoir des formes et Lili Rose en est consternée. Elle t'impose un régime strict, persuadée que tu grignotes entre les repas, mais cela n'empêche pas tes seins d'enfler ni tes hanches de s'arrondir. D'autre part, tes cheveux frisent de plus en plus, et finissent par former une vraie petite afro qui résiste à tous ses efforts pour l'aplatir.

Puis les avions percutent les gratte-ciels. Étant donné que vous habitez à plusieurs kilomètres au nord des tours jumelles, vous ne vivez pas l'horreur de l'événement de plein fouet, et tes parents, ne souhaitant pas que tu absorbes à trop forte dose les images du désastre, prennent soin d'éteindre la radio et la télévision en ta présence. N'empêche : la ville entière, le pays entier sont traumatisés.

À East Hampton le dimanche suivant, tu vois ta grand-mère Jenka, le dos secoué de spasmes, sangloter dans les bras de ton oncle Jerry.

PAS ÉVIDENT DE SAVOIR PAR OÙ COMMENCER. PEUT-ÊTRE FAUT-IL JUSTE ME LANCER, M'ÉLANCER, UN PEU AU HASARD... OH, HERVÉ, QUI ME DONNERA L'ÉLOQUENCE, LA POÉSIE ET LA CONFIANCE DONT J'AI BESOIN POUR TE RACONTER CALMEMENT MON HISTOIRE — ASSEZ CALMEMENT, DU MOINS, POUR ÊTRE COMPRÉHENSIBLE ? PLUTÔT ENVIE DE TOUT CASSER, FRACASSER. OUI : RÉDUIRE MON PASSÉ EN MIETTES ET BRICOLER UNE ŒUVRE D'ART À PARTIR DES RUINES. POUR NOUS, HERVÉ AMOUR. POUR QUE NOUS PUISSIONS RÊVER UN AVENIR.

Manhattan, 1958

Dépité par la manière dont ses parents prédisent un brillant avenir d'avocat à Jeremy dont ils chantent sans cesse les louanges, Joel décide de mettre les bouchées doubles pour son mémoire de terminale. La qualité des facs auxquelles il pourra prétendre au printemps suivant dépend en grande partie de la note qu'il obtiendra pour cette rédaction. Faisant une croix sur le sommeil à partir de fin novembre, il consacre tout son temps libre à rédiger cent pages de pensée fervente et passionnée sur les rapports entre l'homme et l'animal.

La plupart des religions primitives, dont le judaïsme, écrit-il, *pratiquèrent le sacrifice animal. La mise à mort rituelle des bêtes permettait aux humains d'appréhender leur propre mortalité. Puis les chrétiens apportèrent une nouvelle idée. Ils prétendirent que leur dieu avait sacrifié son propre fils pour rédimer leurs péchés, et que le fils en question avait demandé à ses disciples de recourir au sacrifice symbolique et non réel. D'où l'Eucharistie, dans laquelle le pain et le vin représentent la chair et le sang de Jésus. De façon analogue, au long des siècles qui suivirent, le virtuel en vint à se substituer au réel. Les mises en scène de mort véritable (sacrifice animal, gladiateurs, corrida, guillotine) furent progressivement remplacées par du théâtre. Sophocle. La Passion de Jésus. Shakespeare, puis Hollywood, nous racontèrent des histoires où la dimension tragique de l'existence humaine était représentée plutôt que présentée. Pendant ce temps, loin de s'interrompre, le meurtre s'intensifia tout en se cachant. La guerre perdit son caractère sacré pour devenir un massacre généralisé. Tout en renonçant progressivement au sacrifice animal et à la corrida, mettant fin à l'observation de la mort réelle des bêtes, l'homme réduisit en esclavage des millions d'animaux par la domestication, l'élevage intensif et le travail forcé. De nos jours, la vie de ces créatures est organisée artificiellement de la naissance à la mort.* Macelleria, *le mot italien pour boucherie, a la même racine que* massacre ; *et, de fait, nous procédons actuellement à l'assassinat en masse des animaux. Des milliards de vaches et de poulets vivent et meurent chaque année dans des conditions immondes. Se campant en figure christique, l'Amérique déclare à la Terre entière : prends, mange, ceci est mon corps ; ceci est mon sang. Les Big Mac et le Coca-Cola sont notre Eucharistie moderne.*

Et tandis que la mise à mort fictionnelle est venue remplacer la mise à mort sacrée, des massacres réels se produisent à chaque instant. Il y a moins de deux décennies, soixante-cinq millions d'individus périrent dans une guerre qui ne dura que six ans, initiée par une nation parmi les plus riches, instruites et technologiquement avancées du monde. Alors que de vraies guerres et de vrais meurtres se produisent un peu partout sur la planète, notre monde occidental moderne investit des sommes d'argent astronomiques pour fictionnaliser la guerre et le meurtre par les industries de la télévision et du cinéma. Trop horribles, les morts réelles que nous infligeons ne favorisent pas la catharsis ; *ce sont donc les morts fictionnelles qui viennent remplir cette fonction traditionnelle, nous permettant de répéter, d'observer et de contrôler, encore et toujours, le passage de vie à trépas qui nous attend tous.*

Malgré l'ardeur et la discipline que Joel met à son travail, le temps s'écoule à un rythme qu'il trouve alarmant. Parfois, à trois heures du matin, trop épuisé pour suivre un raisonnement jusqu'au bout ou résumer toute une période historique, terrorisé à l'idée qu'il pourrait ne pas terminer dans les délais, désireux d'éblouir ses parents, de rentrer dans leurs bonnes grâces et d'y rester à tout jamais, il prend un livre d'une de ses idoles, Boas ou Bateson, et en recopie un ou deux paragraphes, les mariant prestement à sa prose.

En ce dernier jour d'école avant les vacances de Noël, les élèves du cours d'histoire sont sur des charbons ardents en attendant l'appel du professeur. L'un après l'autre, ils se lèvent, avancent jusqu'à son bureau et reprennent leur dissertation, avec ses commentaires griffonnés en rouge dans les marges.

Maigre et voûté, seul comme toujours, Joel est assis au premier rang. Son cœur s'emballe. Quelle sera sa note ? Le prof aura-t-il osé lui mettre moins que dix sur dix ? D'un geste nerveux, il remonte ses lunettes sur son nez toutes les trois ou quatre secondes, alors qu'elles ne tombent même pas.

Joel Rabenstein !

Il saute sur ses pieds, fait quelques pas en avant, et s'arrête net, car au lieu de lui tendre sa liasse de pages comme il l'a fait pour tous les autres élèves, le professeur lève une main vide.

Rabenstein, dit-il. Je me suis permis de remettre votre dissertation à M. Wallace. Il l'a lue hier soir, et m'a demandé de vous dire qu'il vous attendrait dans son bureau à douze heures sonnantes. Elsa Smith !

En retournant à sa place, Joel a l'impression que son corps se désagrège. *Quoi... Oh mon Dieu... Oh mon Dieu...* Autour de lui, plusieurs élèves ricanent. Quelle honte... Jamais il ne s'en remettra. Jamais. Il rougit : une vague cramoisie part de sa poitrine et lui incendie la nuque, les oreilles, les joues et le front en succession rapide. Sa vie est terminée. Non, rien à faire, il va devoir se suicider. Sur le chemin du retour, il ira sur la Henry Hudson Parkway et se jettera sous les roues d'un camion.

La cloche sonne la fin des cours. Libérés pour les vacances, les jeunes se ruent dans le corridor. Joel se dirige vers le bureau du directeur quasi en lévitation, comme dans un rêve. Ça n'a pas d'importance, rien n'a d'importance, il est déjà mort. Six millions de juifs européens ont péri dans l'Holocauste ; qui se souciera du sort d'un gamin juif écrasé par un camion dans l'ouest du Bronx ? On n'en entendra même pas parler. *Éteins-toi, brève chandelle...*

Tremblant, grand mais voûté jusqu'à l'inexistence, il approche du bureau en chêne massif sur lequel s'entassent d'épais dossiers multicolores. Sa page de titre visible, ses cent dix-neuf pages impeccablement tassées, sa dissertation est posée là toute nue sous la lampe. C'est flagrant. Elles sont là, irréfutables, les preuves de sa malhonnêteté, de son pillage, de son plagiat. Le directeur, un grand homme aux cheveux blancs, referme la porte et se tourne vers lui avec un grand sourire. (Mais, se dit Joel, la Reine de Cœur souriait elle aussi, en donnant l'ordre de couper la tête à Alice.)

Monsieur Rabenstein, asseyez-vous, je vous en prie, dit M. Wallace. Écoutez, jeune homme. Je tiens à vous dire qu'aujourd'hui est pour moi un grand jour. J'ai lu votre mémoire hier et je ne pouvais littéralement pas le poser. Je n'ai jamais rien rencontré de tel – et, croyez-moi, j'exerce ce métier depuis longtemps. Jamais un élève de cette école n'a rédigé un mémoire de fin d'études aussi brillant. Ayant moi-même fait mon doctorat à Oxford avec une majeure en histoire et une mineure en anthropologie, vos réflexions m'ont tout particulièrement intéressé. Bon, voilà, mon fils, je voulais simplement vous féliciter. Vous irez loin, ça ne fait pas l'ombre d'un doute. Si par hasard, à l'automne prochain, vous souhaitez vous inscrire dans le séminaire de Franz Boas à Columbia, je serais très heureux de vous faire une lettre de recommandation.

Monadnock, 1969

Au mois de mars, Petula fait la connaissance de deux jeunes hommes qui ont une cabane près du mont Monadnock, à une petite heure de Nashua en voiture. Elle dit à Lili Rose qu'ils l'ont invitée à y passer un week-end.

Quand j'ai demandé si je pouvais amener une amie, ajoute-t-elle, leurs yeux se sont allumés.

Ils ont quel âge ?

Vingt-deux, vingt-trois ans.

Tu les as rencontrés où ?

Oh… Une fois où je rentrais de chez toi à vélo, ils se sont arrêtés près de moi à un feu rouge et m'ont invitée à boire un verre au pub.

Non… T'es allée au pub avec deux parfaits inconnus ?

J'ai dit qu'ils étaient parfaits ?

Lili Rose hurle de rire, enivrée par l'audace de Petula et par l'idée du danger. Mais elle sait que ce n'est pas la peine de mentir à ses parents en disant qu'elle va passer le week-end chez son amie ; jamais ils ne la laisseront manquer l'office du dimanche matin. Il faudra convaincre le groupe de faire l'aller-retour dans la journée de samedi. Déjà pour avoir la permission de s'absenter toute une journée, elle devra déployer des trésors de mensonge.

Le samedi en question, les filles arrivent au Dunkin' Donuts à dix heures. Maigres, lascifs et défoncés, Hal et Doug les attendent déjà sur des tabourets au comptoir. Leur véhicule, un pick-up noir rouillé, est garé tout près. Hal prend le volant. Sans consulter Lili Rose, Petula monte sur le siège avant à ses côtés. Du coup, Lili Rose n'a d'autre choix que de se mettre à l'arrière avec Doug. L'intérieur du camion pue le tabac froid, l'essence et les pieds. Serrant les genoux, Lili Rose garde les yeux fixés sur les mains de Hal qui agrippent le volant.

Vous aimez la bière, les filles ? demande Doug.

Et comment ! s'écrient Petula et Lili Rose en même temps, ce qui les fait éclater de rire en chœur.

Doug décapsule deux bouteilles et en passe une à Petula, l'autre à Lili Rose. Dès la première gorgée, l'alcool lui monte à la tête. Comme avec sa cousine Lola à Boston, elle sent qu'elle pourrait glisser entre les mailles serrées et rassurantes du réel pour se retrouver côté *bas-fonds* du tissu social, là où les surfaces sont traîtresses et imprévisibles, là où tout peut arriver.

On a assez de clopes ? demande Hal.

Ouais, j'ai pris toute une cartouche.

Se penchant vers Lili Rose, Doug lui pose un baiser mouillé dans le cou. Sa main passe sous sa jupe et remonte le long de sa cuisse. Cette fois, au lieu de se transformer en pierre, son corps se contente d'enregistrer le fait.

Et la bouffe ? demande Petula. Il y aura de quoi bouffer, quand on arrive enfin à votre fameuse cabane ?

C'est vous qui allez être bouffées toutes crues, vous l'avez pas encore pigé ? dit Doug.

Les rires déchaînés du quatuor font quasiment vibrer les vitres du véhicule.

Pas de souci, dit Hal. On a chopé un gros bucket de poulet frit en route. Suffira de le réchauffer dès qu'on a faim.

Les cuisses de Lili Rose se resserrent sur la main de Doug, un peu pour lui dire bonjour, mais aussi pour l'empêcher de remonter plus haut. Elle se demande si elle a envie qu'il se passe quelque chose, si elle devrait être inquiète, mais la bière dissout les questions en même temps que les réponses. Du reste, son dieu intérieur semble s'être mis en veilleuse. Elle sait qu'il lui tombera dessus dès qu'elle sera seule à nouveau, mais pour l'instant elle trouve son silence reposant.

C'est une simple excursion de jour, se dit-elle. Je suis une *day tripper*, comme disent les Beatles.

Elle n'enregistre rien des paysages devant lesquels ils passent.

Enfin les pneus crissent sur des gravillons : freinant, le pick-up se gare le long d'une poussiéreuse cabane en rondins. Lili Rose voit sa propre main se tendre vers la poignée de la portière, son propre corps se tourner pour descendre du véhicule. Bizarrement, sa perception du reste de l'univers est floue ; ses yeux et son cerveau refusent d'enregistrer les détails de ce qui se passe. Comment une demi-bière a-t-elle pu lui faire un tel effet ?

D'abord, elle s'enferme dans la salle de bains et retire de son sac le soutien-gorge *push-up* en dentelle noire. Ses mains tremblent si fort qu'elle met cinq bonnes minutes pour attacher tous les crochets et œillets. Entendant des rires fuser dans la pièce à côté, elle doit faire un immense effort pour se convaincre que les autres ne sont pas en train de se moquer d'elle.

Cela commence dès qu'ils ont eu allumé le feu dans le poêle à bois. Jointures dures et lèvres dures. Poils de barbe rêches, haleine fétide au houblon. Mains d'homme les poussant sans ménagement contre les murs en pin de la cabane. Pelotages. Tripotages. Jurons. Fumée de cigarette, transférée de la bouche des hommes à celle des filles. Genoux durs entre cuisses molles. Lili Rose n'arrive pas à suivre. Puis Hal et Petula montent à l'étage et elle se retrouve seule avec Doug dans une autre pièce. Portes fermées, pourtant des grognements masculins et couinements féminins continuent de leur parvenir ; il est clair que Petula perd sa virginité. On dit aussi *perdre sa cerise*, se rappelle Lili Rose, et une blague stupide lui revient, au sujet d'une fille si mince que lorsqu'elle avale une cerise, huit hommes quittent la ville pour éviter une action en recherche de paternité.

Elle aurait tellement aimé que Doug lui parle ! qu'il murmure au moins son prénom… Mais il se contente de se presser contre elle en soufflant bruyamment. Elle détourne un peu le visage pour éviter l'odeur âcre de la bière. Il commence à défaire la boucle de sa ceinture.

C'est fou de se dire que t'as toute une décennie de plus que moi, n'est-ce pas ? lui chuchote-t-elle à l'oreille.

Les mouvements de l'homme ralentissent puis s'interrompent. Nan, dit-il, tu plaisantes. T'as quel âge ?

Treize ans et demi.

Tu me fais marcher. T'as treize ans, putain ?

Mmmmmmmouaaaaais. Et demi.

Merde… Hochant la tête, il recule un peu et reboucle sa ceinture. Tu fais plus, putain.

Ouais je sais… Je me sens plus âgée, aussi.

Doug pousse un soupir. Bon, ben… je crois qu'on va aller faire une balade en forêt.

T'aurais préféré que ce soit l'inverse, hein ? T'aurais préféré monter avec Petula, et que Hal se retrouve avec moi ?

Naaannn… j'avais juste pas imaginé que Petula rappliquerait avec une gamine, c'est tout.

Je suis pas une gamine ! Je suis au courant pour…

Allez, viens, on va marcher par là.

Ils marchent longtemps en silence.

Pour finir, se dit Lili Rose, personne n'aura vu mon soutien-gorge. Faut pas que j'oublie de l'enlever avant de repartir.

Elle se demande si, là-haut dans la chambre à l'étage, le matelas nu sur le sol se tache du sang de Petula.

T'as une cigarette ? dit-elle pour rompre le silence.

Bien sûr…

Merci. Du feu ?

Oui. Euh… Tes parents savent que tu fumes ?

Oh ! Je t'en prie. Épargne-moi.

Elle fait son petit numéro avec la double inspiration de fumée, mais Doug ne le remarque pas.

Quand elle rentre à la maison à minuit et demi, Eileen est là à l'attendre. Son nez capte tout de suite la puissante odeur de peur, de sexe et de mensonge qui entoure sa fille tel un nuage de pollution. David n'est pas encore rentré. En règle générale, quand il rentre tard, Eileen évite de trop réfléchir à ce qu'il pourrait être en train de faire, mais ce soir, pour une raison *x*, elle s'est torturée en inventant des chimères en forme de chevelures blondes, cocktails coûteux, robes décolletées et cascades de rire ; ainsi, quand sa fille arrive entourée de ce brouillard empoisonné, la jalousie d'Eileen lui explose à la figure. Elle ordonne à Lili Rose de s'asseoir.

Elle hurle encore quand David arrive quelques minutes plus tard, empestant lui aussi l'alcool et le péché. En ouvrant la porte, il voit Lili Rose lovée dans un fauteuil, les bras levés devant le visage pour parer les coups d'Eileen.

Laissant tomber les chaussures qu'il portait à la main et l'alibi qu'il avait préparé, il s'écrie : Il se passe quoi, merde !?

Ta fille est une traînée ! hurle Eileen. Faut dire qu'elle a de qui tenir ! J'essaie de lui apprendre à être respectable, mais toi tu sapes tous mes efforts. Elle finira comme Lola : dans le caniveau ! Avec un père et un grand-père aussi ivrognes et dépravés l'un que l'autre, comment veux-tu qu'elle se tienne à carreau ?

Cette diatribe dure six ou sept minutes. Elle prend fin abruptement lorsque David, traversant la pièce à grands pas, s'empare de son épouse, la soulève dans les airs et la balance à travers le salon. Le joli corps raffiné, élégant et féminin d'Eileen termine son vol contre la grande table en merisier massif, renversant dans la foulée quatre des huit chaises appareillées.

Manhattan, 2002

Un jour à la récré cet automne-là, une camarade de classe du nom de Yoko te lance : T'es adoptée ou quoi ?

Je suis *quoi*, réponds-tu, avec le vague espoir de désamorcer son agressivité par l'humour.

Très drôle, rétorque Yoko. Mais je veux dire, comme tu ne ressembles pas à tes parents, je me posais la question.

C'est ton droit le plus strict, lui dis-tu à voix basse. Nous sommes en république.

Pas étonnant que tes vrais parents t'aient abandonnée, susurre Yoko.

N'ayant pas de réponse à cela, tu tournes les talons et t'éloignes d'un pas raide.

En rentrant ce soir-là, Joel voit tout de suite que tu broies du noir.

Qu'as-tu, ma puce ?

Elle m'a abandonnée, ma vraie mère ?

Shayna, ta vraie mère est Lili Rose. Et ta mère biologique ne t'a pas abandonnée. Il y a eu un accord entre nous trois, tu le sais bien.

Mais... elle ne m'aimait pas ? tu voudrais t'écrier, sans oser le faire.

Au sens strict, Joel et Lili Rose ne t'ont jamais caché la vérité. Ils ne l'ont jamais contournée sur la pointe des pieds comme un secret honteux. Ils t'ont simplement fait comprendre que c'était de l'histoire ancienne, sans incidence sur votre avenir, et que ce n'était donc pas la peine d'en discuter. Aux rares questions que tu as timidement réussi à formuler, ils ont donné des réponses tellement calmes et souriantes qu'il était impossible de les poser une deuxième fois. Clic-clac ! proclamait leur sourire, brillant comme le cadenas métallique d'un coffre-fort. Les faits de base concernant tes origines étaient verrouillés dans le noir et le silence.

Et puis un jour : fissure.

Le premier épisode de la série *Sur écoute* est diffusé un soir de juin 2002. Tes parents n'aiment pas la télévision ; tout au plus leur arrive-t-il de regarder le JT de dix-huit heures pendant que Joel mitonne un wok aux légumes, ou un documentaire PBS en fin de soirée ; mais… une série dramatique ?

À mesure que l'été avance, tu remarques que Joel est survolté les soirs de *Sur écoute*, et qu'il prend soin de ne manquer aucun épisode. Lili Rose regarde aussi, mais de façon moins anormale, plutôt pour ne pas être en reste. Comme on t'interdit de la regarder, tu mets du temps à comprendre ce qui peut bien fasciner ton père dans cette série consacrée aux conflits raciaux et aux gangs de la drogue à Baltimore. Et même quand ton cerveau approche enfin de la bonne réponse, tu as du mal à te la formuler : pour fructifier, son sperme a voyagé au fin fond du quartier le plus violent de cette ville, quartier où (comme tu le devines en écoutant la série depuis la pièce à côté) des voitures de police dévalent les rues telles des *banshees*, toutes sirènes hurlantes, leur gyrophare éclaboussant les ténèbres de rouge. Oui, Shayna : tu as été conçue dans une ville célèbre dans le monde entier pour un monument que rien ne semble pouvoir déboulonner : les tours jumelles de la pauvreté et du crime. Tu commences à faire des cauchemars au sujet de Baltimore.

Un dimanche soir de septembre 2002, alors que, côte à côte sur le canapé, tes parents regardent le dernier épisode de la première saison, tu fais irruption dans le salon et te jettes sur le sol entre leurs pieds.

Aussitôt, Joel attrape la télécommande et éteint le poste. Tu veux qu'on vienne te lire une histoire, ma puce ?

Non, fais-tu. J'avais juste envie de regarder Baltimore. J'y suis née, après tout.

Ces mots, que tu n'avais pas prévu de prononcer, tombent dans la pièce comme une tonne de briques. Le silence est total.

Ah, fait Joel enfin. Eh bien, comme ce n'est pas une série pour enfants, on va devoir trouver un autre moyen de te faire découvrir Baltimore.

Ma ville natale, insistes-tu, pour voir si la tonne de briques fonctionnera une deuxième fois.

Oui, Shayna, tu as raison, c'est bien ta ville natale, dit Lili Rose, de cette voix contrariée-furax que tu connais bien, et qui veut dire qu'elle commence à se sentir exclue. Tu as passé en tout et pour tout cinq jours de ta vie à Baltimore. Mais, bon, si tu en as vraiment la nostalgie, on peut toujours t'y amener en visite.

Lili Rose ! dit Joel sur un ton de reproche, car il trouve la voix de son épouse par trop sarcastique.

Et je pourrais rencontrer ma mère, pendant que j'y suis ? dis-tu, sidérée par ta propre audace.

Ta mère est ici dans cette pièce, fait Joel.

Ma vraie mère, je veux dire.

Ta vraie mère est ici dans cette pièce, fait Joel.

Lili Rose se lève. Ses yeux sont devenus énormes et elle semble ne pas respirer du tout. Du sol où tu te tiens, elle a l'air grande et pâle et paralysée. Bon, fait-elle d'une voix épaisse (et elle a besoin de s'éclaircir la gorge pour poursuivre), si Shayna estime que cinq jours de sa vie comptent plus que dix ans…

Ce n'est pas de ça qu'il s'agit, chérie, dit Joel.

Si vous n'étiez pas venus me chercher, insistes-tu, j'aurais grandi dans le quartier qu'on voit dans *Sur écoute* ? C'est pour ça que vous le regardez toutes les semaines ? Pour voir ce que je serais devenue si…

Shayna, tu me surprends, dit Joel en te coupant d'une voix ferme. Jamais, pas une seule minute, il n'a été question que tu grandisses à Baltimore. Tu le sais bien, tu le sais depuis toujours. Dès le premier jour, nous étions tous les trois d'accord – Lili Rose, ta mère biologique et moi – sur la manière dont les choses allaient se passer.

Pourquoi tu ne dis jamais son nom ?

Quel nom ?

Le nom de ma mère. Pourquoi vous, vous avez des noms, mais elle, c'est juste *ma mère biologique* ? Elle s'appelle comment ?

Comment oses-tu parler à tes parents sur ce ton ? dit Lili Rose.

Elle s'appelle Selma Parker, dit Joel.

Oh !

Tu hésites un instant, prise au dépourvu par cette bribe d'information inespérée.

Tu pourras la contacter quand tu auras dix-huit ans, dit Lili Rose. On te l'a toujours dit.

Pourquoi dix-huit ? Pourquoi il faut avoir dix-huit ans ? Pourquoi pas dix ?

Parce qu'à dix-huit ans tu seras majeure et tu pourras faire ce que tu veux, dit Lili Rose.

Mais si je veux la voir pendant que je suis encore petite ? Et si elle, elle veut me voir ?

Elle ne le veut pas, dit Lili Rose. Elle a ses propres enfants. Toi, tu n'es pas…

Bon, ça suffit, fait Joel tout bas. Cette discussion est terminée. De toute façon tu as l'école demain et il est déjà tard, tu devrais être au lit.

Autrement dit, susurres-tu, vous m'avez achetée.

… laquelle tonne de briques, la troisième, met brutalement fin à la discussion, car Lili Rose tombe dans les pommes.

J'AVOUE QU'UNE MUSE NE SERAIT PAS DE REFUS... MAIS OÙ ALLER DÉGOTER UNE MUSE ? VOILÀ LA QUESTION.

JE ME TOURNERAIS VERS JÉHOVAH LE GRAND DIEU D'ISRAËL, COLÉRIQUE ET SOLITAIRE, QUI A FAIT NAÎTRE LE PEUPLE DE MON PÈRE, IL NE ME PARDONNERAIT PAS D'ÊTRE NÉE DANS UN CORPS DE FEMME – ET, QUI PIS EST, D'UNE NON-JUIVE.

JE ME TOURNERAIS VERS LE DIEU DU PEUPLE DE MA QUASI-MÈRE, CE VIEUX BONHOMME AU REGARD SÉVÈRE ET À LA BARBE BLANCHE QUI ENSEIGNE LA RETENUE ET LA SOBRIÉTÉ, LE DUR LABEUR ET LE PEU DE REPOS, CHOQUÉ PAR MES MANIÈRES DE SAUVAGEONNE IL S'ÉLOIGNERAIT DE MOI EN SE PINÇANT LE NEZ.

QUANT AUX DIEUX INNOMBRABLES DE MES PRÉCIEUX ANCÊTRES AFRICAINS INCONNUS ASSASSINÉS ÉPARPILLÉS, JE RESSENTIRAIS PEUT-ÊTRE LEURS BATTEMENTS DE CŒUR DANS MON SANG TELS DES ROULEMENTS DE TAMBOUR, MAIS ATTÉNUÉS PAR LE TEMPS ET LA DISTANCE, AU POINT D'EN ÊTRE PRESQUE IMPERCEPTIBLES.

Manhattan, 1958-1966

À partir de cet entretien dans le bureau du directeur, la vie de Joel Rabenstein suit une trajectoire toute droite vers le succès. Un peu comme Dostoïevski, il se sent modifié en profondeur par le fait d'avoir échappé à une mort programmée, même si Fedor s'était retrouvé les yeux bandés devant un peloton d'exécution alors que lui, Joel, avait prévu de se jeter sous les roues d'un camion. Accepté en premier cycle à Columbia, il s'installe dans l'Upper West Side et n'en bouge plus. Il a trouvé sa niche – et, intimement persuadé que celle-ci lui revient de droit, il bannit de sa mémoire les tricheries qu'il a pu commettre pour y parvenir.

Comme il rêve depuis longtemps de le faire, il étudie avec Franz Boas. Au cours des années qui suivent, il rencontre aussi Gregory Bateson, Margaret Mead et Maya Deren ; chaque fois, dissimulant son excitation de se trouver en présence de telles sommités, il leur parle d'une voix douce et tranquille, les séduisant par son mélange singulier de brillance et de modestie. Travailleur infatigable, plus porté sur le réseautage qu'il n'en a l'air, il passe tranquillement du premier cycle au cycle supérieur, après quoi il rejoint le corps enseignant et se met à en gravir les échelons : chargé de cours, professeur assistant, professeur titulaire. Columbia lui attribue un appartement à Butler Hall, sa confortable résidence au coin de la 119ᵉ Ouest et de Morningside.

Pendant ce temps la guerre du Viêtnam fait rage – mais Joel, aveuglé par sa passion, est pour ainsi dire imperméable à la politique. Jeremy, au contraire, suit l'actualité de près ; sous peu, il se mettra à défendre avec fougue et talent les objecteurs de conscience. L'idée que l'armée américaine pourrait appeler les frères Rabenstein sous les drapeaux et les envoyer risquer leur vie dans l'enfer de l'Indochine ne les effleure même pas, étant donné la solidité de leurs dossiers universitaires et l'aisance économique de leurs parents.

En 1962, Jeremy réussit haut la main son examen du barreau et leurs parents donnent une grande fête en son honneur, engageant un orchestre klezmer qui fait merveille tandis que, tirés à quatre épingles, verre de champagne à la main, leurs amis circulent dans le jardin, félicitant le beau jeune avocat et inventant maints calembours débiles : Quelle belle fête de barreau mitsvah ! Allons chercher un verre au barreau ! et ainsi de suite.

Constatant que Jenka lui téléphone un peu trop souvent pour chanter les louanges de Jeremy-le-grand-avocat, Joel publie article sur article et livre sur livre, envoyant des tirés à part et extraits de ses textes aux anthropologues les plus chevronnés de la planète et collectionnant pour ses archives leurs mots de remerciements, participant aux tables rondes et aux colloques, se faisant inviter à d'autres colloques et d'autres tables rondes, impressionnant tout le monde par son caractère affable, courtois et déférent. Et comme sa technique anti-masturbatoire lui est devenue seconde nature, les collègues qui le prennent en amitié n'ont même pas à s'inquiéter pour leur épouse. Lors des dîners et cocktails, en ville comme sur le campus, Joel Rabenstein se montre charmant avec les femmes : tout en leur faisant sentir qu'elles sont fascinantes (même quand elles ne sont pas), il s'abstient de leur frôler le sein quand il passe près d'elles et de leur lorgner le derrière de loin.

À mesure que croît le renom de leur fils cadet, dépassant les limites du campus de Columbia pour envahir les journaux et les librairies, Pavel et Jenka l'exaltent à nouveau auprès de leurs amis. Témoins de la reconnaissance qu'il remporte comme penseur, ils finissent par se dire que ses manies végétariennes sont sans importance. Parfois, il leur semble même que l'étoile du cadet est montée un peu plus haut que celle de l'aîné. Au cours des dîners dominicaux à Riverdale, Jenka fait remarquer à Jeremy qu'à vingt-six ans Joel a déjà terminé son doctorat et publié deux livres sur l'évolution du sacrifice rituel et de la consommation de viande en Afrique de l'Ouest. Sans vouloir lui mettre la pression, bien sûr, ne serait-il pas temps que lui, Jeremy, trouve un associé avec qui ouvrir un cabinet et une femme avec qui fonder une famille ?

Leur arbre généalogique ayant été décimé par les nazis, Pavel et Jenka sont impatients d'avoir des descendants. *Il va falloir transformer nos branches en racines*, aime à soupirer Pavel avec un petit sourire asymétrique. La question de l'âge pour procréer est certes moins cruciale pour les garçons que pour les filles ; n'empêche, le temps passe, Jeremy sera bientôt trentenaire et eux, Pavel et Jenka, ne sont pas immortels. Sans vouloir lui mettre la pression, bien sûr, le moment n'est-il pas venu de passer aux choses sérieuses ?

Au lit le soir, ils donnent libre cours à leurs inquiétudes, se demandant notamment si Jeremy ne s'est pas laissé embarquer dans un de ces mouvements de jeunes qui manifestent en ce moment contre la guerre du Viêtnam, dénoncent les injustices sociales, aident les Marrons à s'organiser, fouettent les sangs de la plèbe, attaquent ce qu'ils appellent l'Establishment et, de façon générale, créent un *ongepotchket* dans les quartiers sud de Manhattan.

En fait, une décennie après son départ de Riverdale, Jeremy n'a rejoint ni le parti communiste ni les Weatherman, ni les Étudiants pour une société démocratique ni l'Union américaine pour les libertés civiles, mais il a évolué dans une direction que, s'ils le savaient, ses parents réprouveraient au moins autant : il a décidé d'accepter pleinement le fait qu'il aime les hommes. Il ne se rappelle pas une époque où il n'était pas gay. Déjà, les séances nocturnes de gémissements et halètements qu'il s'accordait adolescent – et qui avaient parfois perturbé le sommeil de Joel – s'inspiraient non de *Modern Man* ou de *Playboy* mais des images de saint Sébastien, de Jésus et de l'ange Gabriel empruntées aux rayons Héritage de Prague de la bibliothèque de Jenka. L'incroyable représentation par Rembrandt du *Sacrifice d'Isaac* s'était également avérée utile à plusieurs reprises. Et puis en 1957, pour son vingtième anniversaire, un ami lui avait offert *La Chambre de Giovanni* et ç'avait été une révélation. Trois jours durant, il avait vécu avec les personnages de ce roman en retenant son souffle, profondément reconnaissant à Baldwin d'avoir trouvé les mots pour exprimer ses propres besoins et sentiments secrets. Quelques années plus tard, ayant compris qu'il allait falloir défendre la cause homosexuelle devant des tribunaux, il avait rejoint la Société Mattachine fondée par Harry Hay et s'était mis à traîner dans le West Village avec d'autres membres actifs de la communauté gay.

Un soir de la fin avril 1966, Joel se rend à la salle de cinéma Bleecker Street pour voir le célèbre documentaire de Jean Rouch, *Les Maîtres fous*. Dans le hall avant la projection, il croise un collègue et connaissance du nom de Peter S. Ethnologue britannique, bedonnant, barbu, blasé et plus qu'un peu alcoolique, Peter est l'auteur d'une étude qui fait autorité sur la sorcellerie au Kenya. Les deux hommes conviennent de prendre un verre après la projection.

Ressortant sur le coup de vingt-deux heures dans la belle fraîcheur de la soirée printanière, ils se mettent à la recherche d'un bar, mais n'ont avancé que d'une rue ou deux quand ils entendent au loin des sirènes de police et un brouhaha de voix viriles. Joel, qui a nettement tendance à reculer devant toute forme de conflit, suggère qu'ils se réfugient dans le café le plus proche, mais Peter est d'un autre avis. Allons voir ce qui se passe, dit-il – et, joignant le geste au mot, il attrape le bras de Joel et le traîne presque à sa suite.

Une foule s'est amassée devant Chez Julius sur la 10ᵉ Rue ouest. Vite pris dans la tourmente, Joel et Peter posent des questions et parviennent à reconstituer l'enchaînement des faits. Sur le modèle des sit-in anti-guerre et anti-ségrégation qui se déroulent un peu partout dans le pays, un groupe de gays a décidé de faire un sip-in* pour protester contre la loi de l'État de New York interdisant la vente d'alcool aux homosexuels. Ils sont entrés chez Julius aux alentours de vingt et une heures et, s'installant au bar, ont tranquillement annoncé : On est gays, on est calmes, et on voudrait qu'on nous serve de l'alcool. Le barman leur a répondu qu'à son regret, c'était impossible. Alors les gays sont ressortis et à présent, sous les lumières vives à l'entrée de Chez Julius, ils promettent de porter leur cas devant la Commission des droits humains pour qu'ils entament des poursuites contre la State Liquor Authority.

La foule est divisée entre acclamateurs et persifleurs. Toujours réticent à se frotter aux inconnus, Joel se met un peu à l'écart pour suivre la scène, et c'est depuis l'ombre d'un immeuble voisin qu'il aperçoit soudain son frère. Le visage radieux, le bras négligemment posé sur les épaules d'un jeune homme moustachu en tee-shirt rouge, Jeremy scande à l'unisson avec les autres manifestants : *On est tous des pédés / Pas question de s'en aller ! / On est tous des pédés / Pas question de s'en aller !*

Affolé à l'idée que son frère pourrait le voir en train de le voir, Joel prend hâtivement congé de Peter : Je viens de me rappeler que j'ai une flopée de devoirs à corriger pour demain, dit-il. Faut que je rentre dare-dare… Et, après lui avoir serré la main, il s'engouffre dans le métro à Christopher Street.

---

* Du verbe *sip*, boire à petites gorgées.

Le sip-in reçoit beaucoup d'attention médiatique. Du coup, quand Jeremy ne se pointe pas au déjeuner chez Pavel et Jenka le dimanche suivant, Joel n'a aucun mal à diriger la conversation vers ce thème.

Je me trouvais par hasard dans le quartier ce soir-là, dit-il tandis que, d'un hochement de tête, sa mère indique à Lupita, sa nouvelle bonne originaire de Trinidad, qu'elle peut apporter les plats, et j'y ai vu Jeremy.

Tu te trouvais par là, il se trouvait par là, beaucoup de gens se trouvaient par là, dit Pavel.

Non, je veux dire que je l'ai vu Chez Julius même, parmi le groupe des Mattachine.

Jenka pâlit, Pavel rougit. Après un court silence, ils se mettent à parler en même temps : Tu as dû te tromper – Peut-être qu'il était là pour les défendre – Ils l'ont peut-être engagé comme avocat – On ne devrait pas défendre des gens comme ça…

Enfin Joel dit tout bas : De là où je me tenais, il avait vraiment l'air d'en être.

Silence.

Je n'ai plus faim, murmure Jenka. Elle pose sa fourchette, se lève et quitte la pièce en vacillant.

Ainsi Joel et Pavel se retrouvent-ils face à face dans la salle à manger à une heure de l'après-midi, devant une table où fument, nappés de silence et de soleil, des plats de purée de pommes de terre, de sauce et de choux farcis. Malgré le malaise ambiant, Joel éprouve un vif soulagement. Jeremy est enfin hors course. Il n'y a plus de concurrence.

On peut faire honneur à la cuisine de Jenka même s'il y a un *faygele* dans la famille, non ? fait-il en souriant. Et, après en avoir méticuleusement extirpé la viande, il se met à mâchonner les feuilles de chou.

Où allons-nous ? dit Pavel tout bas. Et il ajoute d'une voix presque inaudible, avant de porter sa fourchette à sa bouche : Qu'aurait dit mon *abba* ?

Nashua, 1970

Cet été-là, Lili Rose est consumée par le désir brûlant d'être une femme. Mais pour ce faire elle a besoin d'habits, et pour acheter des habits elle a besoin d'argent, et pour gagner de l'argent elle a besoin d'un emploi.

Je peux chercher un emploi d'été, papa ? demande-t-elle à son père après avoir vérifié que sa mère n'est pas à portée de voix.

Essaie toujours, répond David. Ça te fera du bien de sortir un peu le nez de tes livres. On verra si quelqu'un est assez fou pour engager une gamine de même pas quinze ans.

Pour finir, il décide de l'aider. Le fils d'un de ses clients, un garçon du nom de Billy, travaille comme aide-serveur à L'Auberge du Village, un boui-boui au cœur de Nashua. David s'y rend, apprécie l'ambiance, et convainc Mike, le propriétaire, d'embaucher Lili Rose comme plongeuse.

Vous ne le regretterez pas, l'assure-t-il. Tant au plan moral que physique, ma fille est mûre pour son âge. Zéro risque ! Faut juste lui donner le même poste que Billy ; il habite pas loin de chez nous et il est d'accord pour l'amener et la ramener à moto.

Britannique baraqué au milieu de la trentaine, Mike a un crin de cheveux blond-roux, une sympathique brioche sous son tablier taché de sang, des joues rubicondes, un rire chaleureux, un accent cockney et un goût prononcé pour les calembours douteux. Se déplaçant à toute vitesse dans la cuisine, il balance les galettes de viande hachée sur la surface brûlante de la cuisinière, où elles grésillent et crépitent jusqu'à ce qu'il les retourne d'un geste vif de la spatule, s'élance ensuite dans la chambre froide pour attraper d'autres galettes et des œufs, s'essuie les mains sanglantes sur le tablier blanc qui enfle à mi-corps, hache menu tomates, oignons et cornichons, rit aux éclats de ses propres blagues.

Les éviers se trouvent juste derrière les portes battantes entre la cuisine et la salle de restaurant. Travaillant de droite à gauche, Lili Rose hisse les plateaux hors des bacs en plastique gris déposés par les aides-serveurs, y prend la vaisselle sale, fait tomber les reliefs de repas dans une énorme poubelle sous le comptoir, plonge la vaisselle dans l'eau savonneuse, la frotte avec l'éponge, la plonge dans un évier à eau claire à sa gauche, la rince, la pose dans l'égouttoir, l'essuie à l'aide d'un torchon et la range sur des étagères, d'où Mike la descendra quelques instants plus tard pour y disposer toasts, œufs en salade, cornichons à l'aneth, rondelle de tomate, cure-dents, steak à point, frites brûlantes, tout cela à la vitesse grand V.

Mike est impressionné de voir Lili Rose tenir le rythme. Il ne se doute pas que cette grâce apparente reflète en réalité son besoin sinistre de ne jamais s'arrêter. Quant à Lili Rose, elle sait gré à Mike de ne pas profiter de sa posture vulnérable devant les éviers, dos à la cuisine, bras plongés jusqu'aux coudes dans l'eau de vaisselle, pour venir se frotter exprès-pas-exprès contre son joli petit derrière.

Elle saisit vite que L'Auberge du Village contient deux mondes opposés : celui, civilisé, de la salle, où les gens ont des conversations et laissent des pourboires, et celui, sauvage, de la cuisine, qui regorge de grognements et de gloussements, de sang, de graisse et de blagues cochonnes. La caissière et les serveuses restent côté salle : celles-ci, juchées sur des talons hauts, vêtues de robes sombres et de petits tabliers à volants dont la couleur (rose, jaune ou blanc) est assortie à celle de la petite coiffe nichée dans leur choucroute, circulent parmi les tables telles des oies en talons hauts, remuant les hanches et griffonnant les commandes tout en marchant. Après avoir annoncé les commandes à Mike d'une voix stridente, elles les accrochent à de petits clous au-dessus du passe-plat. Les cuisiniers et plongeurs, eux, passent la journée dans la chaleureuse confusion de la cuisine, à gérer à pleines mains viande crue et microbes, mousse de savon et sang, os et feuilles de salade. Seuls les aides-serveurs – portant un lourd bac gris en équilibre sur une main haut levée – franchissent les portes battantes entre les deux mondes.

Quand la pression monte à l'heure de pointe, Mike demande parfois à Lili Rose de délaisser les éviers pour lui donner un coup de main. Il lui apprend à éplucher et à hacher un oignon en dix secondes – allez, hop ! dans la poêle ! Maintenant prends cette patate, mon chou, et épluche-la comme si ta vie en dépendait !

En l'espace de quelques secondes, la patate se mue en frites crues : balancées par poignées dans des paniers métalliques, plongées dans de l'huile bouillante, elles ressortent croustillantes et dorées à point, prêtes pour le sel et le vinaigre.

Parfait, mon chou, et là, va m'attraper deux faux-filets bien juteux dans la chambre froide !

Chaque fois qu'il l'appelle mon chou, Lili Rose fond. Elle a tellement besoin de se sentir aimée qu'elle n'arrive pas à croire qu'il n'y met rien de personnel. Pendant ce temps, Billy s'est mis à râler car les vieux bacs de vaisselle s'empilent près de l'évier et il ne sait où poser les nouveaux.

Cet été-là, le cœur de Lili Rose bat au rythme de L'Auberge du Village. Elle aime l'énergie pétillante du lieu, les blagues qui fusent, les serveuses se vantant ou se plaignant de leurs pourboires, les bribes de fumée et de badinage qui filtrent par les fenêtres quand Billy et l'apprenti cuisinier prennent leur pause-café, la joyeuse sonnerie de la caisse quand Stella la caissière appuie sur *Total* et le tiroir plein de billets et de pièces, s'ouvrant d'un coup, vient lui frapper le ventre.

Au bout d'une semaine ou deux, Mike se rend compte qu'il n'a toujours pas rempli les formulaires pour sa carte de Sécurité sociale. Elle l'entend plaisanter avec l'apprenti cuisinier : Année de naissance, mille neuf cent… cinquante-cinq, bordel, tu te rends compte ? J'embauche de sacrés bébés !

Un jour, alors qu'elle ne s'est jamais plainte d'être plongeuse, Mike lui demande de travailler en salle. Il dégote un uniforme à sa taille – jupe, tablier, volants et coiffe – et suggère qu'elle y ajoute de jolis souliers et un sourire. Tout se transforme. Alors qu'elle a tant aimé hacher les oignons avec le patron dans la chaleur et l'agitation de la cuisine, la voilà qui crie désormais le contenu des commandes à travers le passe-plat. Ça marche, mon chou ! lui crie Mike en retour. C'est comme si c'était fait ! Une minute plus tard, il dépose bruyamment les assiettes sur le passe-plat. S'il met trop longtemps et que les clients s'impatientent, il lui lance : Dis-leur de te zyeuter, mon chou, ça fera oublier l'attente.

De fait, elle doit gérer désormais le regard d'inconnus : à chaque repas un nouveau flot d'individus – des hommes surtout, qui la lorgnent et la jaugent –, et apprendre à leur faire plaisir. Si on ne le fait pas ils se plaignent, si on le fait ils laissent comme pourboire plus que le dix pour cent minimum. Lili Rose raffole des pourboires. Elle a beau afficher une mine indifférente en approchant d'une table dont les clients viennent de partir, une flammèche d'espoir brûle dans sa poitrine et ses yeux zigzaguent avidement à la surface de la table, à la recherche de pièces et de billets parmi les serviettes et sous le rebord des assiettes. Elle glisse l'argent dans la poche de son tablier, impatiente de le compter à la fin de son service. Bientôt elle pourra s'acheter tout ce dont elle a besoin pour partir en vacances au lac avec Petula et sa famille.

Un matin de temps chaud, passant justement devant l'une des boutiques où Petula lui a appris à voler, elle voit sur le trottoir un présentoir d'habits aux couleurs pastel avec un panneau de prix au-dessus : *SEULEMENT 7,99 $!* Elle les passe rapidement en revue, s'arrêtant à un ensemble coton jaune parsemé de fleurs rouges – débardeur et pantalon corsaire – et vérifie la taille. Puis, tête légère, elle entre dans la boutique, sort son portefeuille et l'achète sans même l'avoir essayé.

Vers la fin de l'après-midi, une bande d'adolescents débarque à L'Auberge du Village et s'installe au comptoir. Parmi eux se trouve un beau garçon brun qui va au même lycée catholique qu'elle mais est déjà en terminale : elle sait qu'il s'appelle Gino et qu'il est d'origine italienne.

Tu termines à quelle heure ce soir, Lili Rose ? lui demande Gino quand elle lui apporte son deuxième Pepsi. À l'entendre prononcer son prénom, elle sent éclore sur ses joues des fleurs cramoisies. Elle pose brièvement deux fois quatre doigts sur le comptoir.

Au bout d'un moment le groupe se fait bruyant et, chose rare, Mike sort de la cuisine. Sa carrure et sa voix convainquent les jeunes de déguerpir. Lili Rose craint qu'ils ne s'en aillent pour de bon – il n'est que sept heures et demie – mais non, par la fenêtre elle les voit qui traînent encore au parking en fumant et en se charriant. À huit heures, elle prévient Billy à voix basse qu'il n'aura pas besoin de la ramener : ses amis du lycée ont proposé de la raccompagner. Puis, dans la salle de bains, ôtant rapidement son uniforme, elle passe le nouvel ensemble jaune. Le minuscule débardeur lui descend juste au-dessous des seins et le corsaire commence nettement au-dessous de son nombril. C'est parfait.

Prends soin de toi, marmonne Stella en levant les yeux de son tiroir-caisse, quand Lili Rose passe devant elle, ventre à l'air.

De gros sifflements d'admiration l'accueillent au parking. Entre-temps le groupe a grossi, ils sont maintenant dix ou douze.

On va dans une fête, lui dit Gino. Ça te tente ?
Et comment.

T'as pas besoin de demander la permission ?
Nan…

Ils s'entassent dans deux voitures. Alors que Lili Rose est de loin la plus jeune, les garçons font tout pour l'inclure. Ils la taquinent et la chahutent, la hissent sur leurs genoux, lui offrent des cigarettes et les allument. Ils s'exclament devant sa manière élégante de fumer, exécutant la double inhalation comme si elle l'avait apprise dans le ventre maternel. Les autres filles ne pipent pas mot, elles se contentent de glousser, et Lili Rose décide de les imiter. Son cœur bat fort. Peut-être Gino dansera-t-il avec elle ce soir, peut-être serrera-t-il son corps contre le sien, peut-être glissera-t-il sa langue dans sa bouche…

Bien avant d'arriver à la maison où se déroule la fête, ils en entendent la musique. Remontant l'étroite allée vers la porte d'entrée, Lili Rose frémit à la vue du salon rempli de couples en train de danser comme des fous. Quand elle franchit la porte, des têtes se tournent et elle a l'impression d'être quelqu'un d'autre, une fille sexy. Gino part lui chercher une bière à la cuisine, leurs mains se frôlent quand il la lui passe et sa peau vibre au contact du garçon. Mais il est près de neuf heures, bientôt ses parents commenceront à s'inquiéter… Elle trouve un téléphone dans une chambre à l'étage et, tout en préparant son alibi, compose le numéro de la maison. C'est David qui décroche.

Salut, dit-elle.

Rose ! Où es-tu ?

(Depuis la mort de sa mère l'année d'avant, David raccourcit le prénom de sa fille.)

Ouais, je m'excuse. C'est parce que Stella m'a invitée au cinéma après le boulot et là, le film est sur le point de commencer, on s'est dit que le plus simple serait que je passe la nuit chez elle après.

Hélas, David entend la musique venant d'en bas. Qu'est-ce qui se passe, bordel ? T'es où ? C'est quoi, cette musique ?

Plus il l'interroge, plus ses réponses se font confuses. Enfin il lui lance : T'es dans une fête, c'est ça ?

Son silence vaut assentiment.

Je viens te chercher tout de suite. Donne-moi l'adresse exacte. OK, bouge pas.

Aussitôt, Lili Rose se sent régresser de femme en fillette. Comment sauver la face ? Je suis navrée, dit-elle aux propriétaires de la maison. C'est ridicule mais mon petit ami n'est pas content que je sois venue dans une fête sans lui alors il va venir me chercher. Il est furibard ! Je crois que je ferais mieux de sortir l'attendre sur le perron, sans quoi il pourrait faire des dégâts.

Les hôtes hochent la tête, "Oui" ; perplexes devant cette gamine au ventre nu qu'ils ne connaissent ni d'Ève ni d'Adam. En se dirigeant vers la sortie, Lili Rose voit que Gino danse avec une autre fille.

Dans la voiture, après, David lui coule un regard en biais. Elle redoute qu'il la cuisine pour savoir où elle a trouvé cet ensemble jaune… si elle a fumé… si elle a bu… si quelqu'un l'a embrassée… Mais non, il ne dit rien. Soudain elle voit ses mains trembler sur le volant.

Quand ils arrivent à la maison, il gare la voiture, la prend par la main et la conduit jusqu'au sous-sol.

Manhattan, 2003

Ton sang arrive, Shayna, quelques semaines avant ton onzième anniversaire.

Mais c'est trop tôt ! s'exclame Lili Rose. Tu es trop jeune, ça ne peut pas être ça ! Ça doit être une maladie.

Le gynécologue ayant confirmé que c'est bien de puberté qu'il s'agit et que tout est en ordre, Lili Rose trouve aussitôt un autre sujet d'inquiétude : Les tampons hygiéniques peuvent être cancérigènes, te dit-elle. Il vaut mieux utiliser des serviettes.

Tu es gênée par ces serviettes encombrantes – mais à vrai dire, Shayna, tu es gênée par à peu près tout. Tu ne sais que faire de ton visage, de ta voix, de tes cheveux, de tes seins. Tu as l'impression de faire tache partout, tout le temps, l'impression de n'être qu'une sorte de maquette ou une esquisse de toi-même, sans savoir comment accéder à la vraie Shayna. Tu as lu d'innombrables romans d'amour, mais sans t'identifier à aucun de leurs personnages. Des garçons à l'école et des hommes dans la rue te coulent des regards approbateurs, te font sentir leur intérêt et tentent de se rapprocher de toi… mais jamais, en retour, tu ne sens battre ton cœur, briller tes yeux, bondir ton taux d'ocytocine.

Lili Rose s'abstient de parler à Joel de ta puberté précoce ; elle ne veut pas qu'il ait à penser à cela. Même elle n'a pas très envie d'y penser, à vrai dire, car elle est sur le point de publier un recueil de nouvelles évoquant des souvenirs de sa propre adolescence.

Mineure, première et dernière œuvre de fiction de Lili Rose Darrington, paraît à la fin juin 2003. Pour sa promotion, l'attachée de presse lui organise au mois de juillet ce qu'elle appelle assez pompeusement une tournée *coast-to-coast*, l'envoyant dédicacer des exemplaires de son livre à Saint Louis, Portland, San Francisco et Miami. Mais Joel lui aussi doit s'absenter tout le mois de juillet, ayant accepté de donner un séminaire d'hiver à l'université de Melbourne.

Le problème devient donc : Que faire de Shayna ? Impossible de te laisser avec Jenka : désormais nonagénaire, celle-ci a vendu sa villa à East Hampton pour intégrer une luxueuse maison de retraite dans les Belmore. Tu ne peux pas non plus te réfugier chez ton bien-aimé oncle Jerry à Hoboken, hélas ; Arnold vient d'apprendre qu'il est séropositif et Jeremy consacre tout son temps libre à le soigner. Tu n'as pas d'amie proche à Sainte-Hilda que tu pourrais supplier de t'emmener en vacances avec elle. Et tous tes anciens babysitters ont déjà des projets.

Tu resteras chez tes grands-parents à Nashua, annonce enfin Lili Rose d'une voix joyeuse.

Mais je les connais à peine !

Oui, mais c'est quand même tes grands-parents, c'est ta famille.

Mais même toi tu ne les supportes pas ! Tu ne vas *jamais* leur rendre visite !

Je sais, ma chérie, tu as raison. Mais ce n'est pas parce que moi je suis en bisbille avec ma mère que toi tu dois l'être aussi.

Ce sont de braves gens, au fond, renchérit Joel, légèrement mal à l'aise. (Lui-même s'est toujours abstenu de séjourner dans la maison des Darrington, mais il ne voit pas d'autre solution.) Tu verras, ajoute-t-il, la forêt alentour est magnifique.

Le visage de Lili Rose s'illumine. Oui ! Ça te fera le plus grand bien de respirer l'air pur, d'échapper à la chaleur et la pollution de New York. Et tu pourras te baigner, il y a une chouette piscine au YMCA !

Je n'ai même pas de maillot, fais-tu, boudeuse. Tous mes maillots sont trop petits.

Pour rentrer dans tes bonnes grâces, Lili Rose t'amène dans une boutique chic sur Madison et t'achète un coûteux maillot une pièce. Elle le choisit surtout pour les volants noirs qui dissimulent le haut de tes cuisses, qu'elle trouve trop charnues.

Tes grands-parents viennent te chercher à la gare routière de Nashua.

Onze ans, bientôt dix-huit ! dit David en guise de bonjour.

David, pour l'amour du ciel, lui lance Eileen.

Et le ton est donné pour ton séjour : ton corps pose problème. En route vers le parking, votre trio fait tourner les têtes et tu peux quasiment lire dans la pensée des gens. *Hmmm ? Jeune métisse pulpeuse flanquée de deux vieux Blancs, qu'est-ce ? Leur bonne ? Leur cuisinière ? Leur infirmière à domicile ?*

Pressant le pas, David et Eileen s'engouffrent avec toi dans un SUV clinquant neuf. Vingt minutes plus tard, David ayant garé la voiture dans l'allée aux graviers impeccables, Eileen te fait visiter les trois chambres à l'étage – conçues, tu le devines, pour accueillir une nombreuse progéniture qui n'a jamais vu le jour. Les chambres sont parfaitement propres et rangées. Rideaux à motifs, aux froufrous amidonnés, murs constellés de cartes de vœux de chez Doehla encadrées, commodes en merisier où se dressent, chacune placée pile au milieu d'un rond de dentelle, des miniatures en porcelaine anglaise. Les couvre-lits sont en pseudo-patchwork, et sur chaque lit s'entassent une demi-douzaine de coussins style quaker.

Eileen a préparé pour toi la chambre la plus petite : Ça me fera moins de travail après ton départ, t'explique-t-elle en souriant. Merci, grand-mère, marmonnes-tu à tout bout de champ, te demandant comment tu feras pour tenir dix jours dans cette ambiance de Belle au bois dormant. Une fois tes grands-parents au lit, le silence dans la maison devient assourdissant. Ne sachant à quoi te raccrocher, tu ne dors presque pas de la nuit.

Les journées sont chaudes, moites, interminables. La guerre en Irak fait des soubresauts. Chaque soir, David s'installe devant le journal télévisé pour approuver bruyamment George W. et s'envoyer verre sur verre de whisky ; pendant ce temps, Eileen t'amène sur la galerie arrière et t'apprend les principes fondamentaux du crochet.

Une seule fois, anéantie par la chaleur, tu cèdes aux incitations réitérées de tes grands-parents et te rends en ville pour te rafraîchir à la piscine. Là, tu comprends dès les vestiaires que ton nouveau maillot aura beau recouvrir tout ce qu'il pourra, ton corps n'en restera pas moins marron, massif et voluptueux comparé à tous les autres corps présents. Une fois changée, tu te plantes devant la glace pour tenter de faire entrer tes cheveux sous le bonnet en caoutchouc que t'a prêté Eileen – *Sans ça, on ne te laissera pas entrer dans la piscine !* – mais de grosses mèches frisées s'en échappent sans cesse et le bonnet, qui tire méchamment sur les petits cheveux dans ta nuque, te donne envie de hurler. Des gouttes de sueur roulent sur ton visage. Tu vois que les filles et les femmes beiges te regardent puis se lancent des petits coups d'œil amusés. À l'entrée de la douche, plusieurs d'entre elles te disent gentiment bonjour pour que tu saches qu'elles ne sont pas racistes, mais une fois que tu leur as rendu la pareille elles ne savent pas quoi ajouter.

Joel et Lili Rose t'envoient des mails quotidiens, lui de Melbourne où c'est l'hiver et presque toujours le lendemain, elle du Missouri où le décalage est de quelques heures dans l'autre sens. En réponse, tu coupes et colles le même message chaque jour : *Tout va bien et vous ne me manquez pas trop* – préférant attendre les retrouvailles familiales à Manhattan pour disjoncter et les engueuler tout ton soûl, leur reprochant de t'avoir déportée dans ce coin perdu, rempli de yuppies beiges débiles et culs-bénits.

Vers le milieu de ton séjour, Eileen et David t'annoncent que leurs amis les Foster les ont invités à un barbecue le dimanche. Ils habitent la petite ville de Rindge, à environ une heure à l'ouest de Nashua. Oh ! J'aime autant rester là à bouquiner, leur assures-tu, mais ils insistent : Non, non, on ne voudrait pas te laisser seule dans la maison. Les petits-enfants des Foster seront là aussi, ils doivent avoir à peu près ton âge, vous pourrez jouer ensemble, ce sera génial ! Ils ont une grande pelouse et un filet de badminton. Tu sais jouer au badminton, Shayna ? Non ? Eh bien, il est grand temps que tu t'y mettes !

Cahin-caha, tu réussis à traverser cette épreuve-là aussi : le barbecue, les regards appuyés, les faux sourires, la surveillance maniaque d'Eileen – *Oh ma chérie, tu manges trop, trop vite, tu as de la sauce tomate sur le menton, laisse-moi t'aider* – humectant du bout de sa langue un coin de serviette en papier et te frottant le menton avec sa salive écœurante... après quoi, ne souhaitant décidément pas apprendre les règles du badminton, tu te laisses choir sur la pelouse, aussi loin que possible des autres, pour attendre que ça se termine.

Quelques instants plus tard, un petit chiot bâtard, fonçant droit sur toi, traverse la pelouse au galop. Il s'arrête net et te regarde, la tête penchée sur le côté et la queue en l'air, immobile. Il a les yeux bleus, les oreilles noires, le museau blanc avec du noir autour d'un œil, les pattes blanches, le corps et la queue noirs avec un peu de brun-roux çà et là – et, dès que tu te mets à lui caresser la tête, il se love dans ton giron et déclare : *Shayna, je suis à toi. Tu dois me ramener chez toi.*

De l'autre côté de la pelouse, les gens persistent à manger et à boire, à papoter et à rigoler comme si de rien n'était alors que toi, Shayna, tu es à mille lieues de là : étourdie d'amour.

Faut que je le ramène à New York avec moi, fais-tu d'une voix forte.

David se retourne et éclate de rire, mais Eileen rougit parce que *ça ne se fait pas, quand on est invité chez les gens, de demander à prendre leurs affaires.*

Ah, cet avorton ! dit M. Foster. Notre colley Lassie a eu une portée le mois dernier. Le père était un husky du quartier, d'où les yeux bleus. On a déjà donné les autres. Lui, c'est le dernier qui nous reste : le plus chétif et le plus moche.

Faut que je le ramène à New York avec moi, répètes-tu, plus fort encore.

Peut-être qu'on pourrait appeler sa mère pour voir ce qu'elle en pense ? suggère Mme Foster.

Tu aurais mieux aimé qu'ils appellent ton père, mais c'est hors de question : il est quatre heures du matin à Melbourne.

Interrompue à Portland au milieu d'une interview avec un journaliste littéraire, Lili Rose se montre moins qu'enthousiaste. Eileen te tend son portable avec un mouvement pessimiste de la tête.

Allô, grondes-tu.

Salut, chérie, dit Lili Rose. Écoute, mon ange, les chiens ont tendance à ne pas aimer les grandes villes.

Mais on habite juste entre deux parcs, maman ! Et plein de gens ont des chiens !

À l'autre bout du fil, tu entends Lili Rose inspirer vivement. Tu ne l'as pas appelée maman depuis votre altercation au sujet de *Sur écoute*, plus d'un an auparavant.

S'il te plaît, maman ! Je le promènerai matin et soir, promis ! Je m'occuperai de tout, la nourriture, les vaccinations, tout. D'accord ? S'il te plaît, maman ! D'accord ?

Un silence crispé s'ouvre entre vous, que Lili Rose rompt enfin d'un soupir : Bon, d'accord. Dis à tes grands-parents que c'est OK, je te donne la permission de garder le petit chien. On se débrouillera.

En rendant son portable à Eileen, tu ne peux t'empêcher d'arborer un petit sourire de triomphe. T'accroupissant, tu prends le chiot dans tes bras et lui chuchotes la bonne nouvelle à l'oreille.

Comment vas-tu l'appeler, Shayna ? demande M. Foster.

Tu hésites, prise de court. Les mots *colley*, *husky*, *Lassie* flottent dans ta tête… Levant les yeux, tu distingues le panneau avec le nom de la rue où vous vous trouvez : Pulaski, fais-tu d'une voix ferme, et tout le monde d'éclater de rire. Il s'appelle Pulaski, répètes-tu, plus fort.

À l'âge de deux semaines, Pulaski est encore assez petit pour entrer facilement dans un sac de voyage d'Eileen. En le hissant dans le car Greyhound, tu vois le lévrier pur-sang qui s'élance sur le flanc du véhicule et le trouves ridiculement blême et dégénéré comparé à ton beau bâtard. Chaque fois que Pulaski geint, tu glisses une main dans le sac pour le caresser et il se calme aussitôt. Te sentir capable de l'apaiser te fait tressaillir de bonheur. Pendant la halte à Hartford, tu lui mets sa laisse et vous courez ensemble autour de l'aire de repos. Quand vous remontez dans le car, le conducteur te fait un grand sourire et tu sais que tu as les yeux qui brillent.

TANDIS QUE LES DIEUX RESTENT OBSTINÉMENT, UNANIMEMENT MUETS, MES DIFFÉRENTS MOI PARLENT TOUS EN MÊME TEMPS : ILS RÂLENT, CHIALENT, CRIENT ET SE CHAMAILLENT, TRANSFORMANT MON CERVEAU EN UNE VERSION ANIMÉE DES *CAPRICES* DE GOYA.

— VOUS VOYAGIEZ EN TRAIN, NOUS EN BATEAU, DIT L'UNE D'ENTRE ELLES. AU MOINS VOUS N'AVIEZ PAS LE MAL DE MER EN PLUS DE TOUT LE RESTE.

— NOUS AVIONS TOUS LES MAUX POSSIBLES ET IMAGINABLES, DIT UNE AUTRE VOIX. MAL AU CŒUR ET À L'ESTOMAC, MAL À L'ÂME ET AUX TRIPES.

— NOUS, ON AVAIT TOUT CELA AUSSI... ET DE PLUS, NOTRE VOYAGE DURAIT SIX MOIS. VOUS, VOUS N'AVIEZ QUE QUELQUES PETITES FRONTIÈRES EUROPÉENNES À TRAVERSER, PAS TOUT UN OCÉAN. ÇA VOUS PRENAIT QUOI, UNE SEMAINE OU DEUX ?

— LE TRAJET POUVAIT FACILEMENT DURER UN MOIS, AVEC DES ARRÊTS AUSSI INTERMINABLES QU'INEXPLIQUÉS AU MILIEU DE NULLE PART TANDIS QUE LES BÉBÉS HURLAIENT DANS LE NOIR. VOUS, VOUS N'AVIEZ PAS D'ENFANTS AVEC VOUS : DES NOUVEAU-NÉS AU SEIN DE LEUR MÈRE, DES FEMMES ENCEINTES EN TRAIN D'ACCOUCHER...

— NON, RIEN QUE LES JEUNES HOMMES LES PLUS FORTS ET LES JEUNES FEMMES LES PLUS FÉCONDES. LE MEILLEUR DU PATRIMOINE GÉNÉTIQUE AFRICAIN, CRÈME DE LA CRÈME, DESSUS DU PANIER, PRÉLEVÉ, ARRACHÉ, EXPORTÉ, DÉPORTÉ, ANNÉE APRÈS ANNÉE PENDANT QUATRE SIÈCLES... RAISON POUR LAQUELLE, AUJOURD'HUI, L'AFRIQUE A TANT DE MAL À RATTRAPER LES CONTINENTS ENRICHIS PAR NOTRE TRAVAIL GRATUIT.

— SORS TA CALCULETTE : VOUS AVEZ PERDU DOUZE MILLIONS DE PERSONNES EN QUATRE SIÈCLES, NOUS, SIX MILLIONS EN DOUZE ANS. AU MOINS QUAND VOUS ARRIVIEZ À DESTINATION, POUR PEU QUE VOUS AYEZ SURVÉCU AU VOYAGE, ÇA NE SIGNIFIAIT PAS AUTOMATIQUEMENT LA MORT. REGARDEZ COMBIEN D'ENTRE VOUS ONT SURVÉCU POUR RACONTER L'HISTOIRE.

— CE QU'ON A ENDURÉ SUR LES PLANTATIONS… VOUS APPELEZ ÇA UNE VIE ?

— OUI, J'APPELLE ÇA UNE VIE.

— ILS NOUS ONT TUÉS À LA TÂCHE.

— NOUS, ILS NOUS ONT TUÉS À LA TÂCHE PUIS ILS NOUS ONT TUÉS TOUT COURT. NOTRE TRAVAIL ÉTAIT DÉNUÉ DE SENS. AU MOINS LE VÔTRE A FAIT DÉBUTER LA RÉVOLUTION INDUSTRIELLE ET CONTRIBUÉ AU BIEN-ÊTRE GÉNÉRAL DE L'HUMANITÉ.

— QU'A-T-ELLE DE SI MERVEILLEUX, L'HUMANITÉ ?

LES VOIX FONT UNE PAUSE, PUIS REPARTENT DE PLUS BELLE.

— VOUS, VOUS AVIEZ LE TEMPS DE CHANTER, D'INVENTER LE JAZZ, LE BLUES ET LE GOSPEL ET DE LES TRANSMETTRE À VOS ENFANTS. NOUS, NOTRE CULTURE A ÉTÉ ANÉANTIE.

— LA NÔTRE AUSSI. MAIS ON N'A PAS FAIT DE SON ANÉANTISSEMENT UNE RELIGION. PARCE QUE VOUS SAVIEZ LIRE ET NOUS NON, VOUS MONOPOLISEZ L'ATTENTION DU MONDE, FAITES DE L'ARGENT, CONSTRUISEZ DES MONUMENTS, POSEZ DES PLAQUES, TIREZ DES FICELLES, PASSEZ DES LOIS, INFLUENCEZ LES GOUVERNEMENTS…

— C'EST VRAI QUE NOS TRADITIONS ÉTAIENT LIVRESQUES ET LES VÔTRES, PLUTÔT ORALES.

— C'EST PEUT-ÊTRE POUR ÇA QUE VOUS NE SAVEZ PAS DANSER.

— COMMENT ÇA, ON NE SAIT PAS DANSER ? VOUS AVEZ DÉJÀ ASSISTÉ À UN MARIAGE JUIF TRADITIONNEL ?

— OUI, C'EST JUSTEMENT CE QUI ME FAIT DIRE QUE VOUS NE SAVEZ PAS DANSER.

— À QUI PARLES-TU, SHAYNA ?
— À MOI-MÊME, SHAYNA. JE ME PARLE À MOI-MÊME.

Manhattan, 1970

Pavel commence à perdre l'ouïe ; les cheveux de Jenka grisonnent et s'éclaircissent ; lui souffre d'un ulcère gastrique et elle d'arthrose. Le traditionnel dîner dominical à Riverdale inclut désormais Arnold le compagnon de Jeremy, un avocat spécialisé en droit fiscal. La semaine, les deux hommes vivent en couple à Hoboken ; le week-end ils draguent séparément dans le sud de Manhattan. Pavel trouve à Arnold plein de qualités, parmi lesquelles son bon goût en matière de cigares cubains et de cognac ; Jenka, en revanche, le bat froid, ne pouvant s'empêcher de le voir comme la porte claquée au nez de son rêve de descendance.

Jamais le couple vieillissant ne rate une occasion de mettre en scène leur *Angst* devant l'infécondité de leurs deux fils. Oh ! Nous commençons à désespérer, disent-ils, se passant pour ainsi dire le microphone et faisant semblant de plaisanter alors qu'ils ne plaisantent pas. Qu'avons-nous bien pu faire au Bon Dieu pour mériter de tels enfants ? Un *feygele* et un moine.

Sérieusement, Joel, dit Jenka, tu as décidé quand de te faire moine ? Pas de viande, pas d'alcool, pas de tabac… Et pas grand-chose dans le rayon bagatelle non plus, on dirait ?

J'aurais jamais dû te gronder pour l'achat de *Modern Man* ! fait Pavel, hochant tristement la tête. Tout le monde rit, Joel y compris, ce qui lui évite d'avoir à répondre à la question de Jenka.

Pourquoi tu ne nous amènes jamais tes petites amies ? renchérit celle-ci, le dimanche d'après. Nous ne sommes pas dignes de les rencontrer ?

Même lorsque ses parents s'abstiennent de le chanter, leur refrain résonne en permanence dans ses oreilles : *Quand vas-tu épouser une jolie juive et nous faire une ribambelle de petits-enfants pour nous consoler de la perte de tous nos amis, parents et voisins, arrachés à leur existence tranquille à Prague, Brno, Ostrava et Teplice, transférés à Terezín, assassinés à Bergen-Belsen et à Auschwitz ?*

Un soir de mai où Joel a choisi de dîner à La Terrasse, ce restaurant situé sur le toit de Butler Hall, il remarque que l'établissement a embauché une nouvelle serveuse gracile et gracieuse, aux traits fins et aux cheveux de jais, un peu à la Audrey Hepburn. Après qu'elle eut pris sa commande, les yeux de Joel se mettent de leur propre chef à suivre les déplacements de la jeune femme sur la terrasse. Cela le surprend. Depuis plus de quinze ans déjà, son cerveau tue dans l'œuf chaque frémissement d'intérêt sexuel avant même qu'il ne devienne conscient. Mais ce soir-là, sans comprendre pourquoi, il est incapable de se concentrer sur le *Times* qu'il a apporté. Après avoir posé devant lui son gratin de chou-fleur, la serveuse lève ses jolis yeux marron pour rencontrer les siens. Il est cloué sur place.

Que Dieu me vienne en aide, je suis amoureux est la pensée involontaire qui jaillit tel un éclair dans son esprit. Au même instant, une autre région de son cerveau élabore une phrase très différente, un cliché quelconque au sujet du coucher du soleil, et l'envoie illico danser sur ses lèvres. La tête de la jeune femme tourne pour contempler le ciel à l'ouest, et quand elle lui fait une réponse d'une voix rauque et chaleureuse, les testicules de Joel réagissent avec un tel enthousiasme qu'il laisse échapper un deuxième cliché, un compliment ridicule sur l'harmonie entre la couleur écarlate du ciel et celle des joues de la serveuse. Étonnamment, au lieu de renifler et de s'éloigner d'un pas vif, celle-ci s'attarde encore à ses côtés : Puis-je vous apporter autre chose, monsieur ?

Tout Joel se met de la partie. Chaque facette de son être s'active en accord avec chaque autre facette – et pour une fois, au lieu d'analyser ce qui se passe, il se contente de l'accepter. Tel un orchestre symphonique où une centaine d'instrumentistes de tailles, humeurs, origines ethniques et convictions religieuses disparates synchronisent leurs talents pour jouer la *Neuvième* de Beethoven, toutes ses qualités innées et acquises se fondent miraculeusement pour le rendre séduisant. Avant d'en arriver au café, il a appris que la jeune femme s'appelle Natalie sans *h*, qu'elle est née vingt ans plus tôt sur le Lower East Side, que ses grands-parents ont fui la Russie tsariste en raison d'un pogrom (Lequel ? s'enquiert-il avec un sourire désabusé. 1895 ? 1900 ? 1905 ?)… et que, dans les tréfonds de son être, elle n'est pas serveuse du tout mais comédienne.

Théâtre ou cinéma ?

Surtout du théâtre pour l'instant, dit Natalie, mais il m'arrive de participer à des tournages. À vrai dire, j'attends mon coup de veine.

Elle habite le West Village, partage un appartement avec une amie et suit des cours d'art dramatique sur Bank Street, à l'école Herbert Bergdorf.

D'emblée, la jeune femme est à l'aise et heureuse en compagnie de Joel. Elle apprend qu'il est juif comme elle, qu'il habite ici même à Butler Hall, et qu'il enseigne à Columbia. Prof de quoi ? D'ethnologie.

Comme c'est fascinant ! roucoule-t-elle. J'avoue n'avoir qu'une idée assez vague de ce que c'est, mais ce doit être très exotique.

Si l'amour est un océan, Joel ressemble à un non-nageur que l'on vient de balancer par-dessus bord. Son corps lui dit de ne pas s'en faire : s'il lui laisse laisser prendre l'initiative, tout ira bien. Il obtempère et ne le regrette pas. De retour chez lui plus tard dans la soirée, ses mains savent tenir la porte pour Natalie, l'aider à quitter sa veste et lui servir un citron pressé.

Je n'ai pas acheté de vin, lui explique-t-il en s'excusant.

Mais, habituée à sortir avec des hommes avides de l'enivrer, la jeune femme trouve l'abstinence du professeur rafraîchissante. Arrivés à la fin de la soirée, ils se désirent si fort qu'ils en ont le vertige.

Ils commencent à sortir ensemble. Danse et opéra au Lincoln Center, pièces de Beckett dans le sud de la ville, films sur Amsterdam. Après chaque sortie, Joel raccompagne Natalie jusqu'à son appartement sur la 4ᵉ Rue ouest. Debout sur son perron, le cœur battant la chamade, le sexe enflé et battant bravement lui aussi, il la prend dans ses bras, pose de petits baisers chauds sur ses mains et ses joues, frôle ses lèvres avec les siennes et lui souhaite bonne nuit. Sa chasteté la bouleverse.

Ensuite, pendant l'interminable trajet en métro ou en taxi de la 4ᵉ à la 119ᵉ Rue, Joel ne s'ennuie pas, au contraire. Il songe à Natalie. Et comprend peu à peu qu'elle est destinée à devenir son épouse – car son corps, au lieu de le tirer fermement à l'écart de la tentation comme il l'a toujours fait, l'y invite, irrésistiblement.

Malgré leur différence d'âge, Joel et Natalie ont envers leurs origines juives des sentiments étonnamment semblables. Ils sont allés jusqu'à leur bar et bat-mitsvah et basta. Mais pour faire plaisir à leurs familles respectives, ils décident à présent d'organiser un mariage traditionnel avec auvent blanc, rabbin barbu, verre à vin fracassé, hommes dansants et tout le tralala. Les quatre parents sont fous de joie. Jenka et Pavel ne savent pas où se mettre d'excitation. Et aux yeux de Gyorgi et Ira Greenfeld, les parents de Natalie, le statut académique et financier de leur nouveau gendre compense largement ses caprices végétariens. Le soir de leurs noces, prenant Joel à part, Ira lui dit dans un chuchotement : Puis-je vous confier mon espoir secret, cher professeur ? Mon espoir secret c'est que le mariage et la maternité feront oublier à ma fille son idée de devenir actrice. Voilà mon espoir secret. Avoir un mari comme vous et devenir la mère de ses enfants : qu'est-ce qu'une femme pourrait vouloir de plus ? Je compte sur vous.

En approchant cette nuit-là le corps de sa nouvelle épouse, Joel est envahi par le sentiment de révérence sacrée qui lui avait fait défaut au moment de dérouler le parchemin du Sefer Torah le jour de sa bar-mitsvah. Quant à Natalie, qui a déjà connu bibliquement un certain nombre d'hommes, elle est émue par l'hommage que son époux lui rend. Joel joue de son corps comme d'une flûte depuis le cuir chevelu jusqu'aux orteils, s'attardant à mi-chemin avec des mouvements prolongés de la langue et des doigts de sorte que, de façon imprévue pour ne pas dire sans précédent, tout l'être de Natalie se transforme en musique.

Et la centrale thermique personnelle de Joel, malgré les longues années d'inactivité, fonctionne à merveille.

Nashua, 1970

Gino et ses amis seront bientôt appelés à servir le pays ; plusieurs d'entre eux reviendront l'année suivante dans des housses mortuaires ; mais pour Lili Rose cet été-là, il n'y a rien au monde de plus important que ce qu'elle va bien pouvoir mettre à la plage et comment elle doit s'y prendre pour obtenir un bronzage égal. Son nouveau bikini bleu est nettement moins flatteur à la maison qu'en boutique. Elle trouve qu'il lui grossit les cuisses et rend son ventre proéminent. Petula lui a expliqué que les boutiques utilisent des glaces amincissantes : leurs propriétaires savent que, plus les femmes se sentent belles, plus elles dépenseront de l'argent.

Il faut faire très attention quand tu te bronzes, l'a-t-elle prévenue par ailleurs. D'accord ? Le premier jour, ne pas t'exposer plus d'un quart d'heure au soleil. Ensuite tu ajoutes un quart d'heure par jour jusqu'à ce que tu arrives à trois heures. Normalement, au bout d'une semaine d'exposition au soleil à raison de trois heures par jour, t'auras un bronzage impeccable.

Mais comme elle travaille encore à plein temps à L'Auberge du Village, sa peau est couleur semoule en partant au lac avec la famille de Petula. Elle attrape un coup de soleil carabiné dès le premier jour de plage, et doit passer les journées suivantes cloîtrée dans la cabane. Tandis que les autres, là tout près, s'amusent comme des petits fous avec des hors-bord, des flotteurs, des radeaux gonflables, des radios, des parasols et des maîtres nageurs, elle enduit de Nivea sa peau écarlate et cuisante, fume des cigarettes et lit des romans d'Annemarie Selinko. Tout en s'efforçant de se concentrer sur Désirée, elle entend les autres s'éclabousser, rire aux éclats et pousser des cris perçants. Elle imagine leurs yeux qui brillent sous l'effet cumulé de l'eau, du soleil et de l'excitation sexuelle (car ces bruits, traduits, veulent dire que des filles comme Petula se font balancer dans l'eau par des garçons qui bandent dans leur maillot).

C'est harnachée de la tête aux pieds qu'elle sort rejoindre les autres à l'heure du déjeuner, encombrée de chaussettes et de sandales, d'un foulard de coton et d'un chapeau à large visière pour empêcher le soleil d'infliger de nouveaux dégâts à son nez cloqué. Et quand sa convalescence se termine enfin, il n'est plus question qu'elle remette son bikini bleu pour sortir s'amuser avec les autres, car la température a dégringolé de trente à seize degrés et le soleil est introuvable.

Le dernier soir des vacances, on organise dans la grange un bœuf de musique folk. Les parents de Petula y viennent en début de soirée et dansent comme s'ils étaient encore jeunes, mais par bonheur ils fatiguent vite et remontent se coucher avant minuit.

La fête prend fin vers deux heures du matin, et les musiciens invitent Lili Rose et Petula à partager un pétard dans leur chambre. Assis sur le lit, le guitariste et le violoniste se mettent à jouer de vieux standards ; Petula et le batteur partent se peloter dans un coin. Lili Rose, pour sa part, est attirée par l'accordéoniste, maigre jeune homme aux cheveux bouclés dont les yeux sont rendus énormes par des lunettes à double foyer. Assis en tailleur à même le sol, souriant d'une oreille à l'autre comme une espèce de Pan ou de centaure grec, l'homme tient l'accordéon entre ses jambes et le fait sautiller de haut en bas tout en chantant. À un moment donné tout bouge : Lili Rose se retrouve à la place de l'accordéon, ses jambes autour de la taille du musicien centaure. Il chantonne en souriant, la tient et la berce avec énergie, puis, rejetant en arrière sa tête bouclée, il ajuste sa position. Des flammèches de joie brûlent dans ses yeux énormes. Lili Rose ferme les yeux et se laisse aller à cet étrange état d'indifférence flottante qu'induit la marijuana, de sorte que, sans préparation ni passion aucune, à la simple faveur d'un joint et d'un minimum de désir masculin, elle se fait pénétrer, remuer, secouer, et pour finir déflorer par un homme dont elle n'a pas tout à fait saisi le prénom.

Manhattan, 2003

Tu passes le mois d'août à montrer à Pulaski les ficelles de sa nouvelle vie : le panier et les bols à la cuisine ; les corridors, ascenseurs et portiers de Butler Hall ; la laisse ; et, dans les rues et les parcs du quartier, l'existence incontournable d'autres créatures vivantes, tant canines qu'humaines.

Tu l'éduques : Assis. Attends. OK, on peut y aller. Tiens ! Va chercher ! Très bien, Pulaski ! Bon chien ! En l'espace de quelques jours, il apprend à galoper vers toi dès que tu l'appelles. Quand tu t'installes sur un banc au parc pour bouquiner, il roule et sautille autour de toi, zigzague en tous sens, lève une patte pour pisser et marquer, vient appuyer son museau contre tes genoux. La nuit, il dort au pied de ton lit.

Quand arrive la rentrée scolaire, Joel toujours à Melbourne, tu t'inquiètes : comment Pulaski supportera-t-il d'être enfermé seul dans l'appartement du matin au soir ? De plus, le jour même de la rentrée, Lili Rose t'a programmé un cours d'escrime après l'école.

En rentrant vers les dix-neuf heures, tu n'entends ni l'habituel crissement des griffes de Pulaski sur le parquet ni son halètement impatient. Il ne vient pas t'accueillir du tout. Et à la cuisine t'attend une scène incompréhensible : prostré dans son panier, un étrange machin en plastique bleu autour du cou, le chien pousse de petits gémissements.

Le sang quitte tes mains, tes pieds, ton visage. D'une voix à la fois aiguë et aérienne, tu t'écries : Qu'est-ce qu'il a, mon chien ? Qu'est-ce qui se...

Rien de grave, ma chérie, fait Lili Rose tout en glissant deux repas télé dans le micro-ondes. Je l'ai amené chez le vétérinaire pour le faire stériliser.

Le faire quoi ?

Une toute petite intervention chirurgicale, pour l'empêcher de faire des petits plus tard.

Tu veux dire qu'il ne pourra jamais faire l'amour ?

Les chiens ne font pas l'amour, ma douce, ils font des petits, et on n'a pas envie qu'il en fasse, n'est-ce pas ? Il y a déjà trop de chiens non désirés à New York ; la SPA en tue des milliers chaque année.

Dans un premier temps, tu es incapable de parler. Puis, te précipitant sur le panier, tu prends ton chiot dans tes bras. Pauvre Pulaski, murmures-tu. Pauvre Pulaski... Et c'est quoi ce machin bleu ?

Sans ça, dit Lili Rose, il lécherait ses points de suture et ça risquerait de s'infecter. Ça s'appelle un col Victoria, poursuit-elle, avide de changer de sujet, parce qu'à l'époque de la reine Victoria les dames de l'aristocratie britannique portaient des habits qui les empêchaient de bouger. C'est incroyable, non ? Robes à paniers, faux culs compliqués, hauts cols en dentelle raide, talons hauts... Un peu comme les pieds bandés des Chinoises jadis. L'idée étant de proclamer au monde : Mon mari est tellement riche que je n'ai pas besoin de travailler !

Jamais tu n'as détesté Lili Rose autant qu'à cet instant. Votre repas se déroule dans le silence total.

De retour dans ta chambre, tu fais une recherche sur internet, apprends en quoi consiste cette chirurgie, et manque vomir. L'opération requiert une anesthésie générale, elle doit donc être douloureuse. Après avoir endormi l'animal, le vétérinaire fait une incision devant le scrotum, sectionne les tiges des testicules, retire ceux-ci à travers l'ouverture et recoud le tout. Que fait-il des couilles qu'il enlève aux pauvres clebs inconscients ? te demandes-tu. Peut-être ouvrira-t-il un jour un musée d'histoire naturelle, où les gens pourront venir comparer les roubignoles séchées des chihuahuas, des grands danois, des épagneuls et des saint-bernards. Oh ! Pulaski, sanglotes-tu, je suis désolée ! je suis tellement désolée ! J'ai laissé Lili Rose te kidnapper et te châtrer, maintenant tes couilles ont disparu à tout jamais ! Tu n'es ni un mâle ni une femelle mais un eunuque !

Folle de rage, tu retournes à la cuisine où Lili Rose est en train de ranger les reliefs de votre repas.

Comment tu as pu faire ça sans me prévenir, derrière mon dos ? hurles-tu. Tu as attendu que je sois à l'école, puis tu l'as amené chez le vétérinaire !

Mais pas du tout, t'assure Lili Rose sans perdre son sang-froid. Le véto était en vacances. Arrête, Shayna, ajoute-t-elle d'une voix plus autoritaire, arrête tout de suite. Tu en fais toute une montagne, c'est absurde. Des millions de chiens sont opérés aux États-Unis chaque année.

À partir de là, tu ne parles plus à Lili Rose que par monosyllabes. Tu viens à la cuisine pour les repas, mais refuses de rencontrer son regard et de répondre à ses questions.

Après s'être évertuée pendant une semaine à ignorer ce comportement immature, Lili Rose fait une tentative de conciliation. Un soir où tu es sortie de ta chambre pour aller aux toilettes, elle te confronte dans le couloir et te met les mains sur les épaules.

Réfléchis, ma chérie, je t'en supplie. D'ici à quelques mois, Pulaski sera l'équivalent d'un jeune homme. On ne voudrait pas qu'il se bagarre avec les autres mâles au parc, qu'il coure après les femelles en chaleur, qu'il se frotte aux jambes et aux chevilles de nos invités, qu'il engendre des dizaines de petits dont personne ne voudra – j'ai raison ou non ?

Tu t'engouffres dans les toilettes et lui claques la porte au nez.

Joel suit votre conflit de loin mais ne peut pas faire grand-chose pour le désamorcer. Dans ses mails quotidiens, il se contente de vous dire son impatience de rencontrer le nouveau membre de la famille.

Enfin, un jour vers la fin septembre, il t'annonce par texto que le taxi de l'aéroport est sur le point de le déposer devant Butler Hall. Comme au temps de ton enfance, tu dévales le corridor et te jettes à corps perdu dans les bras de ton papa... sauf qu'étant à présent plus grande que lui, tu manques le renverser.

Puis tu explodes en sanglots. Lili Rose n'est pas ma mère, dis-tu. Elle a châtré Pulaski et je ne veux plus jamais lui adresser la parole.

Ne t'en fais pas, ma puce, marmonne Joel en essayant d'avoir l'air fort et rassurant malgré ses soixante-quatre ans et ses seize heures de décalage horaire. Tout va s'arranger.

Cette fois, cependant, il se trompe.

Hervé, je suis obsédée par le thème de la grossesse sur les plantations.

Même lorsque le père de votre enfant était l'homme que vous aimiez, c'était forcément un crève-cœur de porter, puis d'allaiter et dorloter un tout-petit en sachant pertinemment que vous alliez le perdre – à l'âge de deux, cinq ou dix ans – en sachant, surtout, la vie qui l'attendait. Mais au moins vous pouviez le couvrir de câlins, calmer ses pleurs avec des chansons au sujet de Dieu et Jésus, le fleuve Jourdain, l'espoir et la patience, et prier pour le retrouver au ciel après la mort.

Mais quand le père était votre oppresseur et violeur, comment ne pas devenir folle à mesure que son enfant poussait dans votre giron ? Le maître – ou l'un de ses fils, frères, cousins ou copains – s'était emparé de votre corps et y avait déposé sa semence, la chose avait germé, et vous disposiez de neuf longs mois pour y réfléchir, neuf mois pour rejeter l'enfant que vous nourrissiez de la moelle de vos os, berciez des mouvements de votre corps, apaisiez de la musique de votre voix.

Manhattan, 1970-1975

Le professeur Rabenstein étant marié à présent, l'université lui attribue à Butler Hall un appartement avec une chambre supplémentaire. Joel fait déménager les affaires de Natalie depuis le West Village et lui dit que, si elle le désire, elle peut laisser tomber son emploi de serveuse : il se fera un plaisir de l'entretenir en attendant que décolle sa carrière de comédienne. Ravie, Natalie obtempère. Les tâches ménagères sont accomplies par des personnes à peau sombre qui habitent les coins les plus reculés de Queens ou de Brooklyn et passent trois heures par jour dans le métro.

Lors des repas dominicaux à Riverdale, Jenka et Pavel traitent leur nouvelle bru comme une précieuse princesse. Jenka la gave de plats bien gras et de pâtisseries sucrées afin d'arrondir ses hanches et lui procurer des accouchements faciles. Mais ils ont tout leur temps bien sûr, se disent-ils lorsque, sur le coup de seize heures trente, la voiture du couple fait marche arrière dans leur allée pour rentrer à Manhattan avant que le trafic ne devienne trop dense. Il n'y a pas le feu. Natalie est tellement jeune ! Elle n'a que vingt ans… vingt et un… vingt-deux…

Au cours des premières années de leur mariage, Natalie et Joel font des efforts sincères pour se familiariser avec le monde de l'autre. Joel passe de nombreuses soirées dans des bars près de Broadway, à hocher la tête et à sourire en regardant son épouse consommer des quantités ahurissantes de cigarettes et d'alcool, d'idées vaseuses et de hamburgers saignants pendant qu'il réécrit mentalement un paragraphe problématique de l'article sur lequel il travaille et attend que vienne l'heure de partir. De son côté, Natalie passe de nombreuses soirées dans les appartements étouffants de professeurs plus âgés que ses propres parents, à fixer désespérément les verres en cristal, les couverts en argent et le menu dont ils mettront trois heures à venir à bout, tandis que Joel et ses collègues échangent sur des thèmes abstraits et que les épouses se taisent modestement à leurs côtés. Vêtue d'une petite robe noire, Natalie est tellement jeune, svelte et sexy par contraste avec ces dames à la tronche fardée, au lifting, aux cheveux teints en roux et au régime aérobic qu'il lui semble souvent n'être qu'une médaille brillante de plus sur le revers de veston de son mari célèbre.

Un soir, en une généreuse tentative pour l'inclure dans la conversation, l'une des épouses se tourne vers elle et lui demande à voix basse si elle a des enfants. Natalie rougit, baisse le regard et fait *non* de la tête... Mais, dans le taxi avec Joel plus tard, elle explose.

J'avais envie de dire : Non mais j'ai avorté dix-sept fois. Ou alors : Non, à vrai dire j'ai horreur des enfants, et vous ?

Mais ma chérie, pourquoi tu ne pipes pas mot ? proteste Joel. Qu'est-ce qui te fait croire que les gens ne s'intéresseront pas à ce que tu pourrais avoir à leur dire ?

Fondant en larmes, Natalie explique qu'elle ne connaît rien aux sujets dont ils parlent, qu'elle s'en fiche d'ailleurs éperdument et n'aurait jamais dû l'accompagner dans cette soirée.

Au bout d'un moment ils sont obligés d'admettre qu'universitaires et comédiens se trouvent mutuellement assommants, et que leurs groupes d'amis se mélangent à peu près aussi facilement que l'huile et l'eau.

Leurs séjours à l'étranger leur apportent peu d'apaisement. Des universités un peu partout dans le monde invitent Joel à donner des conférences sur la révolution néolithique, le déclin du sacrifice animal, la montée de l'esclavage animal et le rapport de tous ces phénomènes à la guerre moderne. Chaque fois, il encourage Natalie à l'accompagner. Tu verras, lui dit-il, Londres est une ville fantastique, on ira au théâtre… Tu verras, c'est sublime, le Mexique, on visitera les pyramides aztèques et mayas… Tu verras, Florence est charmante… Tu verras… Chaque fois, Natalie regimbe mais, perpétuellement au chômage et allergique à la solitude, elle finit par se laisser convaincre… et le regrette après.

Lors des dîners organisés à l'étranger en l'honneur de Joel, on remet souvent à son épouse un cadeau symbolique : bouquet de fleurs, statuette, bibelot typique de l'artisanat local. Natalie les fourre généralement à la poubelle à l'hôtel avant leur départ ; une fois, folle de rage, elle balance une coûteuse bouteille de parfum de la fenêtre de leur chambre au dix-septième étage.

Et, parce que Joel réagit à ses accès d'humeur avec une patience infinie, les crises empirent. Tout au long de leur soirée en public Natalie se colle un sourire sur les lèvres ; quand ils se retrouvent ensuite en tête à tête elle se lâche, fait la moue, hurle et tape du pied. Mais elle a beau chercher par tous les moyens à désarçonner son mari parfait, à le faire sortir de ses gonds, c'est toujours en vain. Même quand, hystérique, elle s'effondre et se cogne le front contre le sol de leur chambre d'hôtel, Joel ne s'énerve jamais. Et, semblable à l'épaisse moquette beige sur laquelle elle se roule en poussant des grognements, le silence magnanime de l'homme ne fait qu'aggraver le désespoir de la femme.

C'est ainsi que le couple Rabenstein parvient à gâcher ses voyages au Mexique, à Londres, à Florence, à Vienne, à Tokyo et à Melbourne.

Nashua, 1970-1971

Un jour, en rangeant le tiroir de sous-vêtements de Lili Rose, Eileen tombe sur une plaquette de pilules contraceptives.

Elle va à la cuisine, se verse un verre d'eau fraîche, s'assoit et réfléchit. Alors qu'elle n'a que quarante ans, cela fait déjà un bon moment qu'elle s'est mise à espacer les séances d'amour conjugal entre elle et David en vue de les supprimer tout à fait. Après tout, ils n'ont pas l'intention de faire d'autres enfants, et, entre ses journées de travail passées à peindre des cartes chez Doehla et ses travaux ménagers, elle n'a franchement ni le temps ni l'énergie pour des bêtises. La nuit de septembre où David l'a balancée à travers le salon a marqué la fin de tout échange érotique entre eux. À présent, la simple idée du sexe et de tout ce qu'il implique – saleté, chairs mouillées, poussées frénétiques, rougeurs crues, animalité – la dégoûte.

Depuis la galerie de portraits où elle les a accrochées dans sa mémoire, ses aïeules – femmes énergiques toutes, travailleuses au corps robuste et à l'esprit immaculé, qui savaient serrer les mâchoires et mener à bien une corvée – croisent les bras et la jugent durement. Il est clair qu'elle a échoué en tant que mère, sans qu'elle sache à quel moment au juste ni de quelle manière. Lili Rose est devenue une adolescente frivole, nerveuse et inconsistante… et, qui plus est, immorale à présent ! Qu'elle prenne la pilule à quinze ans, c'est le bouquet.

Eileen prépare un petit discours pour David et le lui débite calmement à son retour. Gère-la, toi, dit-elle. Moi, je renonce. Tu me dis toujours que les temps changent. Bon, eh bien, toi tu comprends peut-être la nouvelle moralité ; moi, non. Non seulement je ne la comprends pas, mais je n'ai aucune envie de la comprendre. Il est clair que notre fille se fiche complètement de se faire respecter par les hommes, et je ne sais plus quoi faire avec elle. Elle vient de franchir la ligne rouge.

Ses notes sont excellentes ! proteste mollement David, comme il le fait chaque fois qu'Eileen cherche des poux à leur gamine. Bon, d'accord, elle est sans doute un peu jeune pour faire l'amour, mais les jeunes aujourd'hui sont plus mûrs qu'à notre époque. Et au moins elle gère sa vie sexuelle de façon responsable en prenant la pilule… Tu ne voudrais quand même pas qu'elle vienne nous annoncer qu'elle est enceinte ?

Comme Lola, tu veux dire ?

David lève une main et Eileen fait marche arrière.

Pardon, David. Je m'étais juré de rester calme et claire tout au long de cette discussion. Vu que Lili Rose a pris pour modèle ta moralité et non la mienne, je te laisse la prendre en charge. Sa vertu, je m'en lave les mains. L'été prochain elle aura son bac ; ensuite, de mon point de vue, plus vite elle quittera cette maison, mieux cela vaudra.

À compter de ce jour, chaque fois que Lili Rose sort avec un de ses petits amis, Eileen monte à l'étage après le repas du soir et David traîne au salon jusqu'à son retour, à lire le journal ou à regarder la télévision près de la cheminée.

Les hommes la déposent à minuit.

Tout baigne ? demande David, scrutant le visage de sa fille quand elle apparaît furtivement dans la porte du salon.

Oui, papa, fait-elle en s'éloignant dans le couloir. Salut, bonne nuit.

Peu à peu, elle se transforme en une structure vide, un robot. Les garçons se servent d'elle. Ils sortent avec elle et se servent d'elle, après quoi ils font courir le bruit qu'elle est facile, qu'on peut tout faire avec elle sans même mettre de capote, puisqu'elle prend la pilule. Quand ils ont fini de se servir de son corps, elle rentre chez elle et se gave de savoir.

Elle décroche son bac avec mention et se voit attribuer une bourse pour étudier au Smith College dans l'Ouest du Massachusetts – école où, tandis que l'armée américaine tue en moyenne soixante-cinq mille Vietnamiens par an, les étudiantes sont tenues rigoureusement à l'écart de la politique.

À la fac, Lili Rose déploie le même comportement robotique qu'au lycée, acceptant tour à tour des quantités ahurissantes d'hommes dans son corps et des quantités ahurissantes de savoir dans son esprit. Au long des années, sa voix intérieure a enflé et proliféré pour devenir un vaste panthéon de dieux qui scrutent et condamnent son moindre geste. Pendant sa première année à Smith, les attaques de ces dieux vociférants noient quasiment tout le reste. Où se cacher ? Comment se boucher les oreilles pour ne plus entendre l'interminable litanie de leurs critiques ? *Ha ! Je te l'ai bien dit, petite idiote, tu as pris encore un kilo. Tu viens de faire sauter un bouton, bien fait pour toi ! Regarde ce cahier foutraque, ça reflète bien l'état de ton cerveau. Tu perds ton temps, Lili Rose Darrington. Tu dépenses trop d'argent. Parviendras-tu un jour à bien te comporter ? Regarde ! Tes cheveux sont ternes ! Tes ongles sont sales ! Il pue, ton soutien-gorge !* Pour rentrer dans leurs bonnes grâces, elle se prive de nourriture et de sommeil, reste travailler sur le campus jusqu'à la fermeture de la bibliothèque, remplit carnet après carnet de notes… Mais on dirait que rien ne peut racheter sa nullité.

Aux vacances scolaires, elle rentre à Nashua et trouve la maison plus déprimante chaque fois. Les repas se passent essentiellement à regarder la télévision. David se laisse aller, boit trop, prend du ventre. Eileen consacre toutes ses heures libres désormais à travailler pour l'église. Son visage est barré de rides profondes : horizontales sur le front, verticales à la commissure des lèvres.

En raison d'un conflit d'horaire au début de sa deuxième année de fac, Lili Rose s'inscrit pour un cours de langue et de littérature françaises – et découvre, étonnée, que ses dieux ne parlent pas cet idiome. À mesure que son cerveau se remplit de la langue étrangère, les voix s'amenuisent. Mue par un instinct de survie mystérieusement ranimé, elle se porte candidate pour une année d'études à Paris… et est acceptée.

L'été d'avant son départ pour la France, elle s'installe chez ses parents à Nashua et étudie le français à raison de seize heures par jour ; les dieux doivent se contenter de l'attaquer dans ses rêves la nuit. Et à l'instant même où son avion atterrit à Orly, ils se retirent dans le coin le plus lugubre de son être. Incrédule, elle vérifie à plusieurs reprises : *Est-ce possible ?* Mais oui, il n'y a pas de doute : les dieux sont encore là, à marmonner et à grommeler, mais elle ne saisit pas le sens de leurs propos. Son soulagement ne connaît pas de bornes. Tout au long de l'année, les voix resteront au loin et leurs attaques lui demeureront inaudibles.

Manhattan, 2005

À mesure qu'il grandit, les os de Pulaski se mettent à pousser de travers et à lui faire mal. Quand tu lui lances des bâtons au parc Morningside, il court de façon asymétrique pour les attraper. En son for intérieur, Joel doit avouer qu'il est agacé lui aussi par l'efficacité pathologique de son épouse : au lieu d'attendre que Pulaski atteigne, à six mois, l'âge de la puberté, Lili Rose s'est précipitée pour le faire opérer comme elle se précipite pour tout. La castration précoce a rendu le chien vulnérable à toute une série de problèmes de santé, parmi lesquels cette dysplasie de la hanche dont il manifeste déjà les symptômes.

À toi, Shayna, Joel répète patiemment que ta maman a cru bien faire, que les filles doivent respecter leur mère, et qu'à l'âge de douze presque treize ans tu peux prendre sur toi et lui pardonner. Mais tu n'arrives pas à prendre sur toi. Tu es furieuse. Il boite déjà, ton merveilleux chien bâtard aux yeux bleus, et il aura sans doute besoin d'un remplacement total de la hanche.

Se sentant une pestiférée dans son propre foyer, Lili Rose fait ce qu'elle fait toujours quand elle a besoin d'être rassurée : elle se jette à corps perdu dans le travail. Le département d'études du genre lui ayant demandé de donner au printemps un cours magistral sur l'autobiographie féminine, elle se noie dans la préparation maniaque de ses conférences.

Pour calmer le jeu, Joel suggère que tu l'accompagnes dans un déplacement professionnel à La Havane pendant les vacances de Pâques. Cuba a officiellement décidé de créer un musée et un sanctuaire de la foi yoruba, et l'université de La Havane a invité le professeur Rabenstein – désormais mondialement connu comme spécialiste du sacrifice animal – à la cérémonie d'inauguration.

Grâce à ses liens avec des universitaires influents à Ottawa, Joel réussit à mettre le voyage en place en moins de quinze jours, dégotant de faux passeports canadiens pour vous deux et un visa d'animal domestique pour Pulaski. Ainsi, volant d'abord vers le nord puis vers le sud, vous passez en l'espace de quelques heures des arbres en fleurs de Manhattan aux congères de neige de Toronto, puis au soleil brûlant et aveuglant de La Havane. En soute, Pulaski supporte bien son baptême de l'air.

Pendant le vol, ton père te raconte pourquoi il a accepté cette invitation. À moitié tournée vers le hublot, tu contemples le paysage verdoyant de la Floride en bas et l'écoutes attentivement sans dire un mot. Il a voulu comprendre, te dit-il, comment la *santería*, religion animiste amenée à la Caraïbe par des Africains réduits en esclavage, avait survécu à Cuba. Tout comme les rituels chrétiens en Union soviétique, les cérémonies païennes ont été préservées clandestinement à travers six décennies de répression et de jargon communistes.

À propos de cérémonies... conclut-il alors que l'avion s'apprête à atterrir à La Havane, l'âge de treize ans est un tournant dans toutes les cultures, pour des raisons évidentes. Alors... eh bien... voilà... avec ta maman, on s'est dit qu'à défaut d'une bat-mitsvah ou d'une première communion, tu pourrais considérer ce voyage comme ta cérémonie d'initiation à l'âge adulte. Si l'idée te plaît, bien sûr.

Tu rougis et hausses les épaules. Tu es réglée depuis deux ans déjà, mais n'as pas la moindre envie de discuter des signes et symboles de la puberté avec ton père.

Le taxi vous dépose à l'hôtel Habana Libre, au cœur du quartier du Vedado. Dans le foyer, une expo photos montre fièrement Fidel et ses camarades barbus qui, en 1959, tout en menant de jour un soulèvement violent contre le régime du dictateur Batista, venaient se reposer chaque soir dans une suite luxueuse de cet hôtel. Ah ! fait Joel. Pas facile d'être révolutionnaire à plein temps !

L'inauguration du sanctuaire n'étant programmée que pour le lendemain, vous disposez du reste de la journée pour explorer la ville. Après avoir cassé la croûte et défait vos bagages, vous partez à pied en direction de Habana Vieja, Pulaski boitillant courageusement à votre suite. Pendant que vous vous frayez un chemin à travers la foule, Joel t'aide à déchiffrer la réalité qui se déploie sous vos yeux. Il t'explique pourquoi les seules voitures dans les rues, hormis quelques sobres Lada russes, sont des modèles américains des années 1950 avec ailettes, bosselures et couleurs criardes ; pourquoi les belles églises sont toutes abandonnées ;

pourquoi les structures coloniales s'effritent et s'effondrent.

Tu écarquilles les yeux, Shayna : c'est ton premier contact avec la vraie pauvreté. Presque toutes les villas magnifiques sont des coquilles vides, ouvertes au ciel, étayées par des planches et des pierres. Agrippés aux poutres entre les deuxième et troisième étages, des arbres et des buissons tendent leurs branches vers le haut et laissent dégringoler leurs racines vers le bas. À mesure que la nuit envahit la ville, tu te rends compte que toutes ces non-maisons sont habitées : des centaines d'hommes et de femmes avancent à petits pas sur les poutres en trimbalant leurs maigres possessions, cuisinent sur de minuscules braseros posés à même le sol, s'endorment enroulés parmi des lianes dans des pièces sans mur ni plafond.

Mais il se passe autre chose. Tu ne le remarques pas tout de suite, trop préoccupée par l'étrangeté de la ville cubaine : la musique omniprésente, l'ambiance de farniente et de ruine imminente, les chiens efflanqués au pelage rose et marron qui s'intéressent à Pulaski, viennent renifler son arrière-train et tentent mollement de le monter, avant de s'éloigner en renonçant. Mais au bout d'un moment tu t'aperçois que les passants vous toisent de façon insistante. Tu ne comprends pas pourquoi. Ton espagnol, glané dans les rues d'Upper Manhattan, ne te permet pas de saisir ce que susurrent en vous croisant les garçons et les hommes, parfois les filles et les femmes aussi. *Puta, perra, zorra, ramera* ne sont pas des mots que tu connais. Mais petit à petit, en te mettant à leur place, tu commences à voir ce qu'ils voient : toi, ado basanée et bien en chair, sapée d'une minijupe verte serrée, d'un débardeur blanc sans manches et de sandales blanches à talons plats avec un motif en paillettes roses ; Joel, homme beige de soixante-cinq ans, vêtu d'un élégant jeans noir, d'une chemise blanche Lacoste à col ouvert et à manches courtes et de coûteuses baskets noires. Jetant un coup d'œil à la ronde, tu vois plusieurs tandems en tout point semblables au vôtre qui se baladent sur le Malecón – et comprends soudain pourquoi, dans la vieille ville, des gamins faméliques des deux sexes traînaient devant les hôtels touristiques. Frémissant, tu regardes ton père. Mais, s'étant lancé dans de nouvelles explications historiques, Joel n'a toujours pas compris qu'aux yeux des passants, vous constituez un cliché aussi typique de la Cuba contemporaine que les voitures américaines ou les églises effondrées. *Comment a-t-il pu ne pas prévoir ça ?* te demandes-tu.

Dans la rue Acosta, une femme te crache aux pieds. Joel s'arrête net et la foudroie du regard. Elle envoie un deuxième mollard atterrir devant ses pieds à lui, puis s'éloigne en hochant la tête d'un air écœuré.

Même alors, Joel fait de son mieux pour ignorer la situation. Ne fais pas attention, Shayna, dit-il. Nous, on connaît la vérité, eux, non.

Vous hâtez le pas. Décrivant un grand cercle pour revenir au centre-ville, vous vous installez pour boire une citronnade à la terrasse du café Monserrate. Un groupe latino joue à l'intérieur. Vous vous efforcez d'attraper le rythme et la joie qui s'expriment sur l'estrade, mais sans succès.

À la table voisine, coiffé d'une casquette de baseball noire avec une feuille d'érable rouge et blanc sur la visière, un homme dans la quarantaine drague des jeunes femmes de couleur. D'abord il serre contre lui une grande fille élégante à la peau d'ébène et lui roule une pelle ostentatoire ; dix minutes plus tard, il entoure de ses bras les épaules de deux très jeunes mulâtresses.

C'est écœurant, dis-tu. Il a carrément une érection faciale.

Malheureux, Joel garde les yeux sur la table. C'est la première fois de ta vie que tu vois ton père à court de mots. Enfin il dit : Ma douce… ça ne doit pas gâcher notre plaisir d'être là en vacances ensemble avec Pulaski.

Mais votre plaisir est bel et bien gâché – non par le malentendu, mais par la réalité. Chaque minute des trois jours que vous passez à La Havane en est infectée. Joel voudrait que tu sois rassurée par ce qu'il appelle *la vérité*, à savoir qu'il est ton père génétique, qu'il t'a élevée depuis la naissance, et que votre différence de carnation ne regarde personne. Mais pour toi cette vérité est sans importance comparée à celle que tu viens d'appréhender, à savoir qu'un million de fois par an des touristes mâles en provenance du Canada (ou d'Europe ou d'Asie mais surtout du Canada) glissent quelques pesos dans la main de gamins cubains des deux sexes pour avoir le droit de pomper leur semence dans leur corps affamé. Et cette vérité-là fait partie d'une vérité plus générale que ton père a tout fait pour te dissimuler, à savoir que, depuis la nuit des temps, des gens qui lui ressemblent baisent dans tous les sens du terme des gens qui te ressemblent.

Pour toi, Shayna, le fait que votre cas personnel soit une exception à cette règle ne rend pas la règle plus facile à avaler, pas le moins du monde.

AHANANT ET HURLANT, VOUS VENEZ DE METTRE AU MONDE UN TOUT PETIT BÉBÉ GARÇON OU FILLE, ON VOUS L'A APPORTÉ LAVÉ ET EMMAILLOTÉ, ET, MÊME SI L'ENFANT RESSEMBLE À SON PÈRE, UN HOMME QUE VOUS HAÏSSEZ DE VOUS AVOIR FOUETTÉE VIOLÉE FOUETTÉE VIOLÉE FOUETTÉE VIOLÉE FOUETTÉE ET VIOLÉE, VOS SEINS S'ÉMEUVENT QUAND L'ENFANT COUINE DE SOIF, VOS TÉTONS DURCISSENT ET C'EST PLUS FORT QUE VOUS, IL VOUS FAUT LE PRENDRE DANS VOS BRAS ET L'ALLAITER. VOTRE LAIT GICLE DANS SA BOUCHE... MAIS, ALORS MÊME QU'IL PREND VOTRE FORCE VITALE POUR LA FAIRE SIENNE, VOUS SAVEZ QUE CELA NE DURERA PAS. VOUS AUREZ BEAU LUI CHOISIR LE PLUS JOLI PRÉNOM DU MONDE, VOUS SAVEZ QU'ON VA LE LUI CHANGER ET QUE VOUS RESTEREZ SANS NOUVELLES DE LUI.

VOUS LE PERDREZ, TOUT COMME VOUS AVEZ PERDU TOUS VOS PARENTS ET ANCÊTRES, CES ÊTRES SAGES, CES ÊTRES SACRÉS QUI ONT TOURNÉ AUTOUR DE L'ARBRE DE L'OUBLI. TROIS CENTS ANS DURANT, LEURS SOUVENIRS LES ONT PATIEMMENT ATTENDUS À OUIDAH, MAIS IL N'Y AVAIT PAS DE RETOUR POSSIBLE.

VOUS SAVEZ AUSSI QUE, MÊME APRÈS LA VENTE DE VOTRE ENFANT, VOTRE MAÎTRE ET SA FAMILLE CONTINUERONT D'USER ET D'ABUSER DE VOTRE CORPS, QUE VOS SEINS CONTINUERONT D'ALLUMER LE DÉSIR DE L'HOMME ET DE NOURRIR SES BÉBÉS BEIGES.

UN MILLION D'AFRICAINES-AMÉRICAINES ONT PASSÉ LES NEUF MOIS DE LEUR GROSSESSE C'EST-À-DIRE DEUX CENT SOIXANTE-DIX JOURS C'EST-À-DIRE SIX MILLE QUATRE CENT QUATRE-VINGTS HEURES C'EST-À-DIRE PRÈS DE QUATRE CENT MILLE MINUTES à rejeter l'enfant qu'elles portaient pendant qu'elles le portaient.

De même, alors que je poussais dans son ventre, Selma s'est préparée à mon absence. Elle a passé sa grossesse à me désaimer, à me déchérir, à me désenserrer. Au moins s'est-elle fait payer.

J'ai envie de porter l'enfant d'Hervé mais comment faire pour porter un bébé dans un corps conçu dans le corps d'une femme qui ne voulait pas le connaître ?

Manhattan, 1977

Chaque fois que Joel et Natalie rentrent chez eux après un dîner désastreux en ville ou un voyage encore plus désastreux à l'étranger, ils se réconcilient sur l'oreiller. Fouettées par leur inquiétude devant le gouffre qui se creuse entre eux de jour en jour, leurs étreintes atteignent à des hauteurs vertigineuses. Mais Natalie n'oublie jamais de lubrifier et d'insérer son diaphragme avant de joindre son corps à celui de son mari – de sorte que, tout en se hissant vers l'extase, Joel sent Jenka lui souffler dans le cou : *Feh ! À quoi bon ces halètements, ces simagrées, ce tralala, s'il n'y a pas de petits-enfants au finish ?* Et la Bible de renchérir : *Graines semées en pure perte, graines gâchées, semailles stériles, semailles inutiles.* De ses cours lointains du Talmud Torah au *shul* de l'avenue Marion, sa mémoire fait remonter encore une citation : *La nourriture n'est-elle pas enlevée sous nos yeux ? / La joie et l'allégresse n'ont-elles pas disparu de la maison de notre Dieu ? / Les semences ont séché sous les mottes ; / Les greniers sont vides, / Les magasins sont en ruine, Car il n'y a point de blé.* Il en cherche l'origine et frémit : elle vient du Livre du prophète Joël.

Obsédée par son rêve de devenir une grande actrice, Natalie est consciencieuse pour ne pas dire maniaque à l'endroit de la contraception. Malgré tout, après sept ans de mariage, il y a une bévue : le jour même où une audition porte enfin ses fruits – on lui attribue le rôle d'Inès dans *Huis clos* de Jean-Paul Sartre –, elle apprend qu'elle est enceinte. Il est évidemment hors de question de participer aux répétitions et de prononcer des répliques comme *Le bourreau, c'est chacun de nous pour les deux autres* en ressentant les coups de pied infligés à sa vessie par un fœtus. Du reste, après avoir annoncé sa grossesse à Joel, elle ajoute dans le même souffle que la maternité ne figure ni à court ni à long terme sur sa liste des choses à faire. Elle désire jouer. Elle le désire, lui, Joel – si, si ! Elle l'aime d'amour et ne demande qu'à passer le reste de sa vie avec lui – mais **plus** que tout elle désire réussir sa carrière d'actrice. Or la maternité y mettrait fin, elle a vu la chose se produire à de nombreuses reprises.

Ne m'en veux pas, je t'en prie, dit-elle à Joel en sanglotant. Je suis désolée. Essaie de me comprendre. Je suis née pour le théâtre. Chaque fois que je passe trop longtemps loin de la scène, je veux mourir.

Secoué, Joel ranime ses réflexes rationnels. À travers le planning familial de la 72e Rue, il trouve une clinique à Brooklyn qui accepte de pratiquer un avortement. Le couple se rend à la clinique en taxi. Hagard, le visage gris, Joel reste dans la salle d'attente pendant que l'équipe médicale glisse une instillation saline dans l'utérus de sa femme. Ils rentrent à Butler Hall le soir même.

Hélas, il y a des complications. Natalie se réveille le lendemain avec une forte fièvre. Elle perd beaucoup de sang. Craignant l'infection, épouvanté à l'idée d'avoir à refaire le trajet d'une heure jusqu'à

Brooklyn avec sa femme dans cet état, Joel se rappelle l'existence d'une salle d'urgences à l'hôpital Saint-Luc, à deux rues de chez eux. Ils s'y rendent à pied.

Lors de cette deuxième hospitalisation, Natalie se fait chouchouter par une sympathique infirmière africaine-américaine du nom d'Aretha Parker. Le temps qu'elle ressorte de Saint-Luc trois jours plus tard, une véritable amitié s'est nouée entre les deux jeunes femmes.

Paris, 1974

L'antenne parisienne de Smith College est à Reid Hall, charmante bâtisse fin XVIIIᵉ située au cœur du quartier de Montparnasse. Lili Rose a le coup de foudre pour ce lieu, dont chaque détail la charme : lourdes portes en bois à l'entrée, vestibule, deux cours intérieures émaillées d'arbres et d'arbustes, étroits corridors biscornus et escaliers de guingois, vieille bibliothèque à l'étage, ouvrant sur une grande salle lambrissée où trône un piano à queue, minuscules salles de classe où huit ou neuf étudiantes de Smith se réunissent pour écouter des professeurs français leur parler d'histoire, de littérature et d'une toute nouvelle discipline : la théorie féministe. En peu de temps, Lili Rose devient une adepte puis une addicte de ce dernier cours, donné par une prof canadienne au regard bleu féroce du nom de Mlle Cuty.

À peu près tout le monde fume en classe. Mlle Cuty elle-même fume trois Gauloises filtres à chaque cours : une en sortant ses notes de sa serviette et en présentant l'auteur du jour, une pendant la pause-café, et une dernière à la fin du cours, en donnant aux élèves leur devoir de lecture. Lili Rose découvre une série palpitante de nouvelles penseuses françaises :

Luce Irigaray, Hélène Cixous, Julia Kristeva, Monique Wittig… Griffonnant fébrilement des notes dans son cahier, elle s'évertue à maîtriser leurs théories complexes où circulent des concepts intraduisibles tels que : désir, regard, objet petit *a*, castration symbolique, phallus, spéculum, complexe d'Électre, chora.

Le reste du temps, elle erre dans les rues du Quartier latin, où ses jupes dansantes, virevoltant sur ses longues enjambées, son air curieux, ses cheveux blond vénitien et son regard ouvert trahissent l'étrangère naïve. Cette vulnérabilité est un puissant aimant pour les hommes de tous âges, tailles et couleurs. La croisant dans la rue, ils se penchent vers elle et lui glissent des choses à l'oreille. Comme le français des rues est assez loin de celui des manuels scolaires, elle a du mal à saisir le sens de leurs phrases – mais, le temps qu'elle leur demande poliment de les répéter, les hommes se sont déjà éloignés.

Sa première expérience sexuelle dans la Ville Lumière est un fiasco.

Le nez en l'air, elle descend tranquillement la rue Monsieur-le-Prince dans le 6ᵉ arrondissement lorsqu'un jeune homme allonge le pas pour la rattraper.

Mademoiselle, vous êtes absolument charmante.

Elle lui lance un sourire reconnaissant.

Puis-je vous offrir un café ? demande l'homme.

Pourquoi pas ? Je connais un endroit sympa à l'Odéon : le Danton. C'est à deux pas !

Déconcerté, l'homme rate le rebord du trottoir et manque se marcher sur les pieds.

C'est un peu trop élégant pour moi, fait-il.

Qu'à cela ne tienne ! Je vous invite. Pourquoi c'est toujours l'homme qui invite ? Je trouve ça sexiste, pas vous ?

Mal à l'aise, l'homme acquiesce.

Ils s'installent face à face dans le café aux lumières aveuglantes, lieu de rencontre de jeunes et de moins jeunes gens qui se rêvent en écrivains, en éditeurs, en penseurs ou en révolutionnaires. Captant le malaise de son interlocuteur à la barbe claire et aux yeux bleus, Lili Rose décide de le faire parler de lui. Elle apprend qu'il s'appelle Madin, qu'il fait des études de médecine et est originaire d'Algérie.

Ah ? fait-elle, surprise. Vous n'avez pas l'air algérien, pourtant !

C'est parce que vous ne connaissez pas bien l'Algérie, dit Madin, et Lili Rose peut apprécier les pattes-d'oie qui apparaissent au coin de ses yeux quand il sourit. Je suis berbère.

Mais, n'ayant pas envie de s'enliser dans une dissertation au sujet de l'histoire et la géographie nord-africaines, il change de sujet et se met à parler politique. À son grand étonnement, Lili Rose n'a jamais entendu parler de la guerre d'Algérie, alors qu'elle a pris fin il y a une décennie à peine. Elle ignore même que la France ait un jour possédé des colonies en Afrique du Nord.

C'est vrai ? dit Madin, ébahi.

Oui… je m'excuse ! Racontez-moi ça !

Madin se rend compte que s'il veut être à la hauteur au lit plus tard, il devrait sans doute s'abstenir de ranimer des souvenirs de soldats français infligeant à son père des simulations de noyade et à son oncle une castration tout sauf symbolique. Il se contente donc de sourire à Lili Rose et de lui recommander *La Bataille d'Alger*. Mais elle n'a jamais entendu parler de Pontecorvo non plus, et, de plus en plus dérouté, Madin découvre qu'elle ignore jusqu'aux noms de Franz Fanon, Jean-Luc Godard, Kateb Yacine et Chris Marker. Sidéré par son ignorance, il cherche désespérément un sujet de conversation.

Vous étudiez quoi au juste ? demande-t-il.

La théorie féministe, répond Lili Rose.

C'est au tour de Madin de faire chou blanc. C'est quoi ? fait-il, paumé.

Lili Rose récite à son tour une longue liste d'auteurs que Madin ne connaît ni d'Ève ni d'Adam. Son beau regard bleu décrit des zigzags autour du café, espérant tomber sur un prétexte pour se lever et planquer là cette gonzesse impossible.

Voulez-vous du gâteau au chocolat ? lui demande-t-elle soudain, et le mot *oui* a franchi ses lèvres avant qu'il ait eu le temps de réfléchir. Il a sauté le déjeuner et son estomac crie famine ; de plus, il a depuis l'enfance un faible pour le chocolat. Mais si la jeune femme lui offre cela en plus du café, comment fera-t-il pour s'en débarrasser ensuite ? Elle sait déjà qu'il loue une chambre à l'Hôtel Stella, établissement modeste (pour ne pas dire miteux) tout près de l'endroit où leurs chemins se sont croisés.

Lili Rose trouve Madin attirant. Ses manières douces, sa barbe d'un blond paille, ses yeux bleus à pattes-d'oie et sa passion pour la politique tranchent de façon agréable avec les professeurs et étudiants américains avec qui elle a couché ces dernières années – hommes verbeux et insistants qui, après s'être longuement vantés de leurs vacances chics et de leurs palmes académiques, se taisent soudain, changent de personnalité et se mettent à la besogner de toutes leurs forces, l'écrasant sous le poids de leur corps – puis, une fois leur corvée terminée, restent là à ronfler sur sa poitrine tandis qu'elle rassemble ses idées pour son mémoire de mi-semestre sur les images aquatiques dans les romans et la correspondance de Virginia Woolf.

Coincé, Madin finit par inviter Lili Rose à monter à sa chambre, et, au milieu d'un affolant fouillis de manuels médicaux, papiers de recherche, cendriers débordants et chaussettes sales, la séduit dans la mesure de ses moyens. Jamais il n'a rencontré une femme comme celle-ci : une femme qui, rien que pour s'amuser, est prête à copuler avec un parfait inconnu, sans promesse de deuxième rencontre, sans déclaration de respect, sans certificat de bonne santé, sans engagement d'aucune sorte, sans culpabilité, sans amour... bref, sans rien.

Et donc... eh bien... rien.

Manhattan, 2005

Presque formellement, David et Eileen envoient à Lili Rose un mot vous invitant, toi et Pulaski, à revenir passer quinze jours chez eux l'été suivant.

Je n'irai pas, déclares-tu sur un ton catégorique.

On peut savoir pourquoi ?

Je ne me sens pas à l'aise là-bas.

Pourquoi ? Mes parents ne sont pas dignes de toi ?

Non, pas à cause de tes parents, à cause des autres. Leur façon de me regarder. Comme si j'étais une bête de cirque, une intruse.

Lili Rose est abasourdie.

Je suis désolée que tu sois tombée sur des racistes, murmure-t-elle.

La race n'existe pas, dit Joel.

C'est ça, dis-tu.

La race, renchérit Joel, n'est ni plus ni moins qu'un mythe utilisé par les puissants pour justifier leur oppression des impuissants.

C'est ça, dis-tu. Va raconter ça aux gens qui fréquentent le YMCA de Nashua.

Ce que notre famille a de spécial, fait Lili Rose, cherchant à réparer tous les maux en une seule phrase, ce n'est pas une question de race mais d'amour. Tu étais une enfant désirée, Shayna ! On t'a aimée avant même ta naissance. C'est ça qui fait de toi notre fille.

Ça ou autre chose, dis-tu. Toujours est-il que je ne retournerai pas à Nashua.

Depuis le choc de Habana Vieja, ne supportant plus le regard que les autres portent sur vous, tu évites de sortir en public avec ton père. Avec Lili Rose c'est presque pire : vos corps sont tellement dissemblables que vous rechignez autant l'une que l'autre à faire des présentations.

Ce n'est qu'avec Pulaski que tu peux donner libre cours à ta nature passionnée. Votre amour est inconditionnel parce qu'il n'a rien à voir avec des projections et des fantasmes, des constructions et des clichés. Vous vous acceptez jour après jour, sans poser de questions. Cela dit, la maladie de l'animal commence à devenir un problème. En raison de sa castration précoce, la rotule sphérique gauche est imparfaitement ajustée ; au lieu de glisser l'un sur l'autre, les os frottent et grincent. C'est moins une franche douleur qu'une friction permanente... un peu comme la tension entre toi et Lili Rose.

À tes yeux, la démarche ondulante de Pulaski est le symbole de tout ce qui ne va pas dans le foyer Darrington-Rabenstein.

IL DOIT ÊTRE PRESQUE DIX-HUIT HEURES. LA LUMIÈRE CHANGE. LE CRÉPUSCULE AFRICAIN EST VIF ET SOUDAIN.

HERVÉ JE T'AIME PARCE QUE TU TE DONNES À MOI, AU LIT ET EN DEHORS DU LIT, AVEC TON CORPS ET TA BEAUTÉ ET TES BESOINS. TU CONNAIS LA MALADIE. TU TUTOIES LA MORT DEPUIS DE LONGUES ANNÉES. ÊTRE DE LA CHAIR MORTELLE NE TE FAIT PAS PEUR. TU ES UNIQUE, MON AMOUR.

ON SE FAIT FLEURIR. ON A BESOIN L'UN DE L'AUTRE. REVIENS, JE T'EN SUPPLIE. JE SAIS QUE JE NE PEUX QU'EXACERBER MA PEUR EN LA COUCHANT PAR ÉCRIT MAIS LE FAIT EST, HERVÉ, QUE JE TIENS SOUDAIN ÉNORMÉMENT À MA PUTAIN DE VIE. JE VEUX QUE NOUS AYONS UNE HISTOIRE, TOUS LES DEUX.

Nairobi, 1978

Peu après l'avortement, Joel fait un voyage au Kenya. Peter S., le collègue avec qui il a assisté au sip-in gay Chez Julius, prépare un nouveau livre sur les liens entre sorcellerie et colonialisme, et l'a invité à le rejoindre à Nairobi pour une quinzaine de jours de terrain. Le soir de son arrivée, les deux hommes s'installent après le dîner dans des fauteuils au bar-balcon de leur hôtel. Parmi les ténèbres mouvantes du hall en bas, de jeunes prostituées se disputent les nouveaux clients. Peter suggère à Joel de profiter de leur présence, et semble stupéfait quand Joel lui répond que ce n'est pas dans ses habitudes.

T'es pas sérieux ! fait Peter, haussant ses sourcils broussailleux et lâchant des gros nuages de fumée de son cigare. Regarde celle-là, assise au bar. C'est pas un pur bijou de dame miniature, ça ? Dix-neuf ans pas un jour de plus, même si elle a l'air super pro. Crois-moi, elle a plus besoin de tes sous que toi de ta vertu. Un seul billet de ton portefeuille fera manger sa famille pendant une semaine. Et tu veux lui refuser ça ? Allez, lance-toi ! Tu verras : en plus, comme elles sont toutes coupées, elles ne sont pas exigeantes. Tu peux leur faire tout ce que tu veux, du moment que tu leur glisses un billet dans la sandale. Quoi, tu te fais du souci pour Natalie ? Oublie ça ! Ta femme est à une demi-planète d'ici, et ce qu'elle ne sait pas ne lui fera pas de mal. Allez, vas-y, qu'est-ce que t'attends ? N'oublie pas de lui demander une capote.

Pas tenté le moins du monde, Joel garde le silence.

On peut y aller à deux, si tu préfères, ajoute Peter.

Sans bien comprendre comment, tout en écartant cette suggestion d'un revers de la main, Joel se trouve propulsé en direction du bar. Aussitôt, la jeune femme lui fait un sourire éblouissant et lui annonce un prix. En moins de deux minutes, Joel se retrouve seul avec elle dans une chambre étroite. La fille a déjà verrouillé la porte, elle épluche déjà sa minijupe vert pomme et son débardeur rose bonbon, et le cerveau de Joel (même s'il trouve la femme séduisante) farfouille déjà dans ses vieilles poubelles, trouvant non seulement les passages familiers du Talmud au sujet de la semence gâchée, mais aussi, vu qu'il n'a jamais frôlé la peau d'une non-Beige, un texte biblique appris par cœur des décennies plus tôt, où le Tout-Puissant maudit Cham le fils basané de Noé parce qu'il a vu la nudité de son père. Pourtant quand on lit attentivement le passage, il est clair que Cham ne l'a pas fait exprès : ivre mort, Noé se laisse tomber sur le lit avec les pans de son vêtement grands ouverts et Cham, venu par hasard à ce moment-là chercher quelque chose dans la tente, ne peut s'empêcher de voir les bijoux de famille, ce n'est pas sa faute alors en quoi a-t-il péché ? De plus, ayant vu la *shofkha* de son père par mégarde, il fait tout pour minimiser les dégâts, il se précipite hors de la tente pour prévenir ses frères, après quoi, pour ceux-ci, c'est un jeu d'enfant d'entrer à reculons dans la tente, de tâtonner avec les mains derrière le dos et de recouvrir le zizi paternel malencontreusement exposé. Joel n'a jamais pu s'empêcher de trouver injuste que Dieu ait puni Cham en le condamnant à être carrément l'esclave de ses frères pour le restant de ses jours, en quoi certains voyaient la justification biblique de l'esclavage des Africains subsahariens. Comme, pendant ce temps, avec les quelques mots d'anglais à sa disposition, la travailleuse du sexe sourit et l'encourage à passer à l'action, Joel se rend compte qu'il ne lui a même pas demandé son nom. Mais, le ferais-je, se dit-il tandis que, se mettant à genoux devant lui, la jeune fille cherche à convaincre son pénis en bouton de s'épanouir, elle ne me confierait évidemment que son nom de guerre. Une fiction. Et nos vrais noms sont des fictions aussi, quand on y pense : ils font partie des histoires que nos parents se racontent au sujet de qui ils sont et d'où ils viennent et de ce qu'ils voudraient qu'on devienne.

Non, décidément, là en bas rien ne se passe.

Concentre-toi, chéri, dit la jeune femme en anglais avec un accent. Puis, le poussant doucement sur le lit, elle se met à ahaner et à presser son corps contre le sien et à le chevaucher telle une vraie caricature de catin alors que, de près, il est clair qu'elle est mineure, ses seins sont à peine formés, elle doit avoir dans les treize, quatorze ans, et Joel s'en veut à mort : comment a-t-il pu se laisser coincer comme ça, rien qu'à cause de son stupide besoin d'être poli et de ne pas contrarier les autres ? À peine quatre heures après avoir débarqué à Jomo Kenyatta, le voilà sur un matelas plein de bestioles et de bactéries dans une chambre exiguë et étouffante avec une mineure défoncée ! Au moins a-t-il refusé l'offre de Peter de se joindre à leurs ébats, *oy vey*. Se rappelant soudain ce que lui a dit Peter au sujet des prostituées kényanes, à savoir qu'elles ne sont pas exigeantes et qu'on peut leur faire tout ce que l'on veut, Joel décide que tout ce qu'il veut vraiment c'est se rhabiller et repartir. Tendant un bras, il allume la lampe sur la table de chevet. Un rai de lumière tombe en travers du lit et la fille s'écarte brusquement pour se protéger les yeux ; c'est alors seulement que Joel remarque, horrifié, le clitoris absent, les petites lèvres absentes, les cicatrices de points de suture qui lacèrent l'intimité de la jeune femme.

Il y a un peu d'agitation à l'hôtel le lendemain car à cinq heures du matin une jeune prostituée a été retrouvée morte dans une des chambres et des policiers sont venus interroger tous les touristes hommes sur leur emploi du temps. L'espace d'un instant Joel se demande, ahuri, si ce n'est pas lui le coupable – si, chamboulé par la vue des organes mutilés de la fille, il n'a pas perdu l'esprit au point de lui glisser les mains autour du cou et de serrer jusqu'à ce que mort s'ensuive… mais non. Il s'avère que la victime n'est pas celle avec laquelle il est monté, c'est une autre.

Northampton, 1975

Furieux d'avoir été tenus à l'écart pendant dix longs mois, les dieux de Lili Rose lui tombent dessus dès son atterrissage à Boston Logan. Elle avait prévu de passer l'été à se reposer chez ses parents à Nashua, mais les attaques intérieures sont d'une telle violence qu'elle s'ouvre les veines et avale une poignée de somnifères, de sorte qu'Eileen et David se trouvent obligés de faire quotidiennement, chacun son tour, le trajet entre leur splendide maison sur le 101A et l'hôpital psychiatrique McLean à Belmont.

À McLean, l'un des psychiatres taquine gentiment Lili Rose en lui demandant si elle a voulu imiter la poétesse Sylvia Plath – qui, elle aussi, à vingt ans peu ou prou, a essayé de se supprimer entre deux années à Smith College. Lili Rose demande à Eileen de lui acheter *La Cloche de détresse*, unique roman de Plath, et de le lui apporter à l'hôpital. Les descriptions des thérapies d'électrochocs au milieu du XXe siècle sont si terrifiantes qu'elles ont pour effet de calmer Lili Rose. Elle se remet d'aplomb suffisamment pour reprendre ses études à la rentrée.

Au cours de cette quatrième et dernière année de fac, elle lit les œuvres complètes de Plath dans un rapport d'identification intense. Elle préférerait presque que la poétesse n'ait pas existé, pour être elle. Tout comme Lili Rose, Sylvia avait un méchant dieu intérieur, sorte de surmoi masculin qu'elle avait baptisé Johnny Panic.

Un jour, en écoutant une interview de Plath et de son mari Ted Hughes enregistrée à Londres en 1961, Lili Rose est surprise d'entendre la jeune femme parler non avec l'accent traînant de Boston, comme on s'y serait attendu, mais avec un accent britannique presque aussi pointu et aristocratique que celui de Virginia Woolf. Si Plath avait pu changer de langue, se demande Lili Rose soudain – si elle s'était installée à Paris, Madrid ou Rome au lieu de Londres, aurait-elle quand même fini par glisser sa tête dans le four ?

Elle trouve cette problématique fascinante. Unica Zürn, la peintre allemande expatriée, s'est défenestrée à Paris après une dispute dans sa langue maternelle avec son compagnon, le sculpteur Hans Bellmer. Tout se passait comme si ces artistes femmes avaient essayé de se protéger du suicide en vivant à l'étranger et en parlant une langue étrangère – ou du moins, comme Plath, une version étrangère de leur langue maternelle. Et, même si le déclencheur du geste fatal était souvent une dispute avec leur amant, la clef de leur auto-assassinat semblait se trouver dans l'enfance. Qui avait agressé Sylvia, petite ? Son grand frère ? Et Unica, petite ?

Le suicide, écrit Lili Rose, *est toujours le meurtre d'un soi par un autre. Bien avant son mariage avec Leonard Woolf, Virginia était torturée par des voix dans sa tête ; ces voix commencèrent à la fustiger peu après que ses deux grands demi-frères l'eussent posée, petite, sur le rebord d'une fenêtre pour glisser leurs mains sous sa jupe et la tripoter. Elle se noya à cinquante-neuf ans lorsque les voix, devenues assourdissantes, l'empêchaient d'entendre le vrai monde, et qu'elle eut peur de ne plus pouvoir s'en libérer.*

Et Simone Weil ? Lili Rose est persuadée que la philosophe française a dû subir elle aussi des abus, aux mains de son grand frère ou d'un ami de la famille. Car à l'instar de Woolf, de Plath et de tant d'autres jeunes femmes, Weil avait maltraité son propre corps : trop de cigarettes et de café, trop peu de sommeil et de nourriture ; en fin de compte, à l'âge de trente-quatre ans, elle l'avait affamé à mort.

À quel moment le soi se retourne-t-il contre lui-même ? Lili Rose est persuadée que cette scission a toujours lieu dans l'enfance. Soudain, en écrivant, elle a du mal à respirer. M. Vaessen, bien sûr. C'est à partir de la fameuse leçon de chant avec M. Vaessen que son corps s'est pétrifié et que, de bienveillante, la voix dans sa tête est devenue impitoyable.

Maintenant elle sait ce qu'elle a envie de faire : écrire d'abord un mémoire de maîtrise puis une thèse de doctorat sur le suicide parmi les femmes artistes, dans l'espoir de prouver qu'à peu d'exceptions près, les graines de l'autodestruction germent dans l'enfance. Certaines artistes ont pu empêcher la floraison de la plante vénéneuse en entamant une nouvelle vie dans une langue étrangère. Lili Rose décide de travailler elle aussi en français : non seulement pour tenir à distance cette matière hautement inflammable, mais aussi pour pouvoir se servir des concepts exaltants et intraduisibles qu'elle a glanés dans les conférences parisiennes de Mlle Cuty.

Ses dieux ont beau rager et grincer des dents, tout fonctionne comme elle l'a espéré ; cette année-là, après avoir mené à bon terme son diplôme à Smith, elle est acceptée dans le programme d'études doctorales du département de français au City College de New York, à Harlem. Elle flotte. De façon quasi miraculeuse, sa vie semble s'être enfin mise sur les rails.

Manhattan, 2005

À la rentrée de ta douzième et dernière année à l'école Sainte-Hilda-et-Saint-Hugues, tu te fais enfin une vraie amie.

Née à Port-au-Prince en Haïti, Felisa Charlier a grandi pour l'essentiel à Cambridge, dans le Massachusetts. C'est une jeune fille charnue et insolente qui s'habille avec flamboyance et adore plaisanter ; ses yeux sont des lance-flammes ; son rire, suave et sauvage. Tu la trouves captivante. Son père, chirurgien, travaille pour Médecins sans frontières. Sa mère est laborantine ; longtemps basée à Harvard, elle a déménagé à Harlem lors de leur séparation l'an dernier. Et, se méfiant de la qualité des écoles publiques dans le quartier, elle a inscrit Felisa à Sainte-Hilda.

Un matin, alors que vous sirotez côte à côte votre jus de pomme pendant la récré, Felisa lance : C'est vrai que Joel Rabenstein l'anthropologue c'est ton papa ?

C'est vrai.

Et ta maman, c'est une sœur de couleur ?

Nan... ça t'étonne, hein ?

Un silence long et doux s'installe entre vous, au cours duquel le vent d'automne fait danser vos écharpes et arrache quelques feuilles aux arbres dans la cour.

Ou plutôt si, dis-tu enfin (et c'est la toute première fois que tu en parles en dehors de la famille). En fait, ma vraie mère est une sœur de couleur mais je ne l'ai jamais rencontrée. Elle habite Baltimore.

Ah.

Felisa ne dit pas un mot de plus, mais ses yeux brûlants te donnent une dose d'empathie comme jamais tu n'en as reçue.

Toutes deux, vous devenez inséparables. Le samedi matin vous vous retrouvez sur Amsterdam et allez courir avec Pulaski dans un des parcs du quartier. Vous vous amusez à singer les comportements stéréotypés des passants : filles qui minaudent, se pomponnent et se dandinent, garçons qui beuglent, crânent et fument, mères qui grondent, vieux qui bavent et chancellent. Pulaski – avec son boitillement, ses yeux bleus interrogateurs et son corps chaleureux – vous semble l'être le plus humain de tous, et de loin.

Un samedi, Lili Rose invite Felisa à prendre le thé à Butler Hall. Après vous avoir servies, elle se perche comme toujours à l'extrême bord de sa chaise. La conversation est difficile.

J'avoue que je confonds toujours Haïti et Tahiti, dit Lili Rose en rigolant.

Felisa remue le sucre dans son thé sans lever les yeux.

Ce doit être parce que leurs noms sont l'anagramme l'un de l'autre, poursuit Lili Rose.

À vrai dire, lui signale Felisa, Haïti fait partie de la même île que la République dominicaine.

Ah bon, dit Lili Rose. On penserait que des tout petits pays comme ça s'uniraient, non ? pour avoir plus de pouvoir ? Je veux dire, c'est absurde d'avoir une frontière internationale à l'intérieur d'une île minuscule.

Ben, le problème, répond Felisa, c'est qu'on a été réduits en esclavage par deux pays européens différents.

Ah bon ? fait Lili Rose de nouveau, et elle rougit.

Dans ta chambre plus tard, Felisa dit : Je sais pas comment on fait pour sortir le corps du corps comme ça. Comment elle fait ?

Ça doit être son éducation protestante, dis-tu d'un ton désinvolte, ravie de pouvoir critiquer Lili Rose derrière son dos. Ça l'énerve que je ne puisse pas me débarrasser de mon derrière et devenir aussi éthérée qu'elle.

C'est ce qui compte le plus chez les Beiges, dit Felisa. Sortir le corps du corps. On devrait fonder un Mouvement de résistance à l'anorexie !

Et vous le faites : avec vous deux comme seuls membres. À l'école, votre complicité vous protège. Là où les autres filles passent des heures à parler régime et à livrer contre leurs rondeurs une guerre impitoyable, Felisa exhibe fièrement ses formes généreuses et t'incite à en faire autant.

Elle t'initie aussi à la politique.

Quel drôle de prénom, Shayna, te dit-elle un jour. Ça ressemble à *shame*, la honte. Ça vient d'où ?

En fait ça vient du yiddish.

T'es yiddish, toi ?

Non. Mais ça vient de *sheyn*, c'est le même mot que *schön* en allemand, ça veut dire joli.

T'es jolie, toi ?

Non.

Et vous vous esclaffez.

Mais t'as raison, reconnais-tu, ça ressemble à *shame*. Eux me disent tout le temps *mais non mais non, c'est la beauté* et moi je me dis tout le temps *mais non mais non, c'est la honte.*

Shayna… Sans blague. Quel drôle de prénom.

Ils l'ont choisi aussi parce que c'est l'anagramme presque parfaite de Nashua, la ville du New Hampshire où ma mère a grandi.

Dis donc, c'est une accro des anagrammes, ta mère. Nashua… ville esclavagiste.

Non, pas du tout.

D'après mon père, toutes les villes états-uniennes sont esclavagistes.

Mais non, la Nouvelle-Angleterre était abolitionniste – toi qui as grandi à Boston, tu devrais le savoir. Dans le New Hampshire, plusieurs hommes riches ont mis leur maison à la disposition du Chemin de fer clandestin.

Ouais, mais ils se sont enrichis comment ?

Ben, par les filatures.

Et on fabriquait quoi dans ces filatures ?

Voyons… des textiles.

Des textiles en quoi ?

Ah… en coton ?

Et il venait d'où, le coton ? T'as déjà vu des capsules de coton se balancer dans le vent dans les forêts enneigées du New Hampshire ? Ou le coton est peut-être descendu en flottant de la Lune ? Et le sucre pour fabriquer la célèbre mélasse de Boston ? T'as déjà vu des champs de canne à sucre dans le Massachusetts ?

Au bout de quelques mois, tu as suffisamment confiance en Felisa pour lui raconter ton séjour avec Joel à La Havane.

Après avoir écouté l'histoire en silence, elle te prend dans ses bras et t'y garde.

OH MAMAMAMANÉANTIE, TU ES LE TROU NOIR DE MON COSMOS, UN ABYSSE DE SILENCE INFINI. JE LANCE DES MOTS CONTRE TOI — DES PLANÈTES, DES ASTÉROÏDES, DES MÉTÉORES, DES GALAXIES ENTIÈRES DE MOTS — ET, À L'INSTANT MÊME OÙ ILS S'ENGOUFFRENT DANS TA GUEULE BÉANTE, TU LES ABSORBES TEL UN ASPIRATEUR TOUT-PUISSANT ET LES TRANSFORMES EN ENCORE PLUS DE VIDE. DE L'ANTIMATIÈRE. TU ES MON ANTI-MATER. MA NON, MA PRÉ-, MA CONTRE-, MON A-MÈRE. J'AURAIS BEAU HURLER À M'EN DÉCHIQUETER LES POUMONS, AVANT DE T'ATTEINDRE MES CRIS SE RÉDUIRAIENT À NÉANT ET JAMAIS LEUR ÉCHO NE REBONDIRAIT DE TES PROFONDEURS POUR ME PARVENIR JUSQU'AUX OREILLES. SI JE POUVAIS CONDENSER TOUS LES MOTS DE L'UNIVERS EN UNE BILLE MINUSCULE ET DENSE COMME UN ATOME, JE LA FISSURERAIS ET LA LANCERAIS CONTRE LE CRÂNE DE DIEU.

Manhattan, 1979-1982

Au bout de neuf ans, le couple Joel-Natalie ne s'effondre pas encore mais il se délite sérieusement. S'ils se retrouvent encore chez Zabar de temps à autre pour faire des courses, ils ne dînent plus ensemble qu'une ou deux fois par semaine. Alors que Natalie frôle la trentaine et sera bientôt trop âgée pour la plupart des premiers rôles féminins du répertoire, sa carrière est au point mort. Joel se lève tôt ; le temps que sa femme se retourne dans le lit et ôte son masque de sommeil, il est déjà parti. Le jour, pendant qu'il enseigne, elle auditionne ou traîne au O'Neal's Baloon ou à Actors' Equity dans l'espoir d'être remarquée. Le soir, il s'enferme dans son bureau pour lire et écrire et elle sort seule au théâtre.

Enfin en novembre 1979, alors que des dizaines d'États-Uniens sont retenus en otages à l'ambassade américaine d'Iran, Natalie rencontre un producteur californien du nom de Mel, tombe follement amoureuse de lui et annonce à Joel qu'elle veut le divorce.

Jenka est choquée au-delà des mots. À présent, son fils cadet a près de quarante ans ; ses meilleures années sont derrière lui. Au téléphone avec ses amies, elle tonne contre les jeunes femmes d'aujourd'hui, pour qui rien n'est sacré hormis leur carrière, leur compte en banque et leurs orgasmes.

Et tandis qu'un vieil acteur hollywoodien à la retraite se prépare à devenir le quarantième président des États-Unis, tandis que, dans le lointain pays d'Afghanistan, la CIA soucieuse de combattre les forces communistes pro-russes sur le terrain octroie une aide financière, des renseignements classifiés et un entraînement militaire aux moudjahidines d'al-Qaida dirigés par un jeune homme du nom d'Oussama ben Laden, Joel Rabenstein se retrouve seul à Butler Hall. Dans un geste de générosité, l'université fait mine de ne rien remarquer et lui permet de garder le grand appartement.

Un jour caniculaire du mois d'août 1982, il écrit tranquillement près du ventilateur dans sa bibliothèque quand le téléphone sonne. Il décroche : c'est le chef du département d'anthropologie.

Salut, Rabenstein – tout va bien ? Écoute, il y a eu quelques réunions ces derniers temps et je me suis dit qu'il valait mieux vérifier avec toi avant d'aller plus loin : quand je prendrai ma retraite l'an prochain, ça te tenterait de diriger le département ?

Joel sent une vague d'euphorie lui envahir tout le corps. Le plaisir est si intense qu'il a du mal à trouver ses mots. Eh bien ! finit-il par balbutier... ce serait un honneur immense !

Le chef rit. Bon, ben, félicitations, Rabenstein ! C'est comme si c'était fait.

Dès que l'autre raccroche, Joel ne peut s'empêcher de composer le numéro de ses parents. C'est un appel interurbain désormais – car, après la retraite de Pavel quelques années plus tôt, le couple s'est acheté une vaste demeure à East Hampton dans le Long Island.

À la surprise de Joel, ce n'est pas Jenka mais Pavel qui décroche. Le mot qu'il prononce est lui aussi inattendu.

Enfin, dit-il.

P'pa ?

Je croyais que tu n'appellerais jamais.

Qu'est-ce qu'il y a ? Où est m'man ?

Qu'est-ce qu'il y a, qu'est-ce qu'il y a, tu ne regardes jamais les nouvelles ? Jeremy nous a appelés il y a une heure déjà.

J'ai passé la matinée le nez dans mes bouquins.

Allume ta radio. Il y a eu une attaque terroriste à Paris. Un restaurant du nom de Goldenberg, au cœur du quartier juif. On pense que c'est les Palestiniens. C'est un vrai bain de sang, il y a des dizaines de morts et de blessés. Joel, ta mère est hystérique. Ça recommence ! Ça recommence ! Elle n'arrête pas de dire que ça recommence.

Oh mon Dieu…

Un médecin va venir lui faire une piqûre pour qu'elle puisse se reposer. Joel, Joel, je suis trop vieux pour revivre ce genre de chose.

Oh mon Dieu…

Donc tu appelais pourquoi, si tu n'étais pas au courant ?

Pour rien.

Tu appelais pour rien ?

Ouais. Juste pour vous faire signe, pour voir si tout allait bien.

Manhattan, 1985

Quelques mois avant son trentième anniversaire, Lili Rose reçoit un coup de fil de son gynécologue. Il lui dit avoir reçu les résultats de son frottis de routine, et avoir besoin de tests complémentaires.

Le sida ? demande-t-elle. (Ces jours-ci, tout le monde parle de cette nouvelle épidémie terrifiante.)

Oh ! Pas si grave que ça, le médecin se hâte de la rassurer. Mais il faudrait faire quelques examens quand même.

Ils prennent rendez-vous pour la semaine d'après.

Le diagnostic tombe un peu plus tard : Lili Rose souffre d'une dysplasie cervicale. Et si le papillomavirus humain (HPV) est effectivement moins meurtrier que le virus de l'immunodéficience humaine (VIH), ils ont en commun d'être des maladies sexuellement transmissibles. Le docteur égrène les facteurs de risque, et Lili Rose doit admettre qu'elle pourrait cocher à peu près chacun d'entre eux : rapports sexuels avant dix-huit ans, ouep, plus d'un paquet de cigarettes par jour, ouep, partenaires sexuels multiples, ouep ouep ouep.

Dans le temps, dit le médecin, on appelait ça la maladie des filles de joie.

Rien que ça !

De nos jours, on se contente de noter que son incidence est nulle chez les bonnes sœurs et élevée chez les femmes à partenaires multiples.

Ah ! Je vois. Le col de l'utérus est là, à compter et à comparer : voyons… Est-ce bien le même pénis que celui d'hier ? Non, n'est-ce pas ? Hmm, c'est bien ce qu'il me semblait. Alors, ça fait, attends…, dix-huit pénis différents ce mois-ci. Ça alors ! Je m'en vais fabriquer quelques cellules supplémentaires !

Non, non ! fait le médecin en riant. C'est une simple question de probabilité. Plus on a de partenaires, plus on risque d'en croiser un qui est porteur de HPV.

Ah, d'accord ! Vous ne dites pas du tout ça pour culpabiliser les femmes aux mœurs légères.

Je vous assure que ce n'est pas mon style, mademoiselle Darrington. Les temps ont changé. Si vous avez envie de vous culpabiliser, allez voir du côté des cigarettes. Les fumeuses ont quatre fois plus de risques de développer un cancer du col que les non-fumeuses.

Génial. Me voilà à la fois malade et coupable. J'aurais besoin d'un petit whisky.

À nouveau, le médecin la gratifie d'un rire. Mais ensuite, pour la prévenir qu'il va dire quelque chose d'important, il tapote de la main droite les résultats de l'examen.

La dysplasie cervicale est une lésion précancéreuse, dit-il. Il est essentiel de réagir rapidement, car si ça évolue en cancer ça risque de compromettre votre avenir de mère. Nous allons procéder par étapes : d'abord une biopsie, ensuite une biopsie par conisation, et enfin une résection à l'anse diathermique.

Les mains de Lili Rose se glacent. Elle prend rendez-vous pour le premier examen.

De retour à la 6ᵉ Rue est, elle disjoncte. Tout en cuisinant son repas solitaire, elle jette, tape, balance et cogne tout ce qui lui tombe sous la main. Ils veulent me transformer en une grosse patapouf d'épouse fidèle ! tempête-t-elle. Non mais quel culot, le mec, non mais de quoi je me mêle ?! Pour lui ça va de soi que toutes les bonnes femmes veulent être mère ? Je refuse d'être réduite à mon utérus ! Connards de mecs moralisateurs ! Ils croient que le corps des femmes est fait pour porter des mômes et que le mien n'a pas encore rempli sa fonction. Ils pensent qu'on n'est bonnes qu'à ça ! Putains de médecins phallocrates ! Ils veulent qu'on soit punies d'être des femmes de notre temps, des femmes qui ont grandi en fumant et en buvant et en baisant comme elles l'entendaient. Pauvres frustrés ! Pauvres jaloux ! Ça les agace de voir des nanas prendre leur pied au lieu de se montrer obéissantes et fidèles comme leurs propres mamans et épouses !

Le lendemain, le 26 juin 1985, elle fait la connaissance de Joel Rabenstein.

Manhattan, 2005-2006

Dès avant la fin de l'automne, Felisa commence à râler contre Sainte-Hilda-et-Saint-Hugues. Je préfère les préjugés à l'hypocrisie, dit-elle. Je préfère les missionnaires aux pseudo-œcuménistes. Écoute, elle est religieuse, cette école ! Elle porte le nom de deux putains de saints, oui ou non ? Alors autant avouer qu'elle est catho, plutôt que de tourner autour du poteau-mitan en jouant les tolérants. Non, mais c'est vrai, quoi ! T'as déjà vu un musulman se prosterner pour prier Allah dans les couloirs de notre école ? Ou un hindou brûler de l'encens ? Ou un animiste tomber en transe ? Tu crois qu'on nous permettrait d'organiser une cérémonie vaudoue ? Non, Shayna. En fait, pour être admise à Sainte-Hilda il faut faire partie de l'élite judéo-chrétienne, adhérer au Rêve américain et faire mine de croire que les States incarnent la liberté et la justice sur la planète Terre. Tu sais quoi ? On devrait boycotter la cérémonie de remise de diplômes au mois de juin. Qu'en dis-tu ? T'es avec moi ?

La radicalité de Felisa te laisse pantoise : Tu n'es pas sérieuse, dis-tu. Comment faire pour ne pas y aller ?

Ben, par exemple, les filles doivent toutes porter une robe blanche. On pourrait dire qu'on vient de se convertir à l'hindouisme, et que pour les hindous le blanc est la couleur du deuil, alors on ne veut pas s'habiller en blanc.

Ayant appris que cette cérémonie doit se dérouler à l'église Riverside, la mère de Felisa demande et obtient une dérogation spéciale lui permettant de recevoir son diplôme par courrier. Joel suggère qu'ils fassent de même pour toi, mais Lili Rose s'y oppose avec fermeté.

C'est trop individualiste, dit-elle d'une voix stridente. Tu consacres ton temps à étudier les rites et coutumes qui consolident les autres cultures. Shayna a passé douze années de son existence dans cette école, et juste au moment où cette phase importante de sa vie va prendre fin, tu veux lui faire sauter le rite de passage.

Joel cède.

Au mois de mai, ils reçoivent une lettre de l'école spécifiant la tenue de rigueur pour la cérémonie et fournissant l'adresse d'une boutique du centre où se procurer les habits. Lili Rose t'y amène dès le samedi suivant. Le magasin est bondé et étouffant, la cabine, minuscule ; tu es tout de suite déstabilisée. Lili Rose t'apporte de petites robes blanches et t'aide à les essayer, insistant, s'acharnant, tirant et étirant, voulant forcer ta chair à coopérer. Mais ton coude n'arrête pas de venir heurter son front, tes pieds de marcher sur ses pieds ; tes seins débordent des corsages trop serrés et tes yeux lancent contre le sol des éclairs de honte et de rage. Dans une robe après l'autre, tu ressembles à t'y méprendre à une star du porno. Au bout de quarante minutes de sueur et de lutte, même Lili Rose doit déclarer forfait. Elle passe un coup de fil à l'école et les convainc de t'autoriser, exceptionnellement, à porter une robe longue.

À la générale, deux jours avant l'événement, on demande aux élèves chrétiens de s'incliner devant la croix quand ils descendent du transept à la fin de la cérémonie. Tu en parles à tes parents au repas du soir.

Les élèves juifs doivent s'incliner aussi ? demande Joel.

Non.

Mais Joel, fait Lili Rose, Shayna n'est pas juive.

Ben, elle n'est pas chrétienne non plus.

D'accord – mais, vu que la cérémonie se déroule dans une église, pourquoi elle ne saluerait pas la croix, comme si elle prenait poliment congé de l'hôte qui l'a invitée chez lui ? À Rome il faut faire comme les Romains, non ?

Et si on laissait Shayna décider si elle a envie de s'incliner ou non ? dit Joel. Ce n'est pas une question d'une importance cruciale pour l'avenir de l'humanité.

J'ai horreur de ça ! dit Lili Rose. Chaque fois qu'il y a un désaccord entre nous, tu coupes court à la discussion par une généralisation agressive !

Rendue nerveuse par la discorde entre tes parents, tu reprends trois cuillérées de mousseline de pommes de terre. Lili Rose fronce les sourcils et fixe ton tour de taille d'un air féroce.

Te réveillant le matin du grand jour, tu vois du sang sur ton bas de pyjama et tressailles, désespérée. Comme si tu n'avais pas assez de soucis comme ça ! Maintenant, au moment où tu t'apprêteras à traverser l'autel pour serrer la main de l'évêque et prendre ton diplôme, il va falloir te demander si une grosse fleur rouge à la Georgia O'Keefe n'a pas éclos sur le dos de ta robe, faisant comprendre à tout le monde qu'en plus d'être la fille la plus corpulente de ta promotion et la seule à porter une robe longue, tu es la proie d'une spectaculaire hémorragie vaginale. Ah ! Si seulement tu pouvais amener Pulaski à l'église avec toi ! mais tu ne le peux pas. Si seulement tu le pouvais ! mais tu ne le peux pas. Si seulement tu… ! mais tu ne le peux pas. Avant de quitter la maison, tu épingles soigneusement dans ta petite culotte non pas une mais deux serviettes hygiéniques.

À quatorze heures, stressés et surexcités, tous les élèves de quatrième (ou presque : ne manque que ta seule amie) se rassemblent dans la salle de réunion de l'église. Le soleil de juin filtre par les hauts vitraux étroits, emplissant l'air d'une luminosité douce et colorée. Une trompette retentit, l'orgue vient la rejoindre, leurs notes de ferveur dorée envahissent l'air : c'est parti.

Ouvrant le cortège, un homme d'un certain âge aux habits solennels porte le drapeau noir et or de l'école avec son double H et ses deux emblèmes splendides, couronne et chapeau militaire. Ensuite le corps enseignant se met à avancer dans l'allée en robe noire et écharpe orange – *Gloire à Dieu dans le ciel ! Grande paix sur la terre !* – suivi des membres du clergé en soutane noire et en surplus violet, et les administrateurs en costume sobre et cravate noire. Assis face à l'autel, Lili Rose Darrington, WASP du New Hampshire, vêtue d'un tailleur rouge de marque acheté exprès pour l'occasion, Joel Rabenstein, juif du Bronx digne et grisonnant, vêtu d'un smoking, et tous les autres parents élégamment apprêtés, sélectionnés pour leur diversité bon ton, se retournent sur leur banc pour regarder les prêtres, professeurs, administrateurs et mécènes avancer dans l'allée centrale au rythme de la musique majestueuse. Rang par rang, ils se lèvent et brandissent leur téléphone portable pour filmer la chose. Entre-temps, l'homme en tête de cortège est arrivé à l'autel sacré au centre duquel se dresse la croix géante. Grands, minces et barbus, sculptés dans la pierre blanche des murs du transept et entourés de dentelles néogothiques, des dizaines de prophètes juifs et chrétiens l'y attendent. Enfin les élèves reçus rejoignent eux aussi le cortège. Attifés comme pour un mariage – les garçons en costume sombre et chemise blanche, bouquet de fleurs blanches épinglé à leur revers, les filles (sauf toi) en robe blanche courte, collant transparent et sandales blanches, serrant dans leurs mains un bouquet de fleurs blanches –, ils avancent à un rythme mesuré, prenant soin de laisser cinq ou six pas entre eux pour permettre à leur famille de les filmer quand ils arrivent à leur hauteur. Comme ils défilent par ordre alphabétique, tu es parmi les derniers et as largement le temps de te demander si tes serviettes hygiéniques vont déborder. Ta robe te gratte et tes chaussures neuves te font mal aux pieds. Enfin, paralysée par le trac, tu rejoins le cortège et gagnes le transept avec tes camarades de promotion. Mais à peine avez-vous pris place dans les stalles en bois vous devez vous remettre debout, car l'organiste vient de plaquer les premiers accords d'un cantique. Vous entonnez les paroles : *Dieu est amour, Dieu est lumière, Dieu notre père…* Ayant enduré l'office matinal huit années durant, tu connais les paroles et les chantes donc par réflexe… avant de t'interrompre, voyant ton père serrer les lèvres en une moue de mécontentement.

 Le prêtre gravit les marches jusqu'à la chaire, pose des pages sur le dos d'un aigle doré et entame l'éloge de la fondatrice de Sainte-Hilda, qui a imaginé cette école comme un lieu qui réunirait des familles de toutes les origines, reflétant ainsi la diversité de la ville de New York. Tu entends Felisa ricaner et fulminer dans ta tête : *Diversité de la ville de New York, mon œil. Depuis quand tous les New-Yorkais partagent un héritage de croix et de rois, de flèches et de vitraux, de trompettes et de soutanes ? Non, mais on joue quelle putain de pièce, là, tu peux me le dire ?* Richard III ? Henry IV ? *Rois et reines, évêques et prêtres, saints et prophètes, beiges tous autant qu'ils sont, pour ne rien dire de cette musique composée par des hommes à perruque, beiges et bedonnants, à la solde des monarques européens, dont les nations sont devenues riches pour avoir kidnappé, enchaîné et transporté aux Amériques des millions d'Africains. Au moment même où Haendel, Boyce, Croft et Greene écrivaient leurs cantiques exaltants, leur gouvernement tirait les trois quarts de ses revenus des impôts sur des biens produits par les esclaves.*

 La cérémonie se poursuit. Avec la même ferveur passive, le public applaudit les discours et murmure *Amen* après les prières. Un des trustees dit à la promotion de ne jamais oublier de penser aux moins chanceux qu'eux. Enfin la trompette retentit à nouveau et l'orgue inonde l'air des accords tonitruants de *Chantez au Seigneur un chant nouveau* : le moment est venu pour tout le monde de regagner l'allée centrale et de repartir. Sous un tonnerre d'applaudissements, les évêques en leurs grandes robes brodées descendent du transept et s'inclinent profondément devant la croix, suivis par les élèves. Quant à toi, Shayna, obsédée par l'idée du sang qui coule sans cesse de ton for intérieur, tu traverses le transept, te retournes vers l'autel, hésites, décides de t'incliner devant la croix, changes d'avis et te détournes brusquement, de sorte que ton bouquet de fleurs t'échappe des mains. Quand tu te penches pour le ramasser, ton diplôme glisse de sous ton coude gauche et tombe bruyamment par terre à son tour.

HERVÉ J'AI MIS DES HEURES À M'ENDORMIR, TU N'ES PAS RENTRÉ DE LA NUIT, J'ESSAIE DE NE PAS PANIQUER MAIS JE NE COMPRENDS PAS POURQUOI TU N'AS ENVOYÉ AUCUN MESSAGE À L'HÔTEL POUR EXPLIQUER TON RETARD EFFRAYANT. L'AIR EST LOURD CE MATIN À OUAGADOUGOU, CHARGÉ D'ÉLECTRICITÉ, ET TOUT M'OPPRESSE : LA POUSSIÈRE ROUGE, LA CHALEUR HARASSANTE, LE BOURDONNEMENT SUPERPOSÉ DES MOBYLETTES PENDANT QUE J'ÉCRIS. C'EST ÉPUISANT D'AVOIR À CHOISIR ENTRE LE SOUFFLE ASTHMATIQUE DU CLIMATISEUR ET L'IMPITOYABLE CHALEUR SÈCHE MON AMOUR, LES GENS DU TURING PROJECT NOUS ATTENDENT À MOPTI ET JE N'AI AUCUN MOYEN DE TE CONTACTER. TON TÉLÉPHONE SONNE DANS LE VIDE, TOUT COMME CELUI DU CAFÉ CAPPUCCINO OÙ TU M'AS DEMANDÉ DE TE RETROUVER.

Manhattan, 1985

Bien que séparés de vingt petites rues à peine, les univers de Columbia et de CCNY se mélangent peu : le premier est cher et privé, le second gratuit et public, le premier un ensemble de vénérables bâtisses en briques recouvertes de lierre, le second un micmac de cubes modernes et de néogothique croulant, le premier un havre de beigeitude, le second pile poil au cœur de Harlem.

Bernard, collègue quadragénaire de Lili Rose, et par ailleurs son amant du moment, a été invité à la fête pour l'élection de Joel Rabenstein à l'Académie américaine des sciences. Les deux hommes se connaissent de longue date ; ados, ils ont fait partie du même club d'échecs dans le Bronx. Lili Rose accepterait-elle d'accompagner Bernard à cette soirée ? Ayant lu et apprécié plusieurs livres de Rabenstein, elle est titillée à l'idée de le rencontrer en chair et en os.

À la fête, tantôt aux côtés de Bernard et tantôt seule, parée de sandales à talons hauts et d'une robe rouge tout en découpages troublants, elle se fraie un chemin à travers la foule, souriant et fumant, faisant tourner la tête des hommes à chaque pas. Joel l'observe qui discute avec sept ou huit hommes tour à tour, gratifiant chacun du même sourire éblouissant et évoluant toujours avec la même grâce maladroite pendant qu'elle expire la fumée de sa cigarette, la réaspire par les narines et l'expire une deuxième fois, une frange à la Lauren Bacall lui cachant artistement l'œil gauche.

Fasciné par la contradiction entre l'attitude décontractée de la jeune femme et son air fragile, Joel la convainc de sortir avec lui, prendre l'air sur le balcon. Là, il apprend qu'en plus d'enseigner à CCNY, elle prépare une thèse de doctorat sur le suicide chez les grandes artistes femmes, un pavé de cinq cents pages qu'elle espère transformer un jour en livre. Joel écoute attentivement tandis que Lili Rose lui décrit Plath glissant la tête dans le four pour respirer le gaz, Woolf se remplissant les poches de cailloux avant d'entrer dans la rivière Ouse, Woodman sautant d'une fenêtre du dix-septième étage, Arbus s'ouvrant les veines dans sa baignoire et Sexton avalant les gaz d'échappement de sa voiture. Il est frappé moins par le contenu de ces tragédies que par le ton détaché pour ne pas dire ironique qu'emploie Lili Rose pour les décrire.

Ma théorie est la suivante, lui explique-t-elle : primo, que de nos jours une majorité de femmes subissent une forme ou une autre d'abus sexuel au cours de l'enfance (il faut au moins doubler les estimations actuelles de vingt-cinq à trente pour cent), et secundo, que parmi les grandes femmes artistes le taux est sans doute proche de cent pour cent. Toutes les filles tripotées ne deviennent pas des génies, ajoute-t-elle dans un grand éclat de rire, et les sourcils grisonnants de Joel se lèvent, mais la plupart des femmes géniales semblent avoir été abusées.

Je ne veux pas tout à fait suggérer, précise-t-elle en allumant une nouvelle Virginia Slims et en aspirant la fumée au fond de ses poumons, que les hommes doivent à tout prix violer les fillettes pour garantir l'émergence régulière de grandes artistes femmes, mais la corrélation est indéniable !

À cet instant, Joel lui prend la main. Il se sent en présence d'une voiture de course rouge vif lancée à deux cent cinquante kilomètres-heure en direction d'un mur. Il a envie de prendre le volant de cette voiture, de mettre le frein, de la conduire lentement, de lui faire découvrir les routes pittoresques.

Et vous ? dit-elle. Sur quoi travaillez-vous en ce moment ? J'ai beaucoup aimé votre livre sur la dissociation, je dois dire.

Habitué à l'obséquiosité, Joel est enchanté par les manières directes de Lili Rose.

J'essaie d'aller un peu plus loin avec le même thème, reconnaît-il. Je réfléchis à la capacité humaine de suspendre l'empathie. En général on emploie le mot *humain* pour signifier gentillesse, générosité, chaleur et empathie… mais c'est se flatter à peu de frais. En réalité, ce qui nous caractérise, c'est notre capacité non de manifester l'empathie, mais de la suspendre.

Je doute que les gorilles violeurs éprouvent beaucoup d'empathie pour leurs victimes, rétorque Lili Rose.

Ils éclatent de rire, puis rentrent renouveler le contenu de leur verre : lui jus de pomme, elle champagne.

Cette nuit-là, Lili Rose découvre l'appartement en face du parc Morningside où a habité Natalie et où, sous peu, elle habitera elle-même. Quand ils commencent à s'embrasser, il leur semble que l'interaction enivrante entre nature et culture dans leur cerveau les poussera à arracher leurs vêtements en moins de temps qu'il n'en faut pour le dire, mais ce n'est pas ce qui arrive. Vu qu'elle a une biopsie prévue pour le lendemain, et que ce serait sans doute compliqué de réaliser cet examen sur un col noyé de sperme, Lili Rose doit mettre Joel au courant de son état de santé. Consciente du fait que *dysplasie cervicale* n'est pas l'expression la plus poétique que l'on puisse murmurer à un amant en puissance, elle opte pour la facétie. Joel l'écoute en hochant gravement la tête. Ensuite, comme ils ne vont pas pouvoir faire l'amour, Lili Rose décide de râler. Assise en tailleur sur le canapé en cuir de Joel, toujours vêtue de sa robe rouge, elle déblatère contre les médecins qui, à l'en croire, ne cherchent qu'à culpabiliser les femmes, à mutiler leur liberté et à les transformer en épouses vertueuses et monogames destinées à la seule maternité. Joel ne peut s'empêcher de sourire. Il doute sérieusement que les médecins aient prononcé un jugement moral sur la vie érotique de Lili Rose, mais il l'adore déjà.

Ils se retrouvent dès le lendemain, quelques petites heures après la biopsie – et, bafouant allègrement les ordres des médecins, font l'amour. De façon mystérieuse, Joel doit savoir que Lili Rose est destinée à devenir sa deuxième épouse, car le feu rouge n'apparaît pas dans son cerveau quand elle ôte son soutien-gorge. Leurs ébats sont grandioses.

Au long des mois qui suivent, c'est avec naturel et harmonie qu'ils deviennent un couple. Lili Rose résilie son bail dans l'East Village et vient s'installer dans l'appartement plus spacieux de Joel dans le nord de Manhattan. Après s'être familiarisés avec les parents, amis, névroses, et habitudes alimentaires l'un de l'autre, ils décident que la chose est jouable. Eileen ayant renoncé à initier Lili Rose aux arts ménagers et Mike ne lui ayant appris à cuisiner que hamburgers, frites et beignets d'oignons, elle ne trouve rien à redire aux merveilles végétariennes que lui concocte Joel.

Ils ouvrent un compte bancaire conjoint, se fiancent, font un voyage en Italie, et, à la fin de l'année, organisent une cérémonie de mariage minimaliste dans le sud de la ville. Chacun n'invite qu'un seul et unique ami, son témoin.

Avec la même détermination calme qu'il apporte à toutes ses décisions, Joel Rabenstein se jure d'aimer Lili Rose Darrington à jamais, et de faire ce qui est en son pouvoir pour la protéger de Jenka. Par contraste avec l'ambition colérique de Natalie, il trouve bouleversante la jeunesse désenchantée de sa nouvelle épouse. Certes, les aspérités rugueuses de Lili Rose peuvent être redoutables, mais il est sûr de pouvoir la rendre heureuse.

Lili Rose, pour sa part, sait gré à Joel de l'accepter comme elle est, c'est-à-dire de guingois, incertaine et fantasque. Il ne semble pas redouter qu'avec son âme pareille à une poignée de tessons de verre, elle lui mette un jour du sable dans l'engrenage. Au contraire, il lui répète sans cesse que pour lui elle est un cadeau, un miracle ; certes elle a l'âme endommagée mais elle verra, l'amour saura la rafistoler peu à peu, tout ira bien.

Mis au courant du deuxième mariage de leur second fils, Pavel et Jenka sont atterrés – moins en raison de la cérémonie civile à laquelle ils n'ont pas été conviés (même si cela les blesse, bien sûr), que parce que la nouvelle épouse de Joel est une pâle, mince et mignonne blondinette new-hampshiroise du nom de Lili Rose Darrington, autrement dit une *shikse*. Ils ne sont pas racistes, ils n'ont rien contre les goys, mais une *shikse* ne peut pas leur donner des petits-enfants juifs et ça ne sert à rien de faire comme si ce n'était pas un problème car c'en est un. En séduisant leur fils, Lili Rose a transformé leur vie en tragédie, c'est aussi simple que cela. Il leur faut désormais renoncer à tout espoir d'avoir un jour des petits-enfants juifs et d'assister à leur bar et bat-mitsvah, tranquilles dans la certitude que les traditions et souvenirs seront transmis, des plaques commémoratives apposées sur les façades d'immeubles en Europe, le kaddish chanté pour les victimes des nazis, les noms précieux cités et récités, chéris et préservés dans le cœur de leur famille pour les siècles à venir.

Tout en aimant profondément ses parents, Joel prend la décision de ne plus se tordre dans les affres de la culpabilité. Basta, à la fin. Après tout, il est grand maintenant – et lesté, qui plus est, de responsabilités onéreuses, non seulement en tant qu'anthropologue respecté et membre de la prestigieuse Académie des sciences, mais en tant que réparateur attitré de l'âme de Lili Rose Darrington. Il fait de son mieux pour calmer Jenka au téléphone : Maman, tu te rappelles comme j'ai eu mal au ventre le jour de ma bar-mitsvah ? Je respecte complètement notre histoire ! Mais étant donné que Lili Rose vient d'une autre tradition, à savoir la tradition protestante, on a décidé de raconter à nos futurs enfants l'histoire du judaïsme entre autres.

Et comme à plein d'autres égards Joel est un fils parfait, Jenka doit reconnaître que lorsqu'elle compare son sort à celui de la plupart de ses amies à East Hampton, elle ne peut pas (ou du moins ne devrait pas, car on le peut toujours) se plaindre.

Pavel, par contre, sombre dans la dépression. Son ulcère gastrique évolue en cancer de l'estomac.

Manhattan, 2006-2007

Contrariés par l'hypocrisie de Sainte-Hilda, tes parents appellent la mère de Felisa et tous trois se mettent d'accord sur le choix de votre lycée – toujours un établissement privé, bien entendu, mais rigoureusement non confessionnel cette fois : l'école générale et préparatoire de Columbia, sur la 93e Rue ouest.

Le lycée vous rend plus proches encore. Imperceptiblement, vous vous transformez en femmes. Felisa sort déjà avec des garçons, toi non, mais le sexe est souvent au cœur de vos discussions.

Un jour, alors qu'assises sur un banc dans Central Park vous vous empiffrez de bretzels, Felisa revient pour la énième fois sur ce que vous nommez la Fabrication de Shayna.

Tu sais comment ton père s'y est pris, concrètement ?

Pas vraiment. Mais une fois j'ai entendu ma mère le taquiner au sujet d'un bocal à confitures et d'une poire à dinde.

Tiens ! comme c'est rustique. La cuisine du terroir, y a que ça qui vaille, hein ? Mais... à ton avis, le... euh... le jus de cuisson, là, il est entré comment dans le bocal à confitures ?

Procédure habituelle, sans doute.

Mmm-hmm.

Vous mâchouillez vos bretzels en essayant d'imaginer la chose. Au bout d'un moment tu lâches en soupirant : C'est assez hallucinant de se dire qu'il y a des montagnes de porno soft dans les banques de sperme du monde entier.

Bizarre qu'on appelle ça des banques, dit Felisa en gloussant.

Ben, les mecs font bien un dépôt, non ?

Si, si…

Tu crois que ça fonctionne à tous les coups ?

C'est-à-dire… ?

Ben… Je sais pas, moi… S'ils sont blasés, il se passe quoi, à ton avis ? C'est comme avec la drogue : les gens s'habituent, ils ont besoin d'une dose plus forte, sinon ça ne marche pas. Alors ça doit arriver, des types à qui le porno soft ne fait plus d'effet, qui en ont épuisé les charmes.

Ouais, t'as raison. Le mec il reste trop longtemps en cabine, les employées de la banque se rendent compte qu'il y a un problème. Elles s'interpellent : Hé, Jane ! Je crois qu'il a des soucis, le mec dans la F ! OK, Susie. Euh… C'est quoi son truc ? Ben, il dit qu'il lui faut des cougars lesbiennes africaines. T'aurais pas ça sous la main ? Attends, je vais voir… Non, désolée, zéro cougar lesbienne africaine en ce moment, on a soit des cougars lesbiennes asiatiques, soit des écolières lesbiennes africaines, tu crois que l'un ou l'autre pourrait faire l'affaire ?…

Vous pouffez de rire, envoyant des miettes de bretzel décrire un arc dans l'air et tomber sur la pelouse, où des moineaux affamés viennent les dévorer.

Peut-être que d'autres donneurs sont habitués à des trucs plus hard encore, dit Felisa. Des fouets, des chaînes, genre…

Je pense que pour mon papa, venant après Lili Rose, le soft a dû suffire.

D'une certaine façon, cette femme-là est ta mère aussi.

Qui, Lili Rose ?

Non, la travailleuse du sexe qui s'est foutu à poil, s'est maquillé la tronche, a appris à ouvrir la bouche de cette manière si spéciale qui dit qu'elle meurt, juste, d'envie d'être violée, n'est-ce pas ? Elle aussi a joué un rôle dans ta conception !

Hmm, t'as raison. Un rôle clef, même. J'y avais jamais pensé. C'est ma mère, elle aussi.

Un autre jour, installées côte à côte sur ton lit avec l'ordinateur de Felisa sur les cuisses, vous décidez de faire des recherches sur le Net. Une entrée dans Wikipédia vous apprend qu'aux États-Unis en 1991, aucune loi ne réglementait la gestation pour autrui.

Tu dégotes un site contemporain de GPA dans le Maryland. Vous cliquez dessus et tombez sur la photo d'une jeune femme beige dont l'ample chemise bleue indique qu'elle en est au cinquième ou sixième mois. On ne voit pas son visage. Ce que l'on voit, ce sont ses mains pâles devant son ventre bleu épanoui – et, dans ces mains, un portefeuille dont sortent, en éventail, un nombre impressionnant de billets de banque. *Un choix remarquable mérite reconnaissance*, dit la légende, *et la plupart des mères porteuses aux États-Unis sont dédommagées pour le précieux service qu'elles rendent.*

Je crois qu'ils ont versé trente mille à Selma, dis-tu.

Ils ont attendu combien de temps ? demande Felisa un peu plus tard.

Avant quoi ?

Avant d'aller te chercher dans l'ancien État esclavagiste pour te ramener dans l'État libre ?

Cinq jours.

Cinq jours ?

Ouep.

Donc ils n'ont même pas laissé Selma t'allaiter ? Elle a dû prendre des médicaments ou se sangler la poitrine pour empêcher son lait de monter à belles bulles blanches pour se déverser dans ta bouche ?

Une nuit où tu dors chez Felisa, tu avoues en chuchotant d'un lit à l'autre : Tu sais, c'est bizarre mais… J'ai jamais pu enregistrer le fait que Lili Rose m'a adoptée. Ils m'en ont parlé plein de fois mais j'arrive pas à garder ça en tête, je ne sais pas pourquoi. C'est comme si ma mémoire à cet endroit était une vaste étendue de sable vide. J'ai beau y inscrire toujours les faits, les brisants viennent chaque fois les effacer. Je ne sais même pas si ça s'est passé dans le grand palais de justice de Baltimore, celui qu'on voit dans *Sur écoute*, ou dans un banal tribunal de quartier.

Après un moment de silence, Felisa se met à rire. Je me demande de quoi tes deux mamans ont bien pu parler en attendant l'arrivée du juge. Tu la vois, Lili Rose, en train de chercher désespérément un sujet de conversation ?

Salut, Selma, ravie de faire votre connaissance ! fais-tu.

Imitant l'accent bostonien de Lili Rose, vous renchérissez tour à tour : Euh… comment va la vie, dans cette petite épicerie où vous travaillez ? Y a beaucoup de clients ?

Y a eu des meurtres ces derniers temps ?

Et votre petit garçon…, il a déjà commencé à se shooter ? Son père vous donne de ses nouvelles parfois ?

Euh… Élégante, n'est-ce pas, la robe d'Aretha ? Pas pour dire que la vôtre ne l'est… Euh…

Euh… Vous connaissez Monique Wittig ? Non ? C'est vrai ? Vous n'avez lu aucun de ses livres ?

Euh… Vous lisez des livres ?

Euh… Le journal, parfois ?

Felisa continue de rire toute seule dans le noir, jusqu'à ce qu'elle se rende compte que toi tu pleures.

Tu devrais venir avec nous en Haïti l'été prochain, te dit la mère de Felisa le lendemain au petit-déjeuner.

Ouaahhh ! Je vais voir avec mes parents.

Au téléphone, le soir même, Felisa : Alors ? Ils disent quoi tes parents ?

Ils disent Tu plaisantes ? Ils m'ont montré ce qui s'affiche sur le site du Département d'État : *Reconsidérez le déplacement en Haïti en raison de la criminalité, de l'agitation sociale et des kidnappings.*

La vraie liste des contre-indications, bien plus longue, évoque aussi des manifestations, des pneus qui brûlent et des barrages routiers, mais s'abstient de citer d'autres obstacles possibles à des vacances réussies en Haïti, tels que : les ouragans, les inondations, les tempêtes tropicales et les séismes. Alors qu'elle avait passé presque tout l'été précédent à Port-au-Prince, Felisa n'avait pour ainsi dire pas vu son père ; le Dr Charlier travaillait vingt heures sur vingt-quatre pour venir en aide aux victimes de l'ouragan Dennis dans le Sud de l'île.

PARFOIS DANS MON CERVEAU LA NUIT, HERVÉ, JE ME TROUVE DANS UNE ÉNORME SALLE DE THÉÂTRE, GENRE LE PARADIS OU LE RADIO CITY MUSIC HALL.

LA SALLE EST BLINDÉE. LES LUMIÈRES BAISSENT DOUCEMENT JUSQU'AU NOIR, LES REMOUS ET MURMURES DU PUBLIC SE CALMENT. ENSUITE, ATTAQUANT SIMULTANÉMENT LES OREILLES ET LES YEUX : SPOTS ÉBLOUISSANTS ET FLONFLONS ASSOURDISSANTS D'UNE MUSIQUE DE MUSIC-HALL, STYLE MOULIN ROUGE OU *ANGE BLEU.*

Manhattan, 1985-1988

Toute leur première année de mariage est ponctuée par les examens et interventions autour de la dysplasie de Lili Rose. Exaltée et rajeunie par l'amour de Joel, elle les supporte avec stoïcisme et même avec humour. Quand tout est terminé et que ses frottis reviennent classe II à nouveau, Joel est radieux.

Si on faisait un enfant ? lui murmure-t-il un soir pendant leurs ébats. Nos enfants seront comme le prolongement de notre amour, son débordement visible.

Cette déclaration chuchotée, haletante, rend Lili Rose si follement heureuse qu'elle jouit pour la première fois de sa vie.

Titubant de bonheur, elle cesse de prendre la pilule dès le mois suivant. Elle téléphone même à sa mère à Nashua pour lui annoncer qu'elle espère faire d'elle une grand-mère avant la fin de l'année. Eileen répond qu'elle est soulagée d'apprendre que sa fille a enfin décidé de se ranger. Lili Rose se sent beaucoup trop mûre et joyeuse pour la contredire.

Un an plus tard, aucune grossesse ne se profilant à l'horizon, le couple subit une série d'examens. Il devient rapidement clair que l'infécondité n'est pas du côté de Joel, alors Lili Rose se met à suivre ses courbes de température. Les jours de son ovulation, quand sa chaleur corporelle monte, ils font l'amour avec une liberté toute nouvelle : sauvagement, violemment, tendrement, longuement et dans toutes les positions possibles et imaginables ; souvent, au moment de s'épandre, Joel ne sait plus dire le haut du bas, la droite de la gauche, le dedans du dehors.

Encore un an plus tard, Joel dit à Lili Rose que s'ils peuvent avoir des enfants ce sera évidemment génial, mais qu'il l'aimera tout autant s'ils n'en ont pas. C'est la meilleure chose qu'il pourrait lui dire. Lili Rose reprend courage.

Mais, à mesure que s'écoulent de nouveaux mois sans résultat, elle commence à avoir honte de son infertilité. Épiant la première petite tache de sang menstruel sur sa culotte en coton ou son bas de pyjama en soie, elle éclate en sanglots. Il lui semble que son corps la trahit, révélant ses sales petits secrets au monde entier, lui démontrant par A plus B à quel point elle est mauvaise et vide, menteuse et inconstante, bref, indigne de l'amour de son mari. Comme si, scrutant son utérus, Dieu avait hoché la tête, déçu, écœuré, et dit en soupirant : *Non, ça n'ira pas. Ça n'ira pas du tout. Comment un bébé pourrait-il se sentir à l'aise dans un giron pareil ? Rien ne peut y germer. Le milieu est trop acide, trop abrasif. Pas question, pour un enfant de Joel Rabenstein, de s'y enraciner et de s'y épanouir ! Trop d'hommes se sont bêtement épandus là-dedans, sans se soucier du devenir de leur semence. On dirait un désert rempli de cactus et de pierres sèches.*

Elle consulte des spécialistes, qui l'envoient à des spécialistes plus spécialisés encore. Ces derniers, cherchant à comprendre où se situe le problème, lui prélèvent des échantillons sanguins, lui raclent le col avec de petites boîtes de Petri, glissent des spéculums dans son vagin et des caméras dans son utérus. Pour créer une image de ce qui se passe dans ses profondeurs, les spécialistes de l'échographie lui enduisent l'abdomen d'un gel gluant et y font zigzaguer un capteur. Toutes les amies enceintes de Lili Rose font faire ce test pour suivre la croissance de leur bébé *in utero* ; elle, non. Fixant l'organe vide sur l'écran gris, elle pense à *Yerma*, la pièce de García Lorca (elle adore García Lorca, selon elle un des rares hommes non machistes de tout le canon littéraire européen, peut-être parce qu'il était gay). Pauvre Yerma, qui grandit en Espagne au début du XXe siècle dans un village rigidement catholique, et qui, stérile, est rejetée et détestée – lapidée, même – par des femmes qui craignent qu'elle ne leur vole leur mari.

Les colposcopies impressionnent Lili Rose. La première fois qu'elle plonge ainsi à travers les poils du pubis de *L'Origine du monde* de Courbet pour pénétrer dans la caverne de Platon, un rire amer lui échappe. Interloqué, le médecin la regarde. Lili Rose n'ose pas lui expliquer que l'image sur l'écran lui fait penser à des romans modernes qu'elle a étudiés et enseignés à de nombreuses reprises, romans dont le héros masculin est à la fois attiré et repoussé par le vortex mystérieux d'où jaillit toute vie humaine. Lucien Fleurier dans *L'Enfance d'un chef* de Sartre, par exemple : horrifié par la vue de sa mère nue assise sur un bidet, masse de chair rose tremblotante, tout entière vouée à l'immanence. Ou Jakub dans *La Valse aux adieux* de Kundera, maudissant la manière dont la muqueuse féminine vient restreindre la souveraine liberté des hommes. Prêt, Sartre ? Prêt, Kundera ? dit-elle maintenant *in petto*. Prêts, les mecs, à visiter la Maison des horreurs de la philosophie occidentale ? OK, accrochez-vous, c'est parti ! Glissons le long du tunnel rose humide palpitant où de vagues choses molles pendouillent et gouttent dans les ténèbres... Descendons, descendons, de plus en plus loin... Illuminons ce creux endormi où, *nolens volens*, se sont forgées toutes les âmes de l'histoire humaine, y compris la vôtre...

Dans le métro qui la ramène vers le nord de la ville après ces examens et ruminations répétitives, elle est souvent au bord de l'hystérie. À son arrivée, Joel la prend dans ses bras et la berce. Ce n'est pas ta faute, amour, lui murmure-t-il. Ce n'est pas forcément irréversible. Chouchoute-toi, aime-toi, c'est ce que tu as de mieux à faire.

Et comme il sait que Lili Rose n'est pas douée pour ce genre de chose, il le fait pour elle. Il lui cuisine des repas colorés et sains, la déshabille avec douceur, lui masse les pieds, lui lit de la poésie le soir et, pour la persuader qu'il la chérit au-delà de la question de la fertilité, lui fait l'amour chaque nuit y compris quand elle a ses règles (même s'il ne réussit jamais tout à fait à oublier que les lois du judaïsme le proscrivent rigoureusement ; chez les orthodoxes, il ne suffit pas de ne pas toucher son épouse ces jours-là, on devient impur rien qu'en s'asseyant sur une chaise où a pris place une femme indisposée !).

Le cancer gastrique de Pavel a des métastases. En l'espace d'une année, il dépérit et décède. On organise ses funérailles. Impossible de nier que la famille Rabenstein, loin de fructifier, s'amenuise.

Jenka décide de garder la belle demeure à East Hampton, chérissant encore malgré tout le rêve que ses couloirs, chambres et jardins s'animeront un jour du bruit de petits pas... Mais les années glissent, passent, et le ventre et la poitrine de Lili Rose restent toujours aussi désespérément plats.

Enfin, un jour où elle a invité le couple à un goûter d'anniversaire en l'honneur de ses soixante-quinze ans, Jenka décide de mettre les pieds dans le plat. Où sont mes petits-enfants ? dit-elle, dès qu'ils ouvrent les portières de la voiture.

Lili Rose blêmit. Elle met une main sur le poignet de Joel pour l'empêcher de bouger.

Hé, vous les avez mis où, mes petits-enfants ? Ils sont cachés dans le coffre ?

Joel, dit Lili Rose à voix basse, je crois que je vais prendre la voiture et rentrer tout droit à Manhattan.

Chérie, je t'en prie. Elle essaie d'être drôle.

Ce n'est pas drôle !

Je sais. Je suis désolé. Essaie de ne pas lui en tenir rigueur. Tu sais pourquoi...

Oui, je sais, mais si tu pouvais faire comprendre à ta mère que je ne suis pas une jument de CCNY destinée à être inséminée par un étalon galopant de Columbia pour engendrer des chevaux de course pseudo-juifs, ça m'arrangerait. Tu peux essayer – de – juste – lui faire entrer ça dans le crâne ? S'il te plaît ? Joel ?

Et Joel de lui répondre que oui, il le peut, et qu'il le fera.

À la fin du goûter, sous prétexte d'aider sa mère à ranger (car elle est voûtée, vieillie, endolorie, son arthrose la tue), il l'accompagne à la cuisine et lui dit, doucement mais sur un ton de reproche : Maman...

Je sais, tu vas me dire que ça ne me regarde pas.

Mais non. Bien sûr que ça te regarde, sans doute que j'aurais dû aborder moi-même le sujet...

Eh bien, aborde ! Aborde ! Ne te retiens pas.

Eh bien... Ce qu'il y a, c'est qu'on essaie...

Pardonne-moi de te le dire, fait Jenka, le coupant, mais vous ne rajeunissez ni l'un ni l'autre. Toi tu as quarante-huit ans, ta femme en a trente-trois. À trente-trois ans, ma mère avait déjà six enfants, tu te rends compte ? Ah ! Mais c'est comme ça que ça se passe aujourd'hui. Les jeunes filles commencent à prendre la pilule à douze ans et leur corps est complètement *fertummelt*, il ne sait plus faire ce qu'il est censé faire !

Maman, écoute. Le fait est que Lili Rose et moi ne croyons pas tout à fait que le corps d'une femme ne serve qu'à faire des bébés, mais bon, là dans ta cuisine, on ne va pas s'enliser dans les arcanes de la théorie du genre. L'important c'est que oui, il semblerait qu'il y ait en effet un problème d'infertilité. On s'en occupe, et je promets de te tenir au courant. Merci de t'en soucier.

Voilà ce qui se passe, Jenka renifle ce soir-là au téléphone avec sa meilleure amie, quand on consacre ses vingt ans à rédiger une thèse et à donner des conférences au lieu d'avoir des enfants. Pourquoi elle a besoin de tous ces diplômes, tu peux me le dire ? Son mari est un professeur très respecté, exceptionnel, pourquoi elle a besoin d'écrire sept cents pages sur les femmes artistes qui se tuent ? ou de pérorer sur le roman européen devant une bande de gamins noirs et hispaniques qui se curent le nez et écoutent leur walkman pendant qu'elle parle ?

Manhattan, 2007

De but en blanc, un samedi matin au petit-déjeuner, Lili Rose te dit de sa voix la plus gaie-comme-un-pinson : Dis-moi, chérie, et si je t'invitais à déjeuner ensemble à Harlem ? On pourrait se donner rendez-vous dans mon bureau, je te ferais découvrir le campus.

Mais… pour quoi faire ? demandes-tu, prise d'une violente envie de rétrécir comme Alice et disparaître dans ton bol de céréales.

Mais… parce que j'y travaille ! Tout d'un coup je me suis dit que tu sillonnais le campus de ton père depuis le jour de ta naissance et n'étais encore jamais venue sur le mien. Et ce serait chouette de déjeuner à Harlem, non ?

Tu ne vois pas comment te dérober. Lugubre et appréhensive, tu fais tes corvées du samedi matin, bâcles quelques devoirs scolaires, puis prends le bus 104 jusqu'à la 135ᵉ Rue et commences à marcher vers l'est. Lili Rose n'a pas tort, c'est un peu choquant : alors que tu as passé toute ton existence sur la 119ᵉ Rue, tu n'as encore jamais mis les pieds à Harlem. La vie de la famille est orientée vers le sud : Museum Mile, Lincoln Center, Greenwich Village, Hoboken, Long Island…

Les quelques minutes de marche solitaire entre l'arrêt de bus et CCNY te plongent dans un bouillonnant chaudron de confusion. Les yeux des femmes te jaugent, ceux des hommes te caressent. Plusieurs commerçants te font des sourires complices ; quelques jeunes mamans vont jusqu'à te dire bonjour. Les yeux sur le trottoir, tu avances en titubant et en les implorant tout bas de t'ignorer. *Ne me regardez pas, ne me parlez pas, je ne suis pas celle que vous croyez. Je suis une syllabe isolée sans rime possible. Une bête solitaire, tel le monstre de Frankenstein, errant à la recherche de l'âme sœur introuvable.*

Quand enfin tu fais irruption dans le bureau de Lili Rose, elle est en train de marteler le clavier de son ordinateur. Te voilà ! s'exclame-t-elle, sincèrement ravie, en faisant pivoter son fauteuil.

Elle t'amène dans un bouiboui afro-caribéen sur le boulevard Frederick-Douglass. Des têtes se tournent quand vous entrez : Lili Rose est la seule Beige. Vous remplissez vos assiettes de poisson, de chou cavalier, de pommes de terre et de sauce piquante et les faites peser, prenez au réfrigérateur des canettes de soda au gingembre, choisissez une table (dans un coin, pour ne pas être distraites par la télévision) et vous y installez face à face.

Tu es crispée. Clairement Lili Rose a décidé de te dire quelque chose, et elle semble avoir soigneusement préparé son discours – au moins dans sa tête, sinon par écrit. Enfin elle prend une grande respiration et se lance.

Merci d'être venue me voir aujourd'hui, ma chérie (Tu détestes qu'elle t'appelle *ma chérie*). Tu ne peux pas t'imaginer à quel point ça compte pour moi. Merci, Shayna. J'ai besoin de te raconter quelque chose. Je pensais que je ne le ferais jamais, mais… à te voir, ces derniers mois, te transformer peu à peu en femme, j'ai décidé qu'il fallait vraiment le faire. Voilà… Oh, ma chérie ! On remonte loin, toi et moi, hein ? Je veux dire… je t'ai rencontrée quand tu avais un jour, et adoptée quelques jours plus tard.

Tu t'empourpres.

Je ne peux pas te dire comme j'étais fière et excitée de m'embarquer dans cette aventure familiale avec ton père. Le jour où on t'a ramenée à Butler Hall et installée dans ta chambre, tu t'es endormie tout de suite dans ton petit lit-cage ; avec Joel on s'est tournés l'un vers l'autre et on s'est dit au même instant : On l'a fait ! J'étais folle de joie, Shayna, j'espère que tu le sais. Ça se voit dans les albums photos.

Lili Rose a la voix qui tremble. Détournant les yeux, elle regarde d'abord les tubes de néon au plafond, ensuite la caissière obèse, occupée à présent à se limer les ongles, enfin les autres clients. Puis elle se met à pleurer.

J'ai repris le travail tout de suite. Des nounous s'occupaient de toi le jour mais… assez souvent, je devais rester tard dans mon bureau. Comme Joel travaillait souvent à la maison, il te voyait plus que moi. Et vous vous êtes liés comme… de la colle magique, tu vois ? C'était carrément fusionnel. Et, bien sûr… malgré tout… il y avait le lien génétique. J'avais zéro envie de me focaliser là-dessus, je m'étais même juré de ne pas le faire ! Mais c'était là et je n'arrivais pas à l'oublier.

Des larmes lui glissent du coin des yeux. Ton malaise ne cesse de grandir.

En rentrant du travail vers les dix-neuf heures, je vous trouvais comme ça – elle serre ses deux mains ensemble, si fort que les jointures blanchissent – et j'avais l'impression que… qu'il n'y avait aucune place pour moi, tu vois ? que vous n'aviez pas du tout besoin de moi. À lui seul, Joel était ton père, ta mère, ta lune, ton soleil, ton ciel… Lui à tes côtés, de quoi pouvais-tu manquer ? Souvent, quand je te prenais dans mes bras et te serrais contre moi, tu te mettais à pleurer et tendais les bras vers Joel. Ça me secouait, bien sûr. Joel me disait que c'était juste une phase et qu'il ne fallait pas le prendre au tragique… mais ça m'est devenu… intolérable. J'avais l'impression d'avoir tout raté, Shayna. L'impression que je ne méritais pas le nom de mère. Ça a créé des vraies tensions entre ton père et moi. J'ai passé je ne sais combien de séances à décortiquer tout ça avec la Dr Ferzli…

Tu lances un coup d'œil à la ronde. Par bonheur, les bruits du ventilateur et de la télévision rendent le discours de Lili Rose inaudible pour les autres clients.

Je t'ai déjà un peu parlé de mon enfance. Mais ce que tu ne sais pas c'est que, petite, pour des raisons que je ne vais pas énumérer ici, je me suis toujours sentie comme une menteuse. C'est une sensation atroce, Shayna. Il m'a fallu des années de psychothérapie pour la surmonter… Et là, alors qu'avec ton père nous avions pris cette décision magnifique de devenir parents, ça m'est revenu en force. Je sortais me balader avec toi dans ton porte-bébé, j'entrais dans une boutique, une banque, peu importe, je te présentais comme ma fille, et les gens étaient là : *Ah ouais ?* Comme si… personne ne me croyait. Peut-être parce que j'avais du mal à le croire moi-même. Joel te disait tout le temps : *Elle est là, ta maman... N'est-ce pas qu'elle est jolie, ta maman ?... Fais un bisou à ta maman...* Et, même quand tu le faisais, Shayna, même quand tu m'embrassais et me serrais dans tes bras et t'asseyais sur mes genoux – même, plus tard, quand tu as commencé à parler et à m'appeler maman –, je n'arrivais toujours pas à le croire.

De grosses larmes roulent sur les joues de Lili Rose et tombent dans son chou vert. Elle n'a pas touché à son assiette. Les autres clients vous dévisagent ouvertement à présent ; toi, Shayna, tu es raide de honte.

Je me suis dit qu'il fallait que tu connaisses cet épisode de notre passé lointain parce que... eh bien, parce qu'il est *là*, tu comprends ? Il est là et on ne peut pas l'effacer. C'est comme ça que les choses se sont passées entre nous – et même si je t'adore, même si des milliers de bons souvenirs sont venus s'y greffer par la suite, la douleur de ces premiers mois est encore là. Peut-être qu'inconsciemment, c'est une des raisons pour lesquelles nos relations sont devenues... difficiles, ces dernières années.

Lili Rose s'est mise à sangloter, et elle parle beaucoup trop fort. Toi, Shayna, tu voudrais que la terre s'ouvre et t'engloutisse. Un moment, les yeux baissés sur vos plateaux respectifs, vous gardez le silence. Puis Lili Rose éclate de rire.

C'est drôle, fait-elle, parce que tout au long de mon adolescence j'ai été obsédée par le bronzage, et la teinte que je visais c'est exactement ta teinte naturelle : *macchiata*, tu vois ? Mais je n'ai jamais réussi ! Un été après l'autre, ma peau était soit blanche semoule, soit cramée cramoisie – je n'ai jamais pu tomber sur une de ces délicieuses nuances de l'entre-deux, marron or.

Lili Rose rit à nouveau, faisant tourner d'autres têtes. Tu sais qu'elle aimerait que tu ries avec elle, mais tu n'y arrives pas. Alors elle se lance dans un de ses grands discours-dérives...

Toute l'histoire du bronzage est une telle arnaque, Shayna ! Tu as sûrement remarqué que les milliards de Marrons dans le monde ne passent pas de longues heures à se prélasser sur les plages, hein ? Il n'y a que les Beiges pour faire des choses pareilles. Mais en fait c'est un phénomène très récent, ça n'existe que depuis quelques décennies. Pendant des siècles, au contraire, l'Occident a chanté les louanges de la peau d'albâtre. Alors que Joseph, Marie et Jésus étaient évidemment des Palestiniens basanés, tous les artistes de la Renaissance ont choisi de les peindre en pâle. Blancheur rimait avec pureté, ailes d'ange – surtout chez les femmes, dont les robes, jupons et autres mouchoirs en dentelle se devaient d'être aussi blancs que leur âme –, il suffit de penser à Othello et Desdémone, n'est-ce pas ? Les mêmes métaphores ont fleuri tout au long de l'époque des Lumières, jusqu'au romantisme XIXe y compris : Goethe, Byron, Tennyson, Longfellow, Shelley, toute la clique ! Et pourquoi ? Eh bien, c'est simple : un teint foncé était associé aux paysans qui trimaient du matin au soir sous le soleil, c'est-à-dire à la pauvreté, alors que la peau claire dénotait une existence indolente et casanière, c'est-à-dire la richesse. Mais ensuite débarque la révolution industrielle et brusquement ça s'inverse : au lieu d'être des paysans tannés, les classes inférieures sont des travailleurs blêmes, maladifs et rachitiques, enfermés seize heures par jour dans les mines et les usines. Du coup, pour se distinguer, les classes supérieures ne doivent plus s'éclaircir la peau mais au contraire se la foncer ! Et alors que leur peau avait blanchi à force de vivre pendant des millénaires dans des climats froids, ils décident de lui infliger de force une teinte brun or sensuelle en l'exposant au soleil ! C'est apparemment Coco Chanel qui a lancé la mode dans les années 1920, et ça s'est étendu comme un feu de brousse pour gagner les classes aisées partout en Occident. À partir de là, le fait d'avoir la peau marron (tout en restant officiellement beige, naturellement) vous désignait comme riche, capable de dépenser des sommes faramineuses pour traîner sur des plages tropicales ou dans des instituts de bronzage. Naturellement, ce brunissement acharné de leur peau ne rendait pas les gens moins racistes – ne les empêchait pas, par exemple, de voter *pour* que leurs précieux fils beiges soient exemptés du service militaire, ou *contre* les cars scolaires censés transporter les enfants marrons vers les quartiers beiges…

Tu es glacée de rage, Shayna. La glose savante de ta mère te cloue sur place, t'agrafe les lèvres, te noie les pensées. Te levant abruptement, tu tournes les talons, vas jusqu'à la porte à grands pas et quittes le restaurant, laissant Lili Rose se débrouiller seule avec sa nourriture intouchée, les regards perplexes et les froncements de sourcils désapprobateurs.

ON DÉCOUVRE UNE RIBAMBELLE DE DANSEUSES... NON, UNE CENTAINE DE JEUNES FILLES ET DE JEUNES FEMMES, CINQUANTE NUANCES DE MARRON, ALIGNÉES FACE À NOUS TELLES DES ROQUETTES DE RADIO CITY OU DES DANSEUSES DE FRENCH CANCAN, SAUF QU'ELLES N'ONT NI TALONS DE QUINZE CENTIMÈTRES NI BOAS ROSES NI PORTE-JARRETELLES NI BAS RÉSILLE NI CEINTURE DE BANANES NI STRASS NI PAILLETTES NI DÉBARDEUR GLAMOUR ÉTINCELANT STRETCH MOULANT NOIR ROUGE ROSE BONBON ORANGE OR ÉCHANCRÉ NI STRING NI SHORT ULTRACOURT NI COSTUME D'AUCUNE SORTE À VRAI DIRE, ET AU LIEU D'ÊTRE TOUTES DE LA MÊME TAILLE, UN MÈTRE QUATRE-VINGTS, ELLES SONT DE TOUTES LES TAILLES ENTRE UN MÈTRE CINQUANTE ET UN MÈTRE QUATRE-VINGT-DIX, ET AU LIEU D'ÊTRE TOUTES DU MÊME ÂGE, VINGT-DEUX ANS, ELLES SONT DE TOUS LES ÂGES DE DOUZE À QUARANTE ANS, ET AU LIEU DE SAUTER, DE DANSER, D'EXÉCUTER DES CISEAUX ACROBATIQUES, DE SE REMUER LE CUL, DE SE FROTTER LES LOLOS ET DE NOUS DÉVOILER PAR FLASHS LEUR AFFOLANT PUBIS RASÉ, ELLES SE TIENNENT FACE AU PUBLIC, IMMOBILES ET NUES.

LA MUSIQUE TONITRUANTE QUI ACCOMPAGNE ET CONTREDIT LEUR NON-DANSE DURE UNE BONNE DIZAINE DE MINUTES.

PUIS — NOIR.

Manhattan, 1990

Un jour Joel aborde le problème avec Aretha Parker, l'infirmière qui, dix ans plus tôt, a pris Natalie en amitié après son avortement bâclé. (Il aurait du mal à l'admettre, même à part lui, mais il a toujours trouvé reposante la personnalité terre à terre d'Aretha, par contraste avec celle de ses épouses compliquées.) Après avoir écouté son résumé de l'impasse où ils se trouvent, Aretha lui dit que dans son expérience l'infertilité inexpliquée est le plus souvent due au dysfonctionnement, dans le cerveau, de l'hypothalamus et de la glande pituitaire qui lui est rattachée, coresponsables de la sécrétion d'hormones reproductives.

Tu essaies de me dire quoi ? demande Lili Rose d'une voix suraiguë pendant leur repas du soir. Que tout se passe dans ma tête ?

D'une certaine façon, oui... Mais, comme chacun sait, ce qui se passe dans la tête est très réel !

Mais je veux avoir un enfant de toi, Joel ! sanglote Lili Rose. Il n'y a rien au monde que je désire plus que ça !

Je sais, ma chérie. Le problème, c'est que le cerveau ne s'occupe pas seulement de nos désirs. Le cerveau, c'est une putain de Washington, DC. Il a plein de pouvoirs différents – artistique, militaire, exécutif, judiciaire – et parfois ces différents pouvoirs entrent en conflit. Il faut juste attendre qu'ils se réalignent, c'est tout. Il suffit d'être patient.

Lili Rose apprend le sens du mot *patient*.

Enfin elle reçoit un début de diagnostic : son infertilité est vraisemblablement due à un manque de *corpus luteum*.

De quoi ? fait-elle.

De corps jaune, lui dit le médecin. Une structure endocrinienne qui aide l'ovaire à produire de l'estrogène, de l'estradiol et surtout de la progestérone.

Un manque de corps jaune. Moi ? Je manquerais de corps jaune ?

Oui. Il semblerait que l'ovaire soit un peu défectueux, qu'il ne fabrique pas assez de *corpus luteum* pour vous permettre d'être enceinte.

Ce disant, le médecin lui tend une ordonnance.

Encore plus que les pilules contraceptives qu'elle a prises adolescente (et dont la découverte a tant bouleversé Eileen), le traitement hormonal singe les symptômes de la grossesse. Il lui donne des nausées matinales et lui fait prendre du poids. Elle est obsédée par la manière dont ses jeans et ses jupes la serrent à la taille ; au bout de quelques mois de traitement, elle ne pense plus qu'à cela. Elle hait chaque parcelle de son corps, mais plus que tout elle hait son ventre, enflé en permanence, à présent, mais non de la promesse d'une nouvelle vie. Joel lui apporte les comprimés chaque matin avec son jus d'orange et le *Times*. Après avoir écarté le journal sans l'ouvrir, elle avale les pilules sans sourire. (Est-ce possible que ce soit ça qu'il faut faire pour avoir un bébé ?) Joel pose des baisers sur ses joues striées de larmes, lui fait tendrement l'amour sous la douche, et entasse les journaux intouchés dans le corridor pour que les gardiens les ramassent. Ainsi, au mois d'août, le couple ne prête que peu d'attention à l'invasion par leur pays du Koweït. Et, tandis que l'été se mue en automne et l'automne en l'hiver, ils ne participent pour ainsi dire jamais aux discussions de leurs amis et collègues sur les champs de pétrole, la guerre chimique, et la nécessité d'écarter Saddam Hussein du pouvoir en Irak. De même que, vingt ans plus tôt, la guerre du Viêtnam avait donné moins de soucis à Lili Rose que son bikini bleu, aujourd'hui, la guerre du Golfe la préoccupe moins que toute cette chair flasque et inutile autour de sa taille. Dans l'espoir de manger moins, elle se met à fumer plus, passant de un à deux paquets quotidiens de Virginia Slims. Pis, elle cesse de travailler à sa thèse. La finira-t-elle un jour ?

Je t'en prie, ne t'inquiète pas, la supplie Joel. Je t'aime, même si on ne réussit jamais à avoir un enfant. Je t'aime pour toi, et non pour le fruit possible de ton ventre.

Pour mon cerveau, alors, et pour les fruits qu'il pourrait porter, lui ?

Ça aussi, bien sûr.

Mais si je ne termine pas ma thèse ? Si je n'écris jamais de livre ? Si mon cerveau s'avère être stérile, lui aussi ? Si je reste assise sur mes grosses fesses, à bouffer des hamburgers, à fumer des cigarettes et à regarder la télé pour le restant de mes jours... tu m'aimeras encore ?

Bien sûr que je t'aimerai encore, ma chérie.

Ils ont cette conversation à peu près une fois par jour.

Lili Rose sombre dans une dépression. Elle se sent terrorisée en permanence. Noël venu, elle déclare qu'elle n'est plus à même d'assurer ses cours. Joel l'aide à remplir des formulaires et CCNY lui accorde un congé maladie.

Le matin, après s'être assuré qu'elle a tout ce dont elle a besoin, Joel lui pose très doucement un baiser sur le front et part à Columbia. Pendant qu'il donne ses cours et préside à des réunions du département, elle reste assise sur le bord du lit à fixer le parc Morningside en bas. Elle voit des adolescentes à queue de cheval et à walkman faire leur jogging sur les sentiers, des nourrices marron pousser des bébés beiges dans des landaus, des grands-mères de toutes les couleurs bavarder sur les bancs… et elle a envie de les assassiner toutes. À son retour le soir, Joel la trouve assise face au mur, et constate qu'au lieu de déjeuner elle a fumé deux paquets de cigarettes.

Ma chérie…

Je veux mourir.

Ma chérie…

Je veux mourir.

Mais non, Lili Rose, ce n'est pas toi qui veux mourir, ce sont les femmes sur qui tu travailles, **toutes ces** femmes tourmentées, exploitées, agressées… Mais tout ce que tu fais, tu le fais à fond ! Tu entres si profondément dans l'histoire de ces femmes que tu oublies qu'elles sont elles, et que toi tu es toi. Écoute, ton sujet est vraiment explosif ! Il faut le manier avec précaution, le prendre à minidoses… Ma chérie, tu ne crois pas que ça pourrait te faire du bien de consulter un professionnel, qui verrait notre situation avec un peu de recul ? Ça me ferait plaisir de t'offrir les séances, ce n'est pas un problème…

Au grand étonnement de Joel, Lili Rose obtempère. Des amis la mettent en contact avec une certaine Dr Ferzli, psychanalyste sexagénaire d'origine libanaise, dont le cabinet se trouve près du campus de la New York University dans le sud de Manhattan. Dès leur poignée de main, Lili Rose est rassurée par la chaleureuse présence méditerranéenne de la thérapeute. Elle passe la première séance à lui raconter son projet de thèse.

C'est fascinant, dit la Dr Ferzli. Ça pourrait devenir un livre important. C'est comme si, dans l'histoire de toutes ces femmes, on entendait un même message : *D'accord, mon corps a été envahi, mais je laisserai derrière moi un* corpus *imprenable !*

Lili Rose est ravie par cette interprétation, et le lui dit.

C'est courageux de votre part, renchérit le Dr Ferzli, de vouloir approfondir cette question du lien entre abus sexuels et aspirations artistiques… Y a-t-il une raison particulière pour laquelle il vous a semblé que c'était à vous de raconter l'histoire de ces femmes ?

Non, non, dit Lili Rose, pas de raison particulière. Rien dans ma propre histoire, si c'est ça que vous voulez dire. C'est juste… Je ne pouvais m'empêcher de relever les ressemblances.

Pourtant vous dites que vous avez eu vous aussi des pensées suicidaires, ces derniers temps ?

Oui, mais ce n'est pas pareil, commence Lili Rose… puis elle s'interrompt.

Qu'y a-t-il de différent ? demande doucement la doctoresse après un moment de silence.

Je veux dire, si moi je me tue, ce sera pour une raison objective : parce que je ne peux pas avoir d'enfant. La mort de toutes ces femmes est liée à des événements traumatiques de leur enfance, en général des gestes incestueux…

Pour maintenir à distance les pensées autodestructrices de Lili Rose, la Dr Ferzli lui prescrit du Zoloft. Maintenant elle absorbe chaque jour des antidépresseurs et des hormones, de la nicotine et de l'alcool, sans parler du Valium qu'elle avale le soir pour s'endormir. Les différentes substances se livrent une guerre chimique à l'intérieur de son corps, provoquant des cauchemars si violents que, souvent, elle se redresse dans le lit à trois heures du matin, arrachant son mari à son sommeil.

Parlez-moi un peu de ces cauchemars, lui dit, de sa voix chaude, la Dr Ferzli à la séance suivante. En gardez-vous des souvenirs ? Cette nuit, par exemple ?

Au bout d'un long silence, Lili Rose dit, dans un murmure : C'était au sujet du *corpus luteum*.

Au sujet de… ?

Du corps jaune. Apparemment je n'en fabrique pas assez. C'est pour ça que je n'arrive pas à concevoir.

Hmmm… Auriez-vous des associations particulières à la couleur jaune ?

La couleur jaune ?

Cette fois-ci le silence est interminable.

Un matin de temps chaud, passant justement devant l'une des boutiques où Petula lui a appris à voler, elle voit sur le trottoir un présentoir d'habits aux couleurs pastel avec un panneau de prix au-dessus : SEULEMENT *7,99 $! Elle les passe rapidement en revue, s'arrêtant à un ensemble coton jaune parsemé de fleurs rouges*

– débardeur et pantalon corsaire – et vérifie la taille. Puis, tête légère, elle entre dans la boutique, sort son portefeuille et l'achète sans même l'avoir essayé.

Et après…? demande la Dr Ferzli.

Non, non, rien… Le souvenir s'arrête là.

Bon… Eh bien, c'est peut-être le moment d'arrêter notre séance aussi… Mais n'hésitez pas à me passer un coup de fil si d'autres souvenirs vous reviennent… ou même pour bavarder, tout simplement.

Boston, 2008

Fin août, Felisa t'invite à la rejoindre à Boston pour le carnaval caribéen. Enchantés, Joel et Lili Rose t'offrent le voyage et doublent ton argent de poche pour la semaine.

Felisa vient te chercher à la même gare routière où, quarante ans plus tôt, Lola était venue chercher Lili Rose ; comme l'avaient fait vos aînées, vous longez la rue Tremont bras dessus, bras dessous. Felisa s'est sapée pour l'occasion en short à paillettes roses et petit débardeur, toi tu arbores un jean noir moulant et une coûteuse chemise d'homme blanche de chez Saks : cadeau de Lili Rose, ce printemps-là, pour ton seizième anniversaire.

Avant même d'arriver place Dudley, Shayna, la musique *soca* commence à te tourmenter. Elle semble t'appeler ; hélas, tu as beau t'y tendre de toutes tes forces, le rythme entre en toi mais tu n'entres pas dans le rythme. Soudain vous êtes happées, emportées, transportées par la foule en liesse, tous ces hommes, femmes et enfants marron qui suivent les chars en se balançant, sautillant et gigotant. Pour toi il est évident que ces gens ne sont pas des Africains-Américains, qu'ils ont grandi dans un lieu où il leur était permis de respirer, où leur âme était moins écrasée par le poids du racisme passé et présent, leur corps moins déformé par la malbouffe, la drogue et la rage. Imprégnés du folklore et du rituel sacré, ils ont passé de longues semaines à confectionner les costumes et à construire les chars pour ce carnaval tout en s'abreuvant au rythme chutney – mi-calypso, mi-indien de l'Inde –, et là, dans une sorte de joie calme ou de calme joyeux, ils descendent le boulevard Martin-Luther-King au rythme des *steel drums* de Trinidad. Comme si le monde entier était un paon, les couleurs se déchaînent autour d'eux : roues de plumes cerclées d'autres roues de plumes, bleu nuit cerclé de vert vif entouré de rose bonbon, ou blanc et or partout, ou panaches brûlants rouge-orange-or ; masques énormes incarnant les dieux africains ; hommes vêtus d'imprimés léopard aux connotations royales, se pavanant sur des échasses. Tirées, hautes de cinq mètres, des structures à plumes d'une finesse à couper le souffle avancent en glissant doucement dans la rue. Des milliers de gens dansent, marchent et font la fête, t'envoyant leurs sourires étincelants et leurs regards chauds. Tout comme les habitants de Harlem l'an dernier, ces Caribéens sont persuadés que tu es une des leurs mais ils se trompent, Shayna, tu n'es une de rien. Il ne suffit pas d'avoir la peau marron : personne ne t'a appris à poser une couronne de plumes d'or sur ta tête, à dénuder ton abdomen, à recouvrir tes bras de feuilles en paillettes vertes. Felisa croise sans cesse des gens de son quartier ou de son enfance, des gens qu'elle appelle *frère* et *sœur*, elle ne se demande pas si elle sait danser, si elle a le droit de danser, si elle danse de façon convaincante – non, elle danse, un point c'est tout. Sautillant, ses gros seins tressautant, elle t'encourage à la rejoindre mais ton corps se bloque. Et quand il se détend enfin suffisamment pour réagir à la musique, il le fait de façon chaotique : les yeux fermés, tu lèves les bras en l'air et te jettes dans tous les sens. Tu sais qu'il ne faut pas faire ça – les vrais carnavaliers communient les yeux ouverts – mais pour éprouver un ersatz de communauté tu as besoin de les fermer.

Puissantes et profondes, les voix masculines scandent le *beat soca* ; sur les poitrines féminines des colliers sautent à des rythmes différents. Tu es obnubilée par les femmes – par leur visage tout luisant de sueur, leurs ongles couleur corail, leur arrière-train affublé d'un bas de bikini à frange scintillante. Bien qu'ouvertement lascifs, il n'y a pas une once de vulgarité aguicheuse dans les mouvements giratoires de leurs hanches, rien que sensualité et fécondité.

Bon Dieu, dis-tu à Felisa, élevant la voix pour te faire entendre par-dessus le vacarme, quand je pense au temps que gaspillent nos petites camarades de classe à se demander comment faire fondre leurs fesses...

Felisa opine du chef en rigolant, puis crie à son tour dans ton oreille : Selma t'a donné des lolos et un cul, mais elle était pas là pour t'apprendre à t'en servir.

Voilà. Je sais pas danser.

Seize ans de vie sur l'Upper West Side ont repassé tes plis rythmiques.

Voilà.

Je ne sais pas être là, proclame ton corps en se démenant follement au rythme de la musique. Tu ne peux t'empêcher de te demander ce que penserait Lili Rose si elle te voyait en ce moment... ce qu'aurait pensé ta mamie Jenka... Et Joel, au fait ? Ton père avait-il déjà assisté à un carnaval ? Au cours de ses nombreux voyages en Afrique, s'était-il une seule fois laissé aller ainsi ? Tu n'arrives pas tout à fait à l'imaginer.

Tu heurtes de plein fouet un autre danseur.

Hé ! Reste avec nous, ma belle ! dit Felisa en t'attrapant dans ses bras.

Suivant le majestueux glissement des chars, le défilé avance maintenant en direction du parc Franklin. Des drapeaux bariolés ondulent dans le vent, proclamant fièrement l'origine de ceux qui les tiennent : la Barbade, Porto Rico, Cuba, Honduras, la République dominicaine, Saint-Vincent, Trinité-et-Tobago, la Jamaïque, la Grenade... Même de tout petits enfants agitent des oriflammes.

Regarde, s'exclame Felisa en te montrant un énorme étendard bleu et rouge. Ça, c'est le contingent haïtien. Le drapeau français, moins le blanc assassiné !

Pourquoi tout le monde a l'air si heureux ? te demandes-tu, Shayna, à la limite de l'évanouissement.

QUAND LES LUMIÈRES REVIENNENT, LES FEMMES MARRON ONT ÉTÉ REJOINTES SUR SCÈNE PAR UNE CENTAINE D'HOMMES BEIGES QUI SE TIENNENT FACE À ELLES, APPARIÉS, DOS AU PUBLIC. SILENCE. LES HOMMES SONT HABILLÉS DE PIED EN CAP EN BLANC OU KAKI COLONIAL. AU PREMIER COUP DU TAMBOUR MILITAIRE, ILS POSENT LES MAINS SUR LES ÉPAULES DES FILLES OU DES FEMMES ET SE RAPPROCHENT D'ELLES. À MESURE QUE LES ROULEMENTS DE TAMBOUR ACCÉLÈRENT ET SE MUENT EN VROMBISSEMENT PUISSANT, ILS OUVRENT LEUR BRAGUETTE ET BAISENT MÉCANIQUEMENT LES FEMMES PENDANT UNE MINUTE.

PARMI LA CENTAINE D'HOMMES BEIGES, IL POURRAIT Y AVOIR QUELQUES MARRONS : LES ESCLAVES EXPLOITÉS COMME ÉTALONS.

NOIR.

Manhattan, 1991

Quand Joel apprend que la Dr Ferzli a encouragé Lili Rose à l'appeler n'importe quand, il fronce les sourcils. Il sait que cela bafoue les règles de base de la psychanalyse. La Dr Ferzli estimerait-elle sa patiente en danger ?

Cette hypothèse s'avère être juste. À son réveil le lendemain matin, Joel trouve l'autre moitié du lit vide. En ouvrant la porte du salon il voit la chemise de nuit rouge vif de Lili Rose comme négligemment jetée au milieu du tapis, alors que Lili Rose ne fait jamais rien de façon négligente. Avant que la moindre pensée consciente n'ait eu le temps de se cristalliser dans son esprit, les mots *Elle est morte* franchissent ses lèvres. Il n'y a aucun espace entre cet instant et le suivant, où, agenouillé à ses côtés, il lui prend le pouls et compose le 911. Toutes sirènes hurlantes, l'ambulance les conduit aux urgences de Saint-Luc.

Ce n'est que bien plus tard que la Dr Ferzli réussira à recoller les fragments de l'histoire de la jeune femme. Peu avant sa tentative de suicide, elle avait retrouvé le souvenir lié au sous-sol de leur maison le soir après la fête, le corps de son père s'appuyant de toutes ses forces contre le sien, la poussant furieusement contre le lave-linge car il avait eu peur pour elle, pour la sécurité de sa petite fille. Le souffle de son père contre son oreille était bruyant et rapide ; ses bras telles des lanières l'agrippaient et se nouaient violemment autour de son torse, serrant trop fort cette délicieuse chair adolescente révélée par le nouvel ensemble jaune parsemé de fleurs rouges. Cette fois toutes les références sur l'ardoise de son moi s'étaient brusquement effacées et ce n'est pas le corps mais l'esprit de Lili Rose qui s'était pétrifié, se transformant en pierre tombale lisse et vide commémorant une existence sans nom ni date ni lieu dans un cimetière abandonné.

Pendant ce temps il est quatre heures du matin à l'hôpital Saint-Luc et tandis que les médecins font subir à sa femme un lavage d'estomac, l'obligeant à vomir la vodka et le Valium qu'elle a avalés quelques heures plus tôt, Joel réfléchit. Certes Lili Rose n'a que trente-quatre ans et il y a encore un peu d'espoir qu'elle puisse concevoir, mais ils essaient depuis cinq ans déjà et leurs échecs répétés sont littéralement en train de la tuer. La maternité lui ferait le plus grand bien, se dit Joel : en lui permettant de se focaliser sur autre chose qu'elle-même, elle l'éloignerait des instruments tranchants de l'attention qu'elle se porte à tout instant. Si elle pouvait nourrir un petit enfant et le couvrir de son amour, peut-être qu'un peu de cet amour déteindrait sur elle aussi. Peut-être s'accorderait-elle un peu de cette affection dont ses parents l'avaient privée, et en sentirait-elle la puissance guérisseuse. À partir de là, elle pourrait recommencer à écrire, terminer sa thèse, reprendre une existence normale... Comment faire pour lui donner un enfant ?

Il sort de la chambre de Lili Rose vers dix heures du matin. Avant de quitter l'hôpital, il fait un crochet par le bureau des infirmières pour raconter les événements de la nuit à Aretha.

Bon Dieu, Joel, ça fait peur, fait celle-ci en hochant la tête. T'as le temps de prendre un café ?

Assis devant des tasses de café médiocre sur Amsterdam, ils contemplent, consternés, la situation des Darrington-Rabenstein et dressent la liste de leurs options. Tous deux connaissent des couples ayant fait le parcours de combattant de l'adoption – savent, donc, qu'à moins de se rendre dans des pays douteux comme la Chine ou la Roumanie, la procédure est coûteuse et compliquée.

Et les FIV ? demande Joel.

Nan, l'ami, t'as pas envie de faire ça.

Et Aretha de lui faire une esquisse rapide des astreintes de la fécondation *in vitro* : piqûres hormonales quotidiennes, voyages innombrables en clinique de fécondité pour échographies, prises de sang, extraction d'ovules, implantation... Non seulement un seul cycle de FIV coûte huit mille dollars, ajoute-t-elle, mais le taux de succès est très bas. Plein de couples essaient plusieurs fois et finissent par renoncer. En gros, il faut être prêt à jeter cinquante mille dollars par la fenêtre.

Joel pousse un soupir. Impossible de demander à Lili Rose, dans l'état où elle se trouve, d'embarquer dans une procédure aussi lourde.

Alors qu'ils attendent leur deuxième tasse de mauvais café, Aretha change de sujet. Elle aussi a des ennuis. Elle s'inquiète pour sa petite sœur à Baltimore. Joel sait déjà deux ou trois choses au sujet de Selma : qu'elle est devenue mère à l'âge de dix-sept ans et que le père de l'enfant, sans aller jusqu'à l'épouser, est resté quelque temps dans les parages... avant de rejoindre ses potes du deal devant le marché de Lexington. Aujourd'hui, Selma avait vingt-quatre ans, son fils Trent, sept. Ils habitaient un appartement sordide à Sandtown-Winchester. Selma travaillait à mi-temps comme caissière dans une épicerie voisine. Son salaire suffisait à peine pour payer le loyer, et elle vivait dans la terreur permanente de voir son gamin happé par le monde de la drogue.

Ils s'endettent, dit Aretha. Je lui envoie un chèque de temps en temps mais bon, *man*, tu connais les loyers new-yorkais, je ne peux pas me le permettre souvent. Il y a deux, trois jours, Selma m'a appelée pour me dire qu'elle en avait marre. Leur appartement se déglingue et personne ne veut faire le déplacement depuis le centre-ville pour le réparer. Ils ont des soucis de plomberie, d'électricité, de cafards, la totale quoi ! L'autre nuit un cafard tombe du plafond dans la chambre de Trent, le pauvre petit se réveille en hurlant parce que la bestiole s'est empêtrée dans ses cheveux... et Selma pète un câble. Le matin, elle appelle la ville : pour l'amour du ciel peuvent-ils lui envoyer un gars du service sanitaire ?! On lui dit d'attendre. Elle passe toute la journée à la maison, et quand le mec se pointe enfin en début de soirée il lui dit franco que la facture sera assortie d'un certain nombre de services sexuels. Elle lui dit d'aller se faire foutre et reste là toute la nuit à fixer ses cafards. Hier, elle m'appelle pour me dire qu'elle a pris une décision. Tant qu'à s'abaisser jusque-là, autant se faire payer...

Un moment, lèvre inférieure sur une tasse en polystyrène, lèvre supérieure sur un couvercle en plastique, les deux amis dégustent leur café en silence, chacun obnubilé par une image pénible : Joel, l'image très réelle de son épouse hospitalisée à quelques rues de là, l'estomac récemment lavé des poisons mortels qu'elle y a mis ; Aretha, l'image possible de sa sœur cadette en train de glisser vers la profession qui est, sinon la plus vieille, du moins la plus triste du monde, où des inconnus paient pour vous envahir de leurs mots et leurs odeurs, vous tourmenter de leur faim et leur colère, vous emplir de leur demi-progéniture.

Puis-je vous apporter autre chose ? leur lance d'une voix perçante la serveuse en uniforme rose. Et soudain la même idée de poindre dans l'esprit de l'un et de l'autre, telle une double aurore.

Manhattan, 2008

Dès ton retour du carnaval caribéen à Boston tu confrontes à nouveau Joel et Lili Rose au sujet de tes origines. C'est plus fort que toi : tu as besoin de t'acharner sur le cadenas de leur coffre-fort. Parmi les faits verrouillés à l'intérieur, tu en connais trois avec certitude : que Selma Parker est née à Baltimore le 10 avril 1968 ; que, jusqu'à ce qu'une version miniature de toi se mette à germer en son giron, elle habitait l'ouest de la ville, plus précisément le quartier ravagé de Sandtown-Winchester, et que c'est sa sœur Aretha, infirmière obstétrique à l'hôpital Saint-Luc de Manhattan, qui a fait le lien entre elle et ton père.

Ce dernier fait étant le seul que tu puisses leur brandir sous le nez, tu insistes pour que Joel te donne le numéro d'Aretha. Il lève un sourcil mais finit par obtempérer.

Tout va soudain très vite.

Fiévreuse, tremblant de peur, tu composes le numéro de ta tante inconnue.

Aretha te donne rendez-vous pour le lendemain, une heure avant le début de son poste de nuit.

La conversation est ardue.
Elle demande parfois de mes nouvelles ?

Silence. Puis : ... Pas vraiment.

Pas vraiment ?

Ben non, Shayna. À vrai dire, elle n'a jamais posé de questions sur toi. Je comprends que ça ne doit pas être facile à admettre, mais...

Elle... Elle a quel âge maintenant, quarante et un ?

C'est ça. Moi, j'en aurai bientôt cinquante et elle a huit de moins que moi.

Et... elle fait quoi ?

Elle bosse dans une épicerie.

Ah bon ? Encore ?

Ouais. Un 7-11 dans son quartier.

Elle habite toujours Sandtown-Winchester ?

Non, elle est dans l'est maintenant. Elle habite une des Douglass Homes, au coin d'Eden nord et de Fayette est. Le lotissement donne sur Fayette est. Le truc marrant, c'est que du temps où elle était dans l'ouest, elle habitait la rue Pulaski nord, et là, si on continue tout droit sur Fayette est, ça devient l'autoroute Pulaski. C'est marrant, non ?

L'espace de quelques secondes, tu as le souffle coupé.

Tu plaisantes, dis-tu tout bas.

Qu'est-ce qu'il y a ?

Aretha, tu veux dire que ma mère... ta sœur... je veux dire... Selma... a toujours vécu dans des rues qui s'appellent Pulaski ?

Ouais, c'est bizarre, hein ? Mais...

Aretha, dis-tu, et ton cœur bat la chamade. Tu ne pourrais pas... Est-ce que ça t'embêterait de... juste... en quelque sorte... voir avec Selma ce qu'elle penserait d'une visite ?

Tu veux dire... si tu... allais la voir là-bas ?

Oui.

Mais ma chérie, je sais ce qu'elle penserait. Je peux te dire d'avance ce qu'elle penserait.

Tu la dévisages. Tu n'as pas besoin de poser la question à laquelle elle n'a pas besoin de répondre.

Peut-être que je pourrais… lui écrire une lettre ?

Plus personne n'écrit de lettres de nos jours… Pas Selma en tout cas.

Ah bon ?

Ben, non… N'oublie pas qu'elle a quitté l'école à quatorze ans.

Ah… je ne savais pas.

Je suis la seule de la famille à être allée jusqu'au bac.

OK. Mais je ne pourrais pas juste… lui mettre un mot pour… demander si je peux venir à Baltimore ? Pour faire connaissance, tu vois ? Je ne pense pas du tout à une… confrontation. Évidemment !

Oui, mais pour quoi faire, Shayna ? Elle voudra le savoir.

Ben, pour discuter un peu. Juste… apprendre à la connaître, un minimum.

Je suis désolée, ma chérie, mais… elle n'en verrait pas l'intérêt, j'en suis sûre. Ça doit être bizarre pour toi, et même pénible, mais… réfléchis. Vous ne pouvez pas juste vous tenir sur le pas de sa porte à vous regarder en chiens de faïence !

Tu peux me montrer une photo ?

… Je ne vois pas quel bien ça pourrait te faire.

Je t'en prie.

Non, ma chérie… je suis désolée. Je ne serais pas à l'aise à faire ça.

Je lui ressemble ?

Aretha pousse un soupir : Oui, dit-elle. À un point étonnant. Même taille, même gabarit, toutes les rondeurs au bon endroit, comme disaient les mecs d'antan. Bon, c'est sûr qu'elle a pris un peu de poids ces derniers temps – mais tu es son portrait craché à l'âge de dix-sept ans, presque sa jumelle.

Cheveux ?

Les siens sont plus crépus.

Peau ?

Un peu plus claire.

Plus claire ?

Ouais. Notre mère était claire de peau mais notre père est d'un noir d'ébène. C'est un Africain. Tu as dû attraper ça de lui !

Où en Afrique ?

Le Mali.

J'ai un grand-père malien ?

Ma petite… t'as pas assez de grands-parents comme ça ? Ça sert à rien d'appeler mon père ton grand-père. Ça va juste te déboussoler un peu plus.

Donne-moi son adresse, Aretha, je t'en supplie.

À contrecœur, Aretha tapote sur le clavier de son portable, griffonne quelques mots sur un bout de papier et le tend, plié.

Les Douglas Homes, lis-tu en le dépliant dans ta chambre. Douglas ou Douglass ? te demandes-tu. Nommé d'après Frederick Douglass, ancien esclave et écrivain abolitionniste surdoué, ou d'après quelqu'un d'autre ? Tu consultes plusieurs sites sur le Net : les deux orthographes existent. Puis, lançant une recherche sur la date de naissance de Selma, tu apprends que le 10 avril 1968 était un sacré moment pour venir au monde à Baltimore. Martin Luther King venait de se faire abattre : en réaction à cet événement, la ville s'était transformée en une émeute généralisée, l'œil d'un cyclone bientôt appelé rébellion de la Semaine sainte. S'enflammant d'abord dans les quartiers est, la violence gagne rapidement l'ouest. Jour après jour, des femmes et des hommes fous de rage se déchaînent dans les rues, lançant des pierres et des insultes, fracassant des vitres, pillant des magasins et allumant des incendies dont les flammes orange bondissantes révèlent aux téléspectateurs de tout le pays un *Baltimore by night* inédit. On voit bien sûr les longues rues avec leurs célèbres immeubles mitoyens aux perrons identiques, mais on voit aussi des bicoques lamentables, toit en tôle ondulée, fenêtres cassées, portes accrochées de guingois à des gonds rouillés, le tout noyé d'ordures et de mauvaises herbes. Spiro Agnew, le gouverneur du Maryland, impose un couvre-feu et fait intervenir la garde nationale ; le président Johnson y ajoute des troupes fédérales. Des bottes écrasent des chairs vulnérables, des balles traversent des corps et le bilan est lourd : six morts, des centaines de blessés et des milliers d'arrestations. C'est au beau milieu de toutes ces festivités que Selma Parker se glisse incognito dans le monde.

Sentant une tension inhabituelle émaner de sa maîtresse, Pulaski rampe sous ton bureau et te renifle anxieusement les chevilles. Tu lui caresses la nuque – puis tapes son nom pour la première fois sur ton moteur de recherche.

Hypnotisée, tu apprends que Casimir Pulaski (1745-1779), d'origine polonaise, était un général important de la guerre de l'Indépendance américaine. Après avoir mené un soulèvement de rebelles en Pologne, que le gouvernement avait écrasé dans le sang, il s'enfuit à Paris. Là, Benjamin Franklin lui apprend qu'une lutte pour la liberté se livre dans les colonies anglaises d'Amérique du Nord. Malgré sa connaissance approximative de l'anglais, Pulaski traverse l'Atlantique et joue un rôle de tout premier plan dans la guerre d'Indépendance. Obsédé par la chose militaire (sans épouse ni enfant, sans aucune relation féminine connue), il fonde la cavalerie des États-Unis, organise la lutte sanglante des troupes américaines contre la Grande-Bretagne, et, lors d'une bataille critique, sauve la vie de George Washington en personne. Du coup, un peu partout dans le pays, on trouve des monuments, rues et parcs qui portent le nom du général polonais. Une statue à son effigie orne la place de la Liberté à Washington ; Chicago a même créé un jour férié en son honneur... *Stop !* te dis-tu enfin, à trois heures du matin. S'agit pas de me noyer dans des recherches absurdes. S'agit d'écrire à ma mère.

Mais... quel ton adopter ? Formel ? décontracté ? humoristique ? larmoyant ? Chaque choix a ses écueils. *Chère madame Parker... Chère Ms Parker... Salut, Selma, ça fait un bail...* Une voix forte et confiante risque de l'intimider, une voix faible et pleurnicharde, de la faire fuir. Tu passes le reste de la nuit à rédiger la lettre, déchirant une version après l'autre et recommençant à zéro... En fin de compte, tu optes pour un mensonge au style neutre et laconique : *Ayant prévu d'aller à Baltimore pour des raisons liées à mes études,* écris-tu, *l'idée m'est venue de vous faire signe. J'aimerais beaucoup vous rencontrer, et serais heureuse de planifier mon voyage autour de toute date qui pourrait vous convenir d'ici à Noël.*

C'est les mains moites et le cœur tambourinant que tu postes la lettre le lendemain.

L'automne s'avère mouvementé, non seulement pour ta famille mais pour la planète entière, les États-Unis ayant plongé le monde dans la récession la plus spectaculaire depuis la crise économique des années 1930. Au mois d'octobre, ayant perdu près d'un million de dollars à la Bourse, David Darrington se tue en faisant un tonneau sur l'autoroute entre Nashua et Milford. Il fait tout pour déguiser son suicide en accident afin qu'Eileen et Lili Rose puissent au moins toucher les primes de ses assurances-vie, mais cela ne marche pas : après une étude méticuleuse des marques de dérapage, les assureurs concluent à un geste délibéré de la part du conducteur. Le choc d'avoir à vendre la maison pour survivre fait perdre la tête à Eileen, et Lili Rose n'a d'autre choix que de faire interner sa mère dans une maison de retraite spécialisée à Concord.

Toi, Shayna, tu ne prêtes qu'une attention distraite aux retombées familiales de la crise des *subprimes* ; tu t'abstiens même d'assister aux funérailles de ton grand-père.

Noël approche, advient, advenu il s'éloigne… sans signe de Baltimore.

LUMIÈRES. UNE CENTAINE D'AFRICAINES-AMÉRICAINES ENCEINTES RAMASSENT DU COTON SOUS LE SOLEIL BRÛLANT. LES SPOTS SONT SI FORTS QUE LEUR LUMIÈRE AVEUGLE ET FAIT MAL AUX YEUX. ELLES MONTENT ET DESCENDENT À TOUTE VITESSE LES RANGÉES DE PLANTS DE COTON, DÉTACHANT LES DOUCES CAPSULES BLANCHES D'UN MOUVEMENT PRESTE DE LEURS DOIGTS AGILES ET LES DÉPOSANT DANS DES SACS PROFONDS. DE TEMPS À AUTRE, L'UNE D'ELLES SE DÉTOURNE POUR VOMIR, S'ESSUYER LE FRONT OU SE PLIER DE DOULEUR MAIS ELLE LE FAIT SANS CASSER LE RYTHME : ELLE SAIT QUE SI ELLE CASSE LE RYTHME, UN DES SURVEILLANTS MARRON POSTÉS AUX QUATRE COINS DE LA SCÈNE S'ÉLANCERA POUR LA FOUETTER.

Manhattan, 1991

Joel Rabenstein versera à Selma Parker trente mille dollars si elle accepte de porter son enfant, qui sera aussi l'enfant de Lili Rose Darrington car celle-ci l'adoptera à la naissance, l'aimera, le chérira, l'éduquera et l'élèvera jusqu'à l'âge adulte, et voilà, c'est à peu près tout ce qu'il y a à dire à ce sujet.

Les gènes juifs seront transmis. Cette pensée involontaire prend Joel au dépourvu. Il se moque éperdument des gènes, mais on ne peut certes pas en dire autant de Jenka. Alors, bon : par amour pour sa mère et par respect pour son deuil, dont l'ombre portée grève sa vie depuis le jour lointain où il a explosé en gémissements nocturnes, il mettra à contribution ses gènes juifs à la fabrication d'un enfant.

Ce dont il ne se moque pas, en revanche, c'est de l'éducation. Lui et Lili Rose immergeront l'enfant dans un bain de beauté, d'intelligence, de culture, de savoir et d'émerveillement. Ils courront et joueront avec lui, lui apprendront à contempler le ciel étoilé, l'abreuveront de leur amour, lui donneront la force et le courage dont il a besoin pour s'épanouir. Par ailleurs, le fait d'être mère pansera les plaies de Lili Rose : grâce à l'amour de son petit, elle surmontera son addiction aux Virginia Slims, au Zoloft, au Valium et à la vodka, finira sa thèse et la fera publier. Mieux, réalisant un rêve secret qu'elle chérit depuis ses années de lycée, elle écrira un roman. Ce sera tellement plus enrichissant pour elle de s'adonner à un travail littéraire personnel que de monter donner les mêmes vieilles conférences à CCNY année après année ! Et Joel sera très heureux de l'entretenir pendant qu'elle écrira.

S'il grattait un seul instant la surface lisse de sa conscience pour contempler les monstres rôdant dans les ténèbres au-dessous, Joel serait contraint de reconnaître qu'il y a une autre raison pour laquelle il est prêt à envoyer son sperme à Baltimore par Amtrak dans le sac de voyage d'Aretha : ça l'aidera à prendre sa revanche sur Jeremy pour les tortures qu'il lui a infligées au long de leur enfance, lui marchant sur les pieds, lui crachant à la figure et le battant aux échecs. La paternité fera de Joel le fils préféré de Jenka une fois pour toutes. Mais il ne gratte jamais la surface lisse de sa conscience. Les psys c'est bon pour les autres, il n'en a pas besoin. L'inconscient est pour lui *terra incognita*. Il va bien.

Reste à convaincre sa femme.

En rentrant à la maison ce soir-là, il trouve Lili Rose pâle, maigre et sans énergie. Assise dans le lit, un oreiller calé dans le dos, elle essaie de forcer son cerveau à se focaliser à nouveau sur le complexe tissage des mots de Virginia Woolf. Comme la radio et la télévision restent généralement éteintes dans l'appartement, elle ne sait pas qu'afin de garantir aux États-Unis l'accès illimité aux ressources en énergie du Moyen-Orient, le président George Bush vient d'entraîner le monde dans une guerre délirante contre l'Irak. Elle ne sait pas non plus qu'en raison du taux de chômage plus élevé chez les Africains-Américains (treize pour cent) par rapport aux Européens-Américains (cinq pour cent), beaucoup plus de Marrons que de Beiges s'engagent dans l'armée. Elle ne se rend absolument pas compte qu'en ce moment même, des milliers de soldats à la peau marron, happés par une guerre dont les mobiles leur sont obscurs, traversent l'Atlantique à mille à l'heure avec l'ordre de tuer des musulmans aussi mal informés qu'eux. Elle ne saura jamais que Malcolm Parker, le petit frère d'Aretha et de Selma, donc l'oncle de sa propre fille, va mourir de façon absurde début février, devenant l'une des cent quarante-six victimes états-uniennes d'une guerre qui s'appelle à cette époque la guerre du Golfe et qui s'appellera plus tard la première guerre du Golfe. Quant aux victimes irakiennes, mille fois plus nombreuses, elles ne parviendront jamais à pénétrer la conscience de Lili Rose. Bref.

Lorsqu'il franchit la porte de leur chambre, Joel trouve son épouse au lit mais réveillée, absorbée dans la relecture d'*Instants de vie*. Il lui pose un baiser sur le front, tapote son oreiller et, pour créer une ambiance sexy et positive, met un CD de grands classiques du jazz. Ensuite, après leur avoir servi à chacun un verre de vin rouge Fetzer de Californie, il prend son courage à deux mains et se lance.

Chérie, dit-il au moment où leurs verres s'entrechoquent, j'ai une idée géniale.

Les yeux de Lili Rose ne se lèvent pas pour rencontrer les siens.

J'ai croisé Aretha hier, sur Amsterdam.

Dans l'esprit de Lili Rose, Aretha est associée à Natalie, une femme qui a non seulement épousé Joel (comme elle-même l'a fait), mais aussi conçu un enfant avec lui (ce qu'elle-même n'arrive pas à faire) – puis, préférant sa carrière à la maternité, s'est fait avorter et a failli mourir d'une hémorragie interne… sur quoi, surgissant tel un ange de la rédemption dans le ciel au-dessus du quartier de Morningside, Aretha Parker lui a sauvé la vie. À Lili Rose, cet épisode dramatique du passé de son mari a toujours semblé à la fois tragique et sublime. Elle est persuadée que Joel s'est comporté de façon admirable d'un bout à l'autre, et ça l'agace de penser que ces deux femmes étaient là pour l'apprécier. Malgré ses convictions féministes, chaque fois qu'elle songe aux scènes intimes que tous trois ont partagées au cours de cette nuit fatidique, elle éprouve une jalousie féroce. Natalie a disparu il y a belle lurette, Dieu merci, mais Aretha travaille toujours dans le quartier et, encore toutes ces années plus tard, Lili Rose échoue à se comporter avec naturel quand ils la croisent dans la rue, ou quand Joel lui dit avoir pris un café avec elle sur Amsterdam. Qu'elle ait honte de sa jalousie n'en atténue pas la morsure d'un iota.

Là, elle revisite l'une après l'autre les stations de ce chemin de croix personnel quand, soudain, elle se rend compte que Joel lui a posé une question.

Pardon ?

Tu te rappelles qu'Aretha a une petite sœur à Baltimore ?

Non, j'avais oublié.

Elle s'appelle Selma. C'est une jeune femme de vingt-quatre ans, apparemment très sympathique.

Comme elle élève seule son petit garçon, Trent, elle a du mal à joindre les deux bouts.

Mm-hmm... Euh, sans vouloir être malpolie, fait Lili Rose d'une voix faible, posant son verre sur sa table de chevet et attrapant son paquet de Virginia Slims, je ne vois pas le rapport avec les variations des prix du pétrole.

Mon amour. Écoute, Lili Rose. Écoute, ma chérie...

Joel pose son verre, lui aussi. Puis il se glisse sous les draps aux côtés de sa femme. Appuie son dos contre le cadre de lit. La prend dans ses bras. Et, au rythme rassurant de *Ain't Misbehavin'* de Fats Waller, puis de *Blue Moon* de Billie Holiday, la berce doucement pendant qu'elle fume sa cigarette.

En tant qu'infirmière obstétrique, poursuit-il enfin, Aretha a appris pas mal de choses sur les nouvelles technologies reproductives. Et...

Pendant qu'il traduit l'aurore double en mots, Lili Rose se tourne lentement dans le lit jusqu'à ce qu'elle se trouve face à lui, bouche bée. Joel attend quelques instants pour donner à l'idée le temps de se diffuser dans les différentes régions de son cerveau. Puis il prend ses deux mains dans les siennes, la regarde au fond des yeux, vise soigneusement et décoche la flèche dont il espère qu'elle fera mouche.

Chérie, on peut avoir un enfant à nous – un enfant, un enfant. D'ici un an, notre petit garçon ou notre petite fille sera là avec nous, dans ce même lit, entre nous deux.

Ce sera ton enfant à toi, dit Lili Rose d'une voix lugubre.

Non, amour. Ce sera notre enfant à nous. Selma n'en sera que la mère biologique.

Et elle a dit oui ?

Oui. Aretha l'a appelée, et elle a dit oui.

Tu as laissé Aretha l'appeler avant même de m'en avoir parlé ?

J'ai réfléchi, et il m'a semblé que c'était dans cet ordre-là qu'il fallait faire les choses. Si toi tu refuses maintenant, Selma sera déçue, c'est certain. Mais c'eût été pire si toi, tu t'étais mise à espérer, pour voir ensuite tes espoirs anéantis. Renoncer à une somme d'argent est moins grave que de renoncer à un enfant, non ? J'ai fait le mauvais choix ?

... Elle a dit oui ?

Oui.

Elle a dit oui ?

Oui, Lili Rose.

Et pour nous... c'est jouable ? On peut se le permettre ?

Oui, c'est jouable.

Tu lui as promis combien ?

C'est jouable, mon trésor. Aucun prix n'est trop élevé.

Ils restent là à se dévisager. L'un et l'autre ont les yeux remplis de larmes. Joel serre les mains de Lili Rose.

Je sais que tu seras une maman magnifique.

Tu crois ?

Sanglotant, elle se laisse tomber contre l'épaule de son mari.

Sérieusement. Tu vas être une maman extraordinaire pour cette petite personne. Tu lui donneras tout l'amour qu'Eileen n'a jamais pu te donner.

Hmmmm. Et Jenka sera enfin contente.

N'exagérons rien. Si Jenka était contente, elle perdrait son statut de mère juive.

Ils rient de bon cœur.

Brooklyn, 2010

En janvier 2010 la terre tremble à Port-au-Prince, provoquant l'effondrement de milliers de bâtiments et de bicoques et d'églises et de palais, tuant des centaines de milliers de gens… dont le propre père de Felisa. Pour une fois, c'est à toi de consoler ton amie : tu passes de longs moments à la bercer, à la calmer et la caresser, à pleurer avec elle.

Écœurée par la manière dont la presse américaine couvre les événements semaine après semaine, Felisa prend la décision de rejoindre Reporters sans frontières. Vous peinez l'une et l'autre lors des examens de fin d'année ; ric-rac vous décrochez votre bac. Felisa s'inscrit en histoire contemporaine à la New York University et toi, faute d'autres idées, tu déposes un dossier d'inscription à Columbia. On déroge à un certain nombre de conditions d'admission pour t'accepter, vu que ton père y est professeur titularisé.

Mais tu es distraite. Déprimée. Désemparée. Déconcentrée, tu as de mauvaises notes dans toutes les matières. Avec diplomatie, tes parents t'encouragent à chercher de l'aide psychiatrique, ce que tu ne fais pas.

À la fin de ta première année, tu craques. Tu laisses tomber Columbia, dit au revoir et bon débarras à Butler Hall, et loues avec Felisa un minuscule appartement en sous-sol à Bedford-Stuyvesant, au fin fond de Brooklyn. Même si, financièrement, tu dépends encore de tes parents, tu tiens au moins à te libérer de leur emprise dans la vie quotidienne.

Naturellement, tu emmènes Pulaski avec toi. Mais le déménagement fait perdre ses repères au chien, et il ne s'adapte jamais tout à fait à son nouvel environnement. Vous l'amenez chaque dimanche prendre un peu d'air et d'exercice à Prospect Park, mais il ne peut plus vraiment courir. Obèse, il fatigue vite et semble avoir mal en permanence. Pire, à seulement sept ans, il manifeste déjà des symptômes de sénilité. Son regard bleu te supplie de lui pardonner ses maladresses.

Comme la souffrance des chiens est silencieuse ! dit Felisa, un soir où vous partagez une casserole de riz bouilli en guise de dîner.

Et celle des humains, bruyante, dis-tu.

Vous passez un moment à mastiquer votre riz en silence.

Comme les chiens sont innocents ! dis-tu.

Et les humains, coupables, dit Felisa. Surtout Lili Rose.

Exactement.

Un peu plus tard, alors que vous vous évertuez à trouver délicieuse une compote de pommes en conserve, tu dis : Nommer. Dans le fond, tout tourne autour de ça. Qui a le droit de nommer, et qui ne l'a pas. Dans la tradition hébraïque, c'est le caractère imprononçable du nom de Dieu – le tétragramme YHWH – qui prouve sa supériorité absolue. Personne n'a le droit de le nommer. Lui, par contre, a le droit de nommer Adam, Adam a le droit de nommer les animaux, les animaux n'ont le droit de nommer personne, les Beiges ont le droit de nommer les Marrons…

Les Marrons, interjecte Felisa, avaient le droit de nommer leurs enfants, mais seulement de façon provisoire. Chaque fois que l'enfant changeait de propriétaire il recevait un nouveau nom. D'où Malcolm X, bien sûr.

Les femmes elles aussi, dis-tu en la coupant, devraient toutes s'appeler X. Jusqu'à tout récemment, elles aussi devaient changer de nom en changeant de propriétaire. À la naissance elles portaient le nom de leur père, plus tard celui de leur mari. Ma grand-mère Eileen était fière de s'appeler non seulement Mme Darrington mais Mme David Darrington ! Et même si on garde son nom de jeune fille, comme les féministes de la première vague, il n'a rien de féminin bien sûr, c'est toujours le nom du père.

De nos jours on peut porter le nom de la mère aussi, dit Felisa, mais ça ne fait que repousser le problème d'une génération : c'est le nom du grand-père maternel.

Pourquoi on fait semblant ? Tout le monde le sait que seule compte la généalogie masculine. Regarde la première page de la Bible : des mâles qui font jaillir des mâles, une génération après l'autre, à l'infini.

Même la masturbation des femmes est un péché moins grave que celle des hommes, car elle n'entraîne pas un gaspillage de semence.

On n'a pas de semence, donc pas de nom à transmettre. On n'engendre pas, les hommes engendrent sur nous. La chair est effacée car évidente. La chair est oubliée car flagrante.

Qui s'est jamais soucié de l'arbre généalogique de Selma ? dit Felisa. Essaie de remonter... je ne dis pas dix, rien que *deux* petites générations, il s'étiole et disparaît.

Je crois que je vais m'appeler Shayna U dorénavant. U comme Utérus : un des mots les moins euphoniques et les moins aimés qui soit.

Curieux, n'est-ce pas, que le nom de notre premier foyer sonne si moche à nos oreilles !

U : une lettre en forme de matrice, de sac, de fourre-tout. U : la lettre qui nous a portés tous. U : ce qu'était Selma pour Joel et Lili Rose. Un utérus anonyme. Une femme nommée Utérus.

Après vous être serrées, vous vous dirigez chacune vers votre chambre sans fenêtre.

Alors que Selma ne veut rien savoir de toi, tu es de plus en plus affamée de détails sur sa vie à elle. Avide de tout comprendre sur son passé, ses origines, ses ancêtres, la ville de Baltimore, l'État du Maryland, l'Afrique et l'esclavage, tu t'inscris en études Africana à Brooklyn College. Tes recherches te conduisent loin au-delà du curriculum des cours. Tu dévores tout ce qui te tombe sous la main : livres, séries, films, romans, essais, documentaires, histoire, économie... te gavant jusqu'à la nausée des horreurs du passé de ton pays, que tu perçois de plus en plus comme l'essence de ton pays, le sol sur lequel ont été érigées toutes les statues héroïques de Washington, de Jefferson et de Pulaski.

Tu rédiges une dissertation sur la maternité sous l'esclavage.

Lors de tes rares visites à Butler Hall, tu assommes tes parents avec des laïus politiques. Il suffit d'un rien pour te déclencher. En évoquant ton récent voyage à Cambridge, par exemple – Felisa avait tenu à te faire connaître les lieux de son enfance –, tu ajoutes que la visite du campus d'Harvard t'a choquée, et passes dix bonnes minutes à déblatérer contre la Nouvelle-Angleterre.

Ce qu'il y a, dis-tu en élevant la voix, c'est que la totalité des richesses occidentales vient du vol. Du coup, quand les diplômés d'Harvard avancent solennellement le long des allées bordées d'arbres au milieu des vénérables bâtisses en brique recouvertes de lierre dans la paix de leur campus distingué, ils écrasent sous leurs pieds le crâne de plusieurs générations d'Africains-Américains qui, après s'être crevés à la tâche de la naissance à la mort pour zéro centime, ont été balancés en terre et sont aujourd'hui piétinés par les jolis jeunes étudiants dans leurs shorts de gym et leurs robes noires de cérémonie de fin d'études, leurs sweats aux inscriptions latinisantes de telle fraternité ou sororité.

Shayna, on ne peut pas dire ça, fait Lili Rose d'une voix tendue.

Si, on peut le dire, puisque je viens de le dire.

On ne peut pas dire ça. Les ancêtres des étudiants d'Harvard ont travaillé dur, eux aussi.

Il ne s'agit pas seulement des étudiants d'Harvard, poursuis-tu, la coupant, il s'agit de tout le monde ! Les mignons petits hommes et femmes d'affaires qui cavalent à travers Harvard Square ou Washington Square, les mignons petits patrons et leurs secrétaires sur la Massachusetts Avenue ou la Madison Avenue, doivent tous leur éblouissante réussite à la sueur et à l'essoufflement et à la rage refoulée et au labeur gratos sous le soleil tapant de millions d'hommes, de femmes et d'enfants dont les ancêtres sont arrivés d'Afrique en chaînes et que leur maître pouvait fouetter jusqu'au sang, ou pire, pour un acte de désobéissance ou une seconde de distraction ou rien du tout, un simple caprice...

Si on changeait de sujet, ma puce ? dit Joel. On se voit si rarement, c'est dommage de se disputer pendant les deux petites heures dont on dispose au sujet de l'esclavage.

Je ne me dispute pas, j'énonce des faits. Parce que lors de cette visite j'ai reçu ça comme un coup de poing dans le ventre, à quel point les jolis villages de la Nouvelle-Angleterre, avec leurs églises d'un blanc rutilant et leurs maisons à bardeaux, blottis parmi les sublimes montagnes, les verdoyantes forêts et les vergers tirés au cordeau, peuplés de gentils garçonnets et fillettes qui partent chaque matin à l'école le cartable sur le dos, ont été façonnés par tous ces lynchages et ces fouettages, ces souillures et ces viols. En fait, partout dans ce pays, le recto d'harmonie, d'industrie et d'énergie positive est collé au verso d'horreur et de gore : gorges marron tranchées et vagins marron percés, utérus marron squattés et pénis marron coupés.

Shayna, dit Lili Rose, d'une voix qui tremble de rage retenue, je n'arrive pas à comprendre pourquoi un thé dominical avec tes parents te semble le moment opportun pour nous dépeindre les aspects les plus sordides du lointain passé de notre pays !

Ce n'est pas le lointain passé ! hurles-tu – et, déchaînée, tu t'égosilles de plus belle, criant si fort qu'il te faut reprendre bruyamment ton souffle au milieu de tes phrases. Ça se passe à chaque instant, sous notre nez ! Il suffit de lire les noms des boutiques chics dans le centre-ville de n'importe quelle ville occidentale ! Qu'est-ce qu'on voit ? Sucre et coton ! Coton et sucre ! Ce qui veut dire qu'aujourd'hui encore, loin des yeux, loin de la pensée, dans des usines qui s'effritent et s'effondrent, des Marrons touchent un salaire de misère pour fabriquer les tee-shirts en coton bon marché dans lesquels les Beiges pourront jouer au badminton – et les glaces qu'ils pourront lécher quand ils auront soif !

Un silence électrique s'ensuit. Abasourdi, impuissant et prévisible, Joel te demande à nouveau, à voix très basse, si tu ne souhaites pas chercher de l'aide auprès d'un professionnel.

Parce que, hurles-tu, te mettant debout si abruptement que tu renverses la table basse sur laquelle Lili Rose avait posé un gâteau de chez Zabar et le service à thé en porcelaine dont elle a hérité à la mort d'Eileen, parce que ça vous arrange de vous dire que la folie est dans ma tête plutôt que dans l'histoire des États-Unis, dans les panneaux à l'entrée de tous les parcs de la nation, disant Bienvenue à ceci, bienvenue à cela, et débitant une version totalement fictive des événements qui s'y sont déroulés, omettant le meurtre et le vol, l'injustice hurlante, les fleuves de sang autochtone et africain !

Tu as mal à la gorge à force de hurler.

Lili Rose fixe, horrifiée, les tessons de porcelaine peinte à la main qui jonchent le tapis du salon. Soudain elle en a assez. Shayna, pour l'amour du ciel ! dit-elle en élevant la voix à son tour. Comment oses-tu venir chez nous et nous faire la morale, alors que tu as bénéficié à chaque seconde de ta vie – et continues de bénéficier, si je peux me permettre – de la richesse de ce monde que tu prétends vomir ?

Le jour où tu commenceras à payer ton propre loyer et tes propres factures d'électricité et à financer tes propres études, tu auras peut-être le droit de nous bassiner avec ce genre de clichés, mais en attendant...

Loin de s'atténuer avec l'âge, la répugnance de Joel pour les étalages d'émotions n'a fait que croître. Quand vous vous disputez Lili Rose et toi, il ne se lance jamais dans l'arène mais se dirige discrètement vers le coin le plus reculé du salon-salle-à-manger, s'installe dans son fauteuil à bascule, chausse ses lunettes et s'abîme dans la lecture des journaux.

Sa pusillanimité ne fait qu'attiser les flammes verbales de Lili Rose. Espèce de télécommande ! lui lance-t-elle à présent. Et, comme il persiste à ne pas prendre parti : Tu sais quoi ? J'aimerais mieux que tu me soulèves et me lances à travers la pièce, plutôt que de me torturer avec ta patience psychorigide et ton indulgence souriante !

Joel blêmit, et sa main serre le bras de son fauteuil : c'est là (tu le sais, Shayna) la plus forte manifestation de rage dont il est capable. En rentrant chez toi par l'omnibus de Broadway puis le C, tu te demandes si le couple ne s'achemine pas vers le divorce.

Au début de la nouvelle année, Felisa se met en ménage avec son amoureux. Par bonheur ils trouvent un appartement tout près, et tu continues de voir ta meilleure amie pour ainsi dire chaque jour. Quand il devient clair que Pulaski est en train de mourir d'un cancer des os, c'est Felisa qui te conduit chez le vétérinaire. Et quand tu demandes au docteur de mettre fin aux souffrances de ton chien, elle te met un bras autour des épaules.

Serrant une de ses pattes dans tes deux mains, tu regardes sans broncher tandis que la seringue s'enfonce dans sa chair. Je suis tellement désolée, Pulaski, dis-tu dans un chuchotement. Je t'aime, Pulaski. Bon Dieu, comment je vais faire pour vivre sans toi ? Je t'adore, Pulaski. Merci d'avoir été mon compagnon, Pulaski. Merci d'avoir été Pulaski. Bon chien. Bon chien, Pulaski. Bon chien. Bon chien. Bon chien.

Les paupières de l'animal baissent lentement et finissent par recouvrir ses iris bleus chassieux ; les battements de son pouls ralentissent et cessent. Felisa sort discrètement de la pièce, mais tu restes une bonne heure encore avec ton chien.

Tu n'appelles même pas tes parents pour leur dire que Pulaski n'est plus.

QUELLE BANDE-SON UTILISER ICI, HERVÉ ? PAS GERSHWIN EN TOUT CAS. PAS LES JOLIES CHANSONS RACISTES DE *PORGY AND BESS*. PEUT-ÊTRE UNE COMPTINE TIRÉE DE L'ENFANCE DE MA QUASI-MÈRE ? LES PETITES FILLES QUI SAUTENT À LA CORDE DANS LA COUR DE RÉCRÉ ET VEULENT SAVOIR QUI DOIT ALLER LA PREMIÈRE. *AM, STRAM, GRAM / PIC ET PIC ET COLÉGRAM*, SCANDENT-ELLES SUR CE TON STRIDENT ET AUTORITAIRE QUE PRENNENT LES FILLETTES QUAND ELLES SAVENT *EXACTEMENT* COMMENT TOUT DOIT SE DÉROULER : *AM, STRAM, GRAM / PIC ET PIC ET COLÉGRAM / CHOPE LE NÈGRE ET SA SALE FEMME / S'ILS S'ÉCHAPP' IL FAUT QU'ILS CRAMENT / AM, STRAM, GRAM !*

ON POURRAIT ENTENDRE CETTE COMPTINE DEUX OU TROIS FOIS ET ENSUITE, ALORS QU'AVEC UNE DISCIPLINE ET À UNE ALLURE MILITAIRES, LES CENT FEMMES CONTINUENT DE SILLONNER LE CHAMP DE COTON SOUS LE SOLEIL ÉBLOUISSANT, PEUT-ÊTRE POURRAIT-ON ENTENDRE L'EXTRAIT D'UN ROMAN DE JANE AUSTEN OÙ, DANS UNE BOUTIQUE DE LUXE À LONDRES, L'HÉROÏNE PALPE UN ROULEAU DE COTON ET SE DEMANDE SI ELLE A ENVIE D'EN ACHETER.

NOIR.

Baltimore et Terezín, 1991

Les dés sont jetés. Le miracle a eu lieu. Par une conception aussi immaculée que celle de la Vierge Marie, une existence humaine a été déclenchée. Un spermatozoïde juif fort, actif, combatif, bon nageur, a réussi à pénétrer à l'intérieur du gros œuf africain-américain immobile qui l'attendait. Un minuscule embryon s'est formé dans l'utérus de Selma Parker et ses cellules se sont mises à glisser, à bouillonner, à doubler et à se dédoubler. Au bout de quelques semaines démarre un battement de cœur fervent et régulier. L'embryon croît tout doucement dans le ventre de Selma. Apparaissent tour à tour les prémices flottantes de ses membres, la première esquisse de son cerveau... ses yeux... ses oreilles... À mesure que les semaines s'égrènent, ses cinq sens s'animent les uns après les autres, préparant le petit corps à enregistrer le monde autour de lui pour y survivre.

Au cours du deuxième trimestre de la grossesse – quand, grâce à la première échographie, ils sont certains qu'un enfant est réellement en route et que c'est en principe une fille –, après avoir déménagé Selma dans l'est de la ville mais avant de commencer à préparer la layette et les faire-part de naissance,

Lili Rose prend une initiative surprenante : s'ils faisaient un voyage en Tchécoslovaquie ?

On n'a jamais vraiment fêté notre lune de miel, chéri, dit-elle à Joel.

Pas de problème. Passons Noël à Prague !

Et de leur faire des réservations, aussitôt, pour un vol en première classe et une chambre dans un hôtel de luxe.

N'étant pas encore au courant de ce qui se mijote à Baltimore, Jenka a du mal à comprendre pour quelle raison sa *shikse* de bru s'intéresse tout d'un coup à sa jeunesse. Mais, à la demande de Joel, elle dégote un vieux plan de Prague et dessine de petites étoiles rouges sur les lieux à visiter.

Là, c'est le café où j'ai rencontré ton père… Là, tout en haut près du château, c'est la maison de Kafka… Ne ratez surtout pas le Musée juif, le cimetière juif… Ici c'est la Synagogue vieille-nouvelle où Pavel a fêté sa bar-mitsvah… *Oy vey, oy vey !* Quel dommage que ton père ne soit pas là pour vous aider à planifier le voyage…

Vous ne voulez pas venir avec nous, maman ? demande doucement Lili Rose.

Pas une bonne idée, avec mon arthrose. Je serais un boulet pour vous. Non, non ! Allez-y, tous les deux. Prenez des photos, et en rentrant à New York vous me montrerez à quoi ressemble le pays aujourd'hui, soixante ans après notre départ précipité…

Lili Rose fait oui de la tête, embrasse les mains de sa belle-mère et lui promet de prendre beaucoup de photos. Mais l'expression qu'a employée Jenka lui trotte dans la tête : *notre départ précipité*. Alors que ses beaux-parents sont des juifs de Tchécoslovaquie, elle ne sait pratiquement rien du sort des juifs tchèques pendant la guerre ! Elle passe quelques jours à faire des recherches à la bibliothèque publique, et ce qu'elle apprend la bouleverse.

Si on veut mieux connaître l'histoire de notre famille avant la naissance de notre enfant, dit-elle à Joel, il faudrait visiter Terezín aussi.

Ainsi décident-ils de faire pendant leurs vacances un crochet au camp où plusieurs membres des familles de Jenka et de Pavel ont trouvé la mort, et d'où d'autres ont été déportés à Auschwitz.

Tout au long de leur visite du camp, Lili Rose prend des notes.

Terezín, écrit-elle. *Voici les billets de banque fabriqués pour l'utilisation exclusive des juifs du ghetto de Theresienstadt. Voici les photos que l'on montrait à la délégation de la Croix-Rouge internationale : on y voit l'existence paisible d'une communauté juive autonome. Jeunes femmes épluchant des légumes, vieilles dames jouant aux cartes, petites filles à la poupée, adolescents au foot. Voici la baraque des Russes : une longue salle garnie de lits superposés et de casiers. Voici la baraque des Tchèques : idem. Voici la baraque des juifs : une cellule nue en forme de cube, aux murs et au sol en ciment, où cinquante détenus étaient enfermés debout. Voici la salle où l'on battait et torturait les prisonniers. Voici la fosse où les nazis obligeaient deux juifs à se battre à mort, et suivaient le spectacle en buvant de l'eau pétillante. Voici l'endroit où se tenait le peloton d'exécution : en arrivant par cette porte, les condamnés devaient aller s'aligner contre le mur, là-bas. Voici les douches. Les robinets étaient soit grands ouverts, auquel cas on alternait entre eau bouillante et eau glaciale, soit subitement fermés alors que les détenus étaient encore couverts de savon. Voici le casino où les nazis jouaient aux cartes. Voici les dessins des enfants. Voici le crématorium : on pouvait y brûler jusqu'à cent quarante corps par jour. Lorsqu'ils prirent conscience que la libération du camp était inévitable et imminente, les nazis jetèrent au vent le contenu de vingt-deux mille urnes. Les guides du camp habitent Terezín même. Ils répètent ces phrases bon an, mal an. Voici la fosse où les nazis obligeaient deux juifs à se battre à mort et suivaient le spectacle en buvant de l'eau pétillante.*

Lili Rose ne sait pas que le pays où elle se trouve est en train de se déliter. Depuis la chute du mur de Berlin il y a deux ans et la débâcle du pacte de Varsovie qui s'est ensuivie, la Slovaquie et la République tchèque s'entredéchirent. Sous peu, la révolution de velours cédera la place à un divorce de velours, et l'année de la naissance de Shayna marquera également celle de la mort de la Tchécoslovaquie.

Ce n'est qu'au mois de janvier 1992, quand Selma est enceinte de six mois, que Joel et Lili Rose annoncent à leurs parents l'arrivée proche de leur fille. D'abord Jenka croit à une plaisanterie ; quand elle comprend qu'il n'en est rien, elle entre en état de choc. David et Eileen, après en avoir discuté entre eux, annoncent qu'ils considéreront et traiteront l'enfant à naître comme leur petite-fille, quelle que puisse être sa couleur.

BALTIMORE, 2015

Alors que tu approches de ton vingt-troisième anniversaire, Lili Rose informe Joel de son intention de demander le divorce pour incompatibilité. Comme d'habitude, Joel préfère ne pas faire de vagues, et le couple opte finalement pour un divorce par consentement mutuel.

Ta réaction immédiate à cet événement, Shayna, est d'acheter un billet de car pour Baltimore.

Cinq heures après ton départ de Manhattan, tu arrives à la gare Greyhound de la rue Gaines, près du port, loues une voiture et conduis tout droit jusqu'à la rue Fayette, où tu tournes à gauche. Comme tu as passé des heures innombrables à compulser le plan de la ville, le réseau routier de Baltimore est pour ainsi dire imprimé dans tes neurones. À peine dix minutes après avoir quitté le centre-ville avec ses élégants bâtiments anciens et modernes, tu te retrouves dans Western. Et là, hormis les cerisiers en fleur, il n'y a plus grand-chose de joli à voir.

En plus d'avoir regardé chaque épisode de *Sur écoute* à plusieurs reprises, tu as passé le Net au peigne fin pour essayer de comprendre le sort tragique de Baltimore ouest. À la suite des émeutes de 1968, et surtout à la suite de la crise économique des années 1980, les classes moyennes tant marron que beiges ont déserté la ville en masse : dans les quartiers les plus typiques de la ville, aux maisons mitoyennes colorées et jadis charmantes, des milliers de logements ont été abandonnés. Aujourd'hui – fenêtres barricadées, murs rongés de lierre, portes maculées de graffitis, jardins jonchés de détritus – ils sont ou vides ou squattés par des rats obèses et des humains faméliques. Tu as vu tant d'images de ce quartier que tu crois savoir à quoi t'attendre, mais la réalité de ces logements vacants te plonge dans un océan de tristesse. Voilà ce que Lili Rose appelait *les bas-fonds*, te dis-tu : partout le désordre, la perte de contrôle, des couches, des mixtures, des bouts de trucs collés ensemble au petit bonheur la chance…

Les joues baignées de larmes, tu roules lentement à travers le paysage dévasté. Les rues sont désertes mais tu vois beaucoup d'églises, de débits d'alcool, de mosquées et d'épiceries : Quoi qu'il arrive, te dis-tu, il faut bien mettre du carburant dans le corps et l'âme. Suivant ton plan intérieur le cœur battant et le cerveau sur pilote automatique, tu arrives à Pulaski nord, gares la voiture et chuchotes à trois reprises le nom de ton chien aimé. Soudain tu as la chair de poule : *Quelle maison au juste, entre Franklin et Winchester, habitait Selma quand elle m'a conçue ?*

Redémarrant en trombe, tu montes à Orléans, tournes à droite et roules vers l'est jusqu'aux Douglass Homes, une série de petits lotissements marron identiques. Tu sais que Joel a financé le déménagement de Selma dans ce quartier mi-juif, mi-africain-américain après le premier trimestre de sa grossesse.

Pourquoi à ce moment-là ? Parce qu'à trois mois on peut être à peu près certain que la grossesse ira à terme. *N'est-ce pas, papa ?* dis-tu tout haut, en tambourinant des doigts sur le volant. *Ç'aurait été dommage, hein, de dépenser trente mille dollars pour un bébé qui clamse dans le cuiseur ?* Une nouvelle question te vient à l'esprit : Aretha avait-elle aidé Joel et Lili Rose à rédiger un protocole à faire signer par Selma ? Ou tout cela s'était-il passé de manière informelle : un deal oral, un contrat décontracté entre les quatre adultes ?

Situation idéale, te dis-tu en arrivant sur Eden nord : à mi-chemin entre la synagogue et le Musée juif sur Joyce, et la maternité Johns Hopkins sur Caroline nord. C'est donc là que j'ai débarqué dans cette histoire. Née dans une rue inconnue d'un quartier inconnu d'une ville inconnue d'une femme inconnue que je n'allais jamais revoir.

Tu trouves le numéro de la maison de Selma et te gares devant. Tu as prévu, au cas où quelqu'un te demanderait des comptes, de dire que tu attends un ami, mais personne ne te prête la moindre attention. Tu restes là tout l'après-midi, de quatorze à dix-sept heures, à regarder des Africaines-Américaines entrer dans le bâtiment et en sortir : *Bon âge ? Bon gabarit ?* Presque toutes sont costaudes, plusieurs obèses. Voilà six ans, Aretha t'a dit que Selma avait pris du poids ; s'était-elle transformée entre-temps en montgolfière ? *Euh... Excusez-moi, madame... Vous ne vous appelez pas Selma Parker, par hasard ? Seriez-vous ma mère ? Euh... M'aimez-vous ? Je veux dire... Euh... M'auriez-vous aimée ?* Tu dévisages aussi les jeunes hommes marron qui traînent dans le coin, en te demandant si l'un d'entre eux est ton demi-frère Trent. Si, t'éloignant de la voiture, tu te mettais à faire les cent pas dans la rue en murmurant tout bas *Trent, Trent, Trent*, peut-être que l'un d'entre eux sursauterait et te lancerait : *C'est à moi que tu parles ?* Mais ensuite tu te ravises : non, Trent a plus de trente ans à présent, il y a peu de chances qu'il habite encore chez sa maman sur Eden nord. Chez notre maman. Peut-être s'est-il fait tuer en Irak ou en Afghanistan…

Quelques jours après ton retour de ce pèlerinage, la ville de Baltimore explose à nouveau en une série d'émeutes raciales qui durent des semaines. Comme lors de la naissance de Selma un demi-siècle plus tôt, elles sont déclenchées par le meurtre d'un Africain-Américain. Cette fois, au lieu d'être une grande figure nationale comme Martin Luther King, la victime est un gamin du coin, un certain Freddie Gray, mort en détention après un interrogatoire policier qui lui a laissé de nombreuses blessures dont quatre vertèbres fracturées.

Passer des heures seule à ta table de travail à Brooklyn à regarder brûler ces rues que tu connais désormais personnellement s'avère être trop pour toi. Tourmentée de nuit par des cauchemars et de jour par des vertiges nauséeux, terrorisée à l'idée d'avoir un accident, tu te rends à la clinique psychiatrique de Woodhull et demandes à te faire interner.

CETTE FOIS QUAND LES PROJECTEURS SE RALLUMENT LEUR LUMIÈRE EST ROUGE, D'UN ROUGE QUI FAIT PENSER AU SANG. ON DIRAIT QUE LA SCÈNE EST INONDÉE DE SANG. IMMERGÉES DANS CETTE LUMINOSITÉ SANGLANTE, LE CORPS ARQUÉ OU TORDU, SOULEVÉ, CONVULSÉ, ÉCARTELÉ, UNE CENTAINE DE FEMMES À PEAU MARRON ACCOUCHENT PAR TERRE. ELLES GÉMISSENT ET GEIGNENT, POUSSENT ET TIRENT, RIENT ET PLEURENT, FONT DE LEUR MIEUX POUR S'ENTRAIDER. ON VOIT GICLER D'ENTRE LEURS CUISSES DES GOUTTES DE SANG, DES BÉBÉS, ENCORE DU SANG, DES PLACENTAS.

NOIR.

LUMIÈRE. SERRANT DANS LEURS BRAS LEURS NOUVEAU-NÉS EMMAILLOTÉS, LES FEMMES LEUR PARLENT À VOIX BASSE, LEUR FREDONNENT DES BERCEUSES, LES EMBRASSENT. LA LUMIÈRE EST TRÈS DOUCE.

NOIR.

DANS LE NOIR, LES ENFANTS SONT ARRACHÉS AUX BRAS DE LEUR MÈRE.

Brooklyn, 2015

Felisa vient te voir à la clinique tous les jours. Elle te tient dans ses bras, et tu te blottis contre son corps rassurant. Elle vient de rentrer du Bénin, où son ONG préférée, le Turing Project, aide à construire des écoles primaires. Vers la fin de son séjour, te dit-elle, elle s'est rendue dans la ville côtière d'Ouidah.

Tu as sûrement lu des choses au sujet d'Ouidah, cocotte, fait-elle en te caressant doucement le front.

Oui, maman, je l'ai vu mentionner dans de nombreux livres.

Tu sais certainement que, quatre siècles durant, des milliers d'hommes, de femmes et d'enfants ont été capturés dans les pays alentour et amenés à Ouidah.

Oui, maman. J'ai lu ça plein de fois.

Et tu sais que ceux qui étaient trop faibles pour faire le passage du Milieu, on les enterrait vifs.

Oui, maman.

Mais on dit que les autres, avant d'être poussés, traînés ou balancés sur ces grands bateaux qu'on appelait des négriers, participaient à un rituel d'oubli. Ça, tu le savais, mignonne ?

Non, maman, murmures-tu d'une voix à moitié endormie. C'est quoi, un rituel d'oubli ?

Eh bien, ma chérie, on dit que dans un square au cœur de la ville d'Ouidah se dressait un arbre magnifique, et qu'avant de se diriger vers la porte du Non-Retour, les futurs esclaves venaient faire le tour de l'arbre. Les femmes lui tournaient autour sept fois, et les hommes, neuf.

Pourquoi, maman ?

Eh bien, mignonne, ils étaient assez sages pour savoir que dans leur nouvelle vie au-delà des mers, leurs souvenirs pèseraient plus douloureusement que des chaînes. Ranimée dans les plantations du Brésil, de Saint-Domingue ou de la Géorgie, chaque image des temps d'avant serait comme une dague plongée dans leur cœur. Alors ils ont choisi de remettre leur identité à l'arbre. Ils lui ont confié tous les souvenirs africains pour qu'il les garde précieusement, les chérisse et les conserve, jusqu'à ce qu'ils reviennent reprendre le fil de leur histoire là où il avait été tranché.

Et ils sont revenus, maman ?

Non, chérie.

Non ?

Non. Plus d'un million d'esclaves ont embarqué à Ouidah pour le passage du Milieu, et aucun n'est revenu.

Aucun ?

Non, ma cocotte. Pas un seul. Année après année, décennie après décennie, l'arbre a patiemment attendu leur retour, mais en vain.

Et il attend encore, maman ?

Non, chérie. Aujourd'hui, il n'existe plus. Tout a disparu : ses branches noueuses et ses racines enchevêtrées, son bois et sa sève. Hachées menu, les histoires des Africains kidnappés ne sont plus que sciure, air et poussière.

Oh, maman… comme c'est triste !
Ne pleure pas, chérie.
Mais tu pleures.

Lili Rose et Joel viennent eux aussi te rendre visite à la clinique – par coïncidence, au même moment. Ils sont gênés de se trouver face à face. Tu te détournes d'eux pendant qu'ils te parlent.

De retour dans ta chambre après leur visite, tu manges tes propres mains. Tu te fourres les poings dans la bouche si violemment que tes dents font saigner les articulations. Ensuite tu te tapes doucement la tête contre le mur en te parlant toute seule. *Toc, toc. Qui est là ? Moi. Moi qui ? Pan pan, t'es mort. C'est drôle, ça ? Qui est là ? Pan pan, t'es mort. C'est drôle, ça ?*

Le lendemain, tu racontes à Felisa ton cauchemar de la nuit.

J'étais dans une sorte de tunnel. À mesure que mes yeux se sont habitués à la pénombre, j'ai vu qu'il y avait des cages le long des murs, avec des femmes marron lovées dedans. Je ne savais pas quoi faire. Felisa, je ne savais pas quoi faire ! Alors je me suis allongée sur le sol au milieu du tunnel et j'ai murmuré : *Mes sœurs, mes sœurs…* Mais au moment même où les mots quittaient mes lèvres, je savais qu'ils étaient non seulement inefficaces mais prétentieux.

Et que disent les médecins ?

Ils disent Mademoiselle, vous êtes trop en colère, fais-tu en les imitant avec sarcasme. Ils disent Mademoiselle, vous êtes dans un état de rage permanent. Votre colère vous étrangle, c'est elle qui vous rend malade. Et moi je leur dis Faux ! C'est pas ça mon problème ! Mon problème est que je ne suis pas assez en colère !

La clinique te laisse sortir avec une ordonnance médicale longue comme le bras et un accord signé pour revenir en consultation externe trois fois par semaine.

Chez toi aussi, tu restes au lit. Voudrais que tout s'arrête.

Bon Dieu, mais c'est pas vrai ! dit Felisa, faisant un saut chez toi dans l'après-midi pour voir où tu en es. Non, mais regarde-moi tous ces trucs qu'on te fait prendre, ça va te bousiller le cerveau. Shayna, tu n'as pas besoin de ces antidépresseurs. Tu sais de quoi tu as besoin ? T'as besoin de bosser. Écoute. Viens avec moi à une réunion du Turing Project. Tu verras, ça te fera le plus grand bien.

À l'une de ces réunions, vers la fin du printemps 2015, elle te présente Hervé, médecin haïtien, collègue et proche ami de feu son père. L'homme a douze ans de plus et quelques centimètres de moins que toi. Il t'invite à dîner.

Assise en face de lui, tu es fascinée par ses doigts. Sa voix. Son accent créole et français. Le feu dans ses yeux. La joie franche de son sourire quand il te regarde. La blancheur de ses dents quand il éclate de rire.

À vingt-deux ans, tu es encore vierge… et puis, après un week-end chez Hervé à Queens, plus vierge du tout. L'homme nage dans ton corps, flotte sur tes déferlantes, s'abandonne à ta chair chaude. Allongé sous toi, son sexe en toi, il gémit – *Oui Shayna oui Shayna oui oui oui mon amour je te veux toute, viens,*

viens amour, viens à moi, laisse-toi aller, viens – et, là dans son grand lit au vingt-quatrième étage d'une tour à Queens, dans un appartement dont les baies vitrées donnent sur le pont de Williamsburg et une vue imprenable des gratte-ciels du sud de Manhattan, un barrage se fissure tout au fond de toi, la folle force de l'amour te traverse, des tonnes de débris, de saletés, de gravats, de terreurs et de chagrins passent par-dessus la retenue d'eau fracassée et sont emportées, des cris intarissables jaillissent de ta bouche.

Après l'amour, Hervé te fait à manger. Maniant un grand couteau avec des gestes précis et rapides, il coupe en tranches fines de farineux légumes bon marché et les met à frire dans une poêle. Tu rapproches ta chaise de la cuisinière pour être près de lui mais restes assise, attentive à la sensation inédite, inouïe, de chaleur vibrante entre tes cuisses. Pendant qu'Hervé cuisine, tu glisses une main sous sa chemise et caresses son ventre rond, sa poitrine glabre.

C'est presque prêt, dit-il. Il ne me reste plus qu'à préparer la sauce piquante.

Être aimée de cet homme te plonge dans un étonnement sans fin. Tu raffoles de l'odeur de son corps. Tu lui touches les lèvres, encore les lèvres, les lèvres encore. Tu fixes, entre ses sourcils, les rides de joie intense et dense, lui frôles doucement le cou, passes les mains dans les boucles de ses cheveux qui grisonnent déjà aux tempes, mets ton nez sur ses lèvres, ta langue dans ses oreilles, ta langue sur sa langue. Te retrouvant seule, tu te caresses au souvenir de son corps : mains, nez, paupières, poitrine glabre, flancs longilignes, dos brun musclé, sexe suprêmement sensible… et, parfois, quand ton plaisir te fait quitter terre, perds presque connaissance.

Au cours des semaines qui suivent, vous jetez chacun votre vie aux pieds de l'autre. Hervé a été marié mais ne l'est plus ; il a un fils de douze ans à Port-au-Prince. Il a voyagé dans des pays dont tu ignores jusqu'au nom. Tout comme le père de Felisa naguère, il vient en aide aux victimes d'inondations et d'ouragans, d'émeutes, de viol, de guerre. Il ouvre des corps et les referme. Il les porte dans ses bras, et en terre.

Comme jadis avec ton père, les discussions entre vous sont souvent asymétriques : lui discourant, toi l'écoutant. Ça ne te dérange pas de renoncer à des opinions que tu as acquises sans réfléchir, mais quand Hervé prend un ton pompeux tu te cabres.

Un jour pendant le repas du soir, il se met de but en blanc à vitupérer les Africains-Américains d'avoir tourné le dos aux loas de leurs ancêtres en adoptant le monothéisme.

Il me révolte, ce mec-tout-seul-là-haut-dans-le-ciel, pérore-t-il. Qu'il s'appelle Allah, Yaweh ou tout bonnement Dieu avec une lettre majuscule, il interdit tout ce que je chéris. Il punit la séduction, le sexe, la musique…

Élevé dans le vaudou, profondément attaché aux nombreuses divinités haïtiennes, Hervé ne supporte ni les évangélistes marron qui se campent en seuls vrais disciples du Christ, ni les israélites hébraïques qui se targuent d'être les authentiques descendants des juifs de l'Ancien Testament ; quant aux activistes de la Nation d'Islam qui prétendent pouvoir retracer leur lignée jusqu'au prophète Mohammed, s'il reconnaît à Malcolm X ou à Louis Farrakhan des talents d'orateur, leur idéologie lui donne de l'urticaire.

C'est tout de même fou comme les Américains ont la mémoire courte, dit-il. Personne ne fait le rapprochement entre les islamistes d'aujourd'hui et la Nation d'Islam d'Elijah Muhammad d'il y a à peine un demi-siècle, avec Malcolm Little dit X qui devient El-Hajj Malek El-Shabazz, Cassius Clay qui devient Mohamed Ali, Louis Wolcott qui devient Farrakhan...

Tu as raison, dis-tu. Moi-même, je n'ai jamais fait le rapprochement. Faut dire que dans mon lycée, ce n'est pas tous les jours qu'on nous parlait de la Nation d'Islam... L'islam est arrivé comment aux États-Unis, tu le sais, toi ?

Tu me poses la question sérieusement ?

Ben oui.

Mais, mon doudou, ce sont les esclavagistes européens qui ont apporté l'islam aux États-Unis dès le XVIIe siècle ! en important des esclaves des pays africains musulmans !

Tu rougis. Aucun cours dans aucune école ne t'a fait comprendre que l'islam était une des principales religions de l'Afrique subsaharienne.

Par contre, ajoute Hervé en élevant la voix, les États-Unis sont responsables de la montée de l'islam radical à travers le Sahel et au Moyen-Orient. L'État islamique, al-Qaida et les talibans ont tous prospéré en réponse directe aux guerres fomentées par ce pays en Irak et en Afghanistan, et son soutien systématique d'Israël contre la Palestine.

Tu ne songes mêmes pas à tester ces théories-là sur tes parents.

De façon inattendue, quand vous en venez au 11 Septembre, votre discussion vire à la dispute. Pour toi, Shayna, il s'agit d'un souvenir d'enfance : tu racontes à ton amant l'image bouleversante de Jenka dans les bras de ton oncle Jerry, les épaules secouées de spasmes.

Un trauma ineffaçable, dis-tu. Pour la famille, la ville, le pays entier…

Hervé se lève et traverse la pièce pour se poster à la fenêtre. Il reste là un long moment sans rien dire.

Qu'est-ce qu'il y a ?

Il soupire, puis se retourne et te regarde.

Tu sais, Shayna d'amour, tu n'as aucun souci à te faire autour de cette question d'appartenance. Tu crois n'être de nulle part mais en fait tu es parfaitement états-unienne.

Ce qui veut dire… ?

Simplement qu'il n'y a pas de commune mesure. Quand une poignée d'étrangers équipés de cutters abîment un quartier de New York, faisant trois mille victimes américaines, ça s'appelle le terrorisme et entraîne en retour l'extermination de plusieurs centaines de milliers d'Arabes dans des pays sans aucun rapport avec l'incident. Mais quand une poignée de Yankees équipés de bombes nucléaires effacent de la carte deux métropoles, faisant cent cinquante mille victimes japonaises, ça s'appelle *business as usual* et n'entraîne aucune punition d'aucune sorte.

Ce jour-là, Shayna, tu restes sans voix. Tu n'as pas assez de faits à ta disposition pour protester.

Hervé te traite de fleur de serre, de malentendu ambulant, d'expérience presque réussie en kidnapping de l'âme ; tu ris et pleures dans ses bras. Il te fait l'amour et te laisse lui faire l'amour. Il se montre impressionné par ta bibliothèque, ton éloquence, tes connaissances littéraires.

Mais tu veux faire *quoi* avec tout ça, Shayna trésor ? te demande-t-il un jour. Tu ne peux pas passer ta vie à étudier. Tu n'as encore jamais travaillé ?

Non, lui avoues-tu.

Il doit partir au Mali au mois de janvier, en lien avec un projet de reforestation de la fondation Turing : dix mille plantules doivent être plantées dans la région de Mopti et on lui a demandé d'être le médecin accompagnateur.

Viens avec moi, dit-il. Germer vaut mieux que gémir.

La plante vaut mieux que la plainte, renchéris-tu, et il te gratifie d'un rire.

Puis les mots s'évanouissent et, deux heures durant, vous vous laissez absorber par la musique de la chair, torsions et élans, sons, sueurs, souffles.

L'Afrique va être un choc pour toi, te prévient Hervé lors de vos retrouvailles suivantes. On devrait y aller quelques jours avant, le temps de t'acclimater. Tu ne vas pas juste descendre de l'avion et te mettre à semer des plantules sous le soleil brûlant.

Ne t'inquiète pas, j'ai déjà vu la pauvreté, l'assures-tu en repensant à Baltimore ouest.

Oui mais non, fait Hervé d'un ton doux. Oui mais non. À mon sens, la meilleure idée serait d'utiliser le Burkina Faso comme base. Ouaga est une ville agréable, on pourrait y passer deux, trois jours avant de partir à Mopti. C'est à une grande journée de route, pas plus.

Cet été-là, tu t'inscris pour un cours intensif : l'Afrique et la nouvelle mondialisation.

Ce qu'il te faudrait, belle dame, c'est un cours intensif en vraie vie.

Dès l'automne, tu te lances dans les préparatifs du voyage. Tu es débordante d'énergie, d'efficacité et de curiosité. Affamée d'apprendre. Désireuse d'aider. Et profondément amoureuse.

Je me reconnais à peine, avoues-tu à Felisa.

Fonce, belle merveille ! te lance-t-elle.

REMERCIEMENTS

... à Germaine Acogny, Jennifer Alleyn, Chloe Baker, Claude Barras, *Buteo buteo*, Hélène Castel, Christian Egger, Sheila na Gig, Lylly Houngnihin, Silvana Moï Virchaux, Guy Oberson, Olivia Profizi, Salia Sanou, Agathe Djokam Tomo et Alice Walker, pour le partage de leurs dons ;

... à mon agent Michèle Kanonidis, et à mes éditeurs Eva Chanet et Pierre Filion, pour leurs nombreuses lectures et leurs encouragements réitérés ;

... à Myriam Anderson et Katia Wallisky pour leurs corrections et suggestions ;

... à Harry Bernas et Nadine Eghels de m'avoir prêté leurs histoires ;

... et aussi à Dany Laferrière qui, le 16 janvier 2019, m'a écrit : *"Legba le dieu qui se tient à la barrière qui permet de passer du monde visible au monde invisible (aller-retour) t'accompagnera cette année."*

DE LA MÊME AUTRICE

Romans, récits, nouvelles
LES VARIATIONS GOLDBERG, romance, Seuil, 1981 ; Babel n° 101.
HISTOIRE D'OMAYA, Seuil, 1985 ; Babel n° 338.
TROIS FOIS SEPTEMBRE, Seuil, 1989 ; Babel n° 388.
CANTIQUE DES PLAINES, Actes Sud/Leméac, 1993 ; Babel n° 142 ; "Les Inépuisables", 2013.
LA VIREVOLTE, Actes Sud/Leméac, 1994 ; Babel n° 212.
INSTRUMENTS DES TÉNÈBRES, Actes Sud/Leméac, 1996 ; Babel n° 304.
L'EMPREINTE DE L'ANGE, Actes Sud/Leméac, 1998 ; Babel n° 431.
PRODIGE, Actes Sud/Leméac, 1999 ; Babel n° 515.
LIMBES/LIMBO, Actes Sud/Leméac, 2000.
DOLCE AGONIA, Actes Sud/Leméac, 2001 ; Babel n° 548.
UNE ADORATION, Actes Sud/Leméac, 2003 ; Babel n° 650.
LIGNES DE FAILLE, Actes Sud/Leméac, 2006 ; Babel n° 841.
INFRAROUGE, Actes Sud/Leméac, 2010 ; Babel n° 1112.
DANSE NOIRE, Actes Sud/Leméac, 2013 ; Babel n° 1316.
BAD GIRL. CLASSES DE LITTÉRATURE, Actes Sud/Leméac, 2014 ; Babel n° 1379.
LE CLUB DES MIRACLES RELATIFS, Actes Sud/Leméac, 2016 ; Babel n° 1495.
SENSATIONS FORTES, "Essences", Actes Sud/Leméac, 2017.
LÈVRES DE PIERRE. NOUVELLES CLASSES DE LITTÉRATURE, Actes Sud/Leméac, 2018 ; Babel n° 1689.
RIEN D'AUTRE QUE CETTE FÉLICITÉ, Leméac, 2019, éditions Parole, 2020.

Livres pour jeune public
VÉRA VEUT LA VÉRITÉ (avec Léa), École des loisirs, 1992.
DORA DEMANDE DES DÉTAILS (avec Léa), École des loisirs, 1993 ; réédité en un volume avec le précédent, 2013.
LES SOULIERS D'OR, Gallimard, "Page blanche", 1998.
ULTRAVIOLET, Thierry Magnier, 2011.
PLUS DE SAISONS !, Thierry Magnier, 2014.

CD-Livres
PÉRÉGRINATIONS GOLDBERG (avec Freddy Eichelberger et Michel Godard), Naïve, 2001.
LE MÂLE ENTENDU (avec Édouard Ferlet, Fabrice Morel et Jean-Philippe Viret), Mélisse, 2011.
ULTRAVIOLET, Thierry Magnier (avec Claude Barthélémy), 2013.

ANIMA LAÏQUE : RITES ET RYTHMES POUR UNE EXISTENCE HORS-RELIGION (avec Quentin Sirjacq), 2017.
PLUS DE SAISONS, Le Cercle Alliance (avec la Quintette Alliance), 2020.

Essais

JOUER AU PAPA ET À L'AMANT, Ramsay, 1979.
DIRE ET INTERDIRE. ÉLÉMENTS DE JUROLOGIE, Payot, 1980 ; Petite bibliothèque Payot, 2002.
MOSAÏQUE DE LA PORNOGRAPHIE, Denoël, 1982 ; Payot, 2004.
À L'AMOUR COMME À LA GUERRE. CORRESPONDANCE (en collaboration avec Samuel Kinser), Seuil, 1984.
LETTRES PARISIENNES. AUTOPSIE DE L'EXIL (en collaboration avec Leïla Sebbar), Bernard Barrault, 1986 ; J'ai lu n° 5394.
JOURNAL DE LA CRÉATION, Seuil, 1990 ; Babel n° 470.
TOMBEAU DE ROMAIN GARY, Actes Sud/Leméac, 1995 ; Babel n° 363.
DÉSIRS ET RÉALITÉS. TEXTES CHOISIS 1978-1994, Leméac/Actes Sud, 1995 ; Babel n° 498.
NORD PERDU suivi de *DOUZE FRANCE*, Actes Sud/Leméac, 1999 ; Babel n° 637.
ÂMES ET CORPS. TEXTES CHOISIS 1981-2003, Leméac/Actes Sud, 2004 ; Babel n° 975.
PROFESSEURS DE DÉSESPOIR, Leméac/Actes Sud, 2004 ; Babel n° 715.
PASSIONS D'ANNIE LECLERC, Actes Sud/Leméac, 2007.
L'ESPÈCE FABULATRICE, Actes Sud/Leméac, 2008 ; Babel n° 1009.
REFLETS DANS UN ŒIL D'HOMME, Actes Sud/Leméac, 2012 ; Babel n° 1200.
CARNETS DE L'INCARNATION, Leméac/Actes Sud, 2016.
SOIS FORT suivi de *SOIS BELLE*, Éditions Parole, 2016.
ANIMA LAÏQUE (livre-CD, avec Quentin Sirjacq), Actes Sud, 2017.
NAISSANCE D'UNE JUNGLE, L'Aube, 2017.
VIRILITÉS VRILLÉES, Afterlivres, 2019.
LEÇONS D'INDIFFÉRENCE, Éditions Parole, 2020.
JE SUIS PARCE QUE NOUS SOMMES : PETITES CHRONIQUES DU PRINTEMPS 2020, avec des lavis d'Edmund Alleyn, Leméac 2020, Les éditions du Chemin de fer, 2021.

Théâtre

ANGELA ET MARINA (en collaboration avec Valérie Grail), Actes Sud-Papiers/Leméac, 2002.
UNE ADORATION (adaptation théâtrale de Lorraine Pintal), Leméac, 2006.
MASCARADE (avec Sacha), Actes Sud Junior, 2008.
JOCASTE REINE, Actes Sud/Leméac, 2009.
KLATCH AVANT LE CIEL, Actes Sud-Papiers/Leméac, 2011.

Livres en collaboration avec des artistes
TU ES MON AMOUR DEPUIS TANT D'ANNÉES (avec des dessins de Rachid Koraïchi), Thierry Magnier, 2001.
VISAGES DE L'AUBE (avec des photographies de Valérie Winckler), Actes Sud/Leméac, 2001.
LE CHANT DU BOCAGE (en collaboration avec Tzvetan Todorov, avec des photographies de Jean-Jacques Cournut), Actes Sud, 2005.
LES BRACONNIERS D'HISTOIRES (avec des dessins de Chloé Poizat), Thierry Magnier, 2007.
LISIÈRES (avec des photographies de Mihai Mangiulea), Biro Éditeur, 2008.
DÉMONS QUOTIDIENS (avec des dessins de Ralph Petty), L'Iconoclaste/Leméac, 2011.
EDMUND ALLEYN OU LE DÉTACHEMENT (avec des lavis d'Edmund Alleyn), Leméac/Simon Blais, 2011.
TERRESTRES (avec des reproductions d'œuvres de Guy Oberson), Actes Sud/Leméac, 2014.
LA FILLE POILUE (avec des aquarelles et des dessins de Guy Oberson), Les éditions du Chemin de fer, 2016.
POSER NUE (avec des aquarelles et des dessins de Guy Oberson), Les éditions du Chemin de fer, 2017.
EROSONGS (avec des photographies de Guy Oberson), Les éditions du Chemin de fer, 2018.
IN DEO (avec des aquarelles et des pierres noires de Guy Oberson), Les éditions du Chemin de fer, 2019.

Traductions
Jane Lazarre, *SPLENDEUR (ET MISÈRES) DE LA MATERNITÉ*, L'Aube, 2001 (d'abord paru sous le titre *LE NŒUD MATERNEL*, 1994).
Eva Figes, *SPECTRES*, Actes Sud/Leméac, 1996.
Ethel Gorham, *MY TAILOR IS RICH*, Actes Sud, 1998.
Göran Tunström, *UN PROSATEUR À NEW YORK*, Actes Sud/Leméac, 2000.
Göran Tunström, *CHANTS DE JALOUSIE* (poèmes traduits en collaboration avec Lena Grumbach), Actes Sud/Leméac, 2007.
Karen Mulhallen, *CODE ORANGE*, poèmes, édition bilingue, Black Moss (Toronto), 2015.
Chris Hedges, *LA GUERRE EST UNE FORCE QUI NOUS OCTROIE DU SENS*, Actes Sud, 2016.

OUVRAGE RÉALISÉ
PAR L'ATELIER GRAPHIQUE ACTES SUD
ACHEVÉ D'IMPRIMER
SUR ROTO-PAGE
EN JANVIER 2021
PAR L'IMPRIMERIE FLOCH
À MAYENNE
POUR LE COMPTE DES ÉDITIONS
ACTES SUD
LE MÉJAN
PLACE NINA-BERBEROVA
13200 ARLES

DÉPÔT LÉGAL
1ʳᵉ ÉDITION : MARS 2021

N° impr. : 97740
(Imprimé en France)